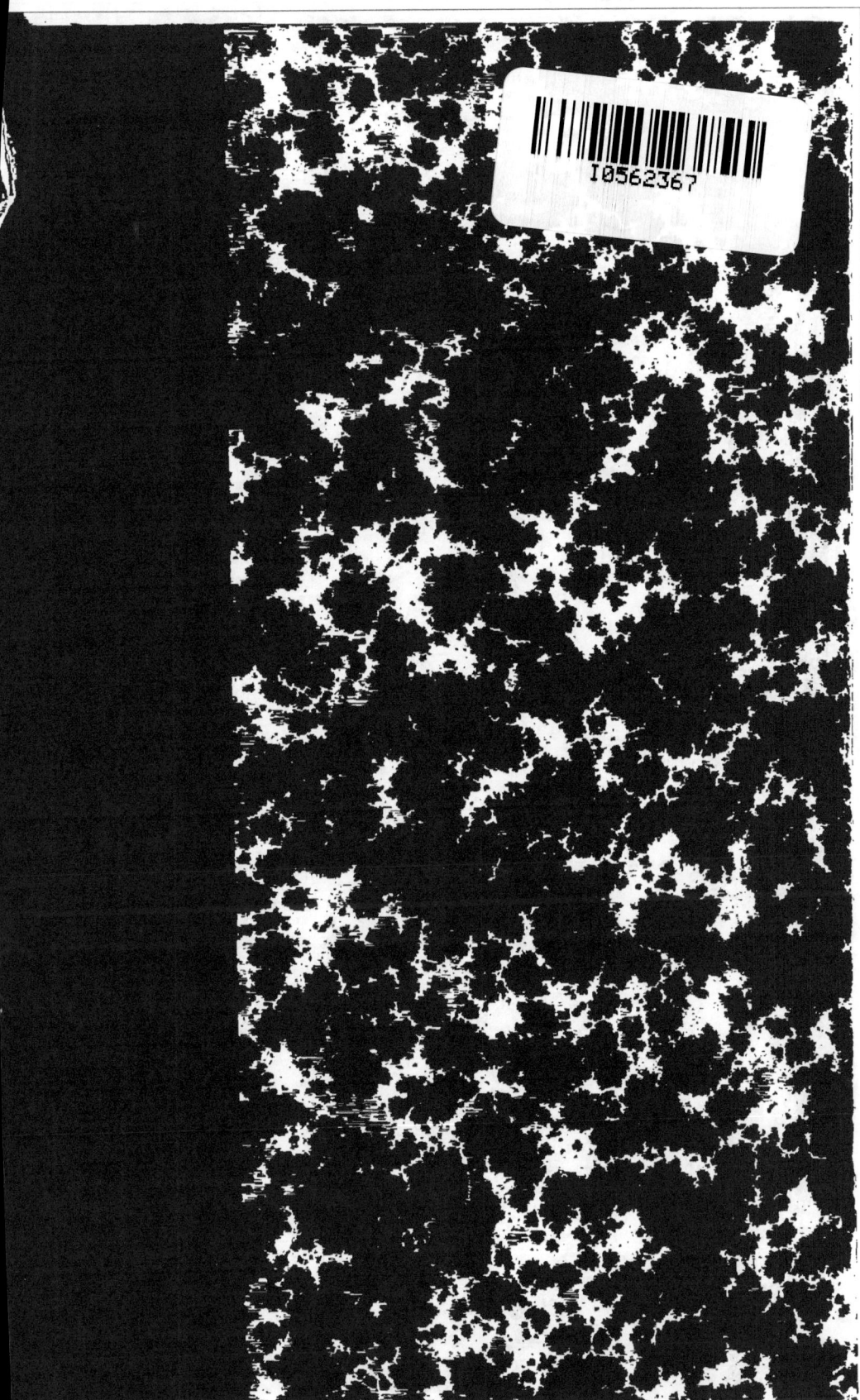

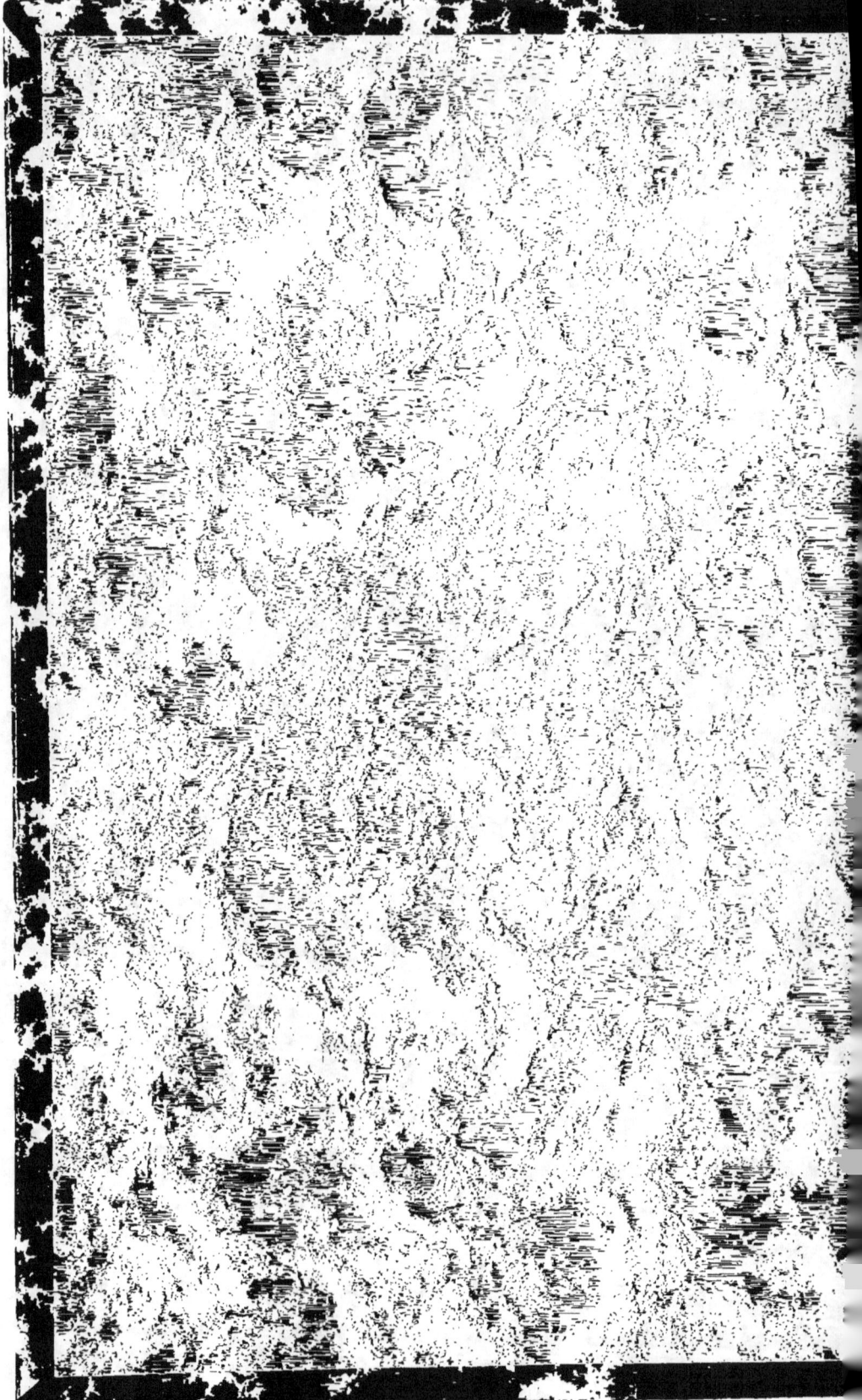

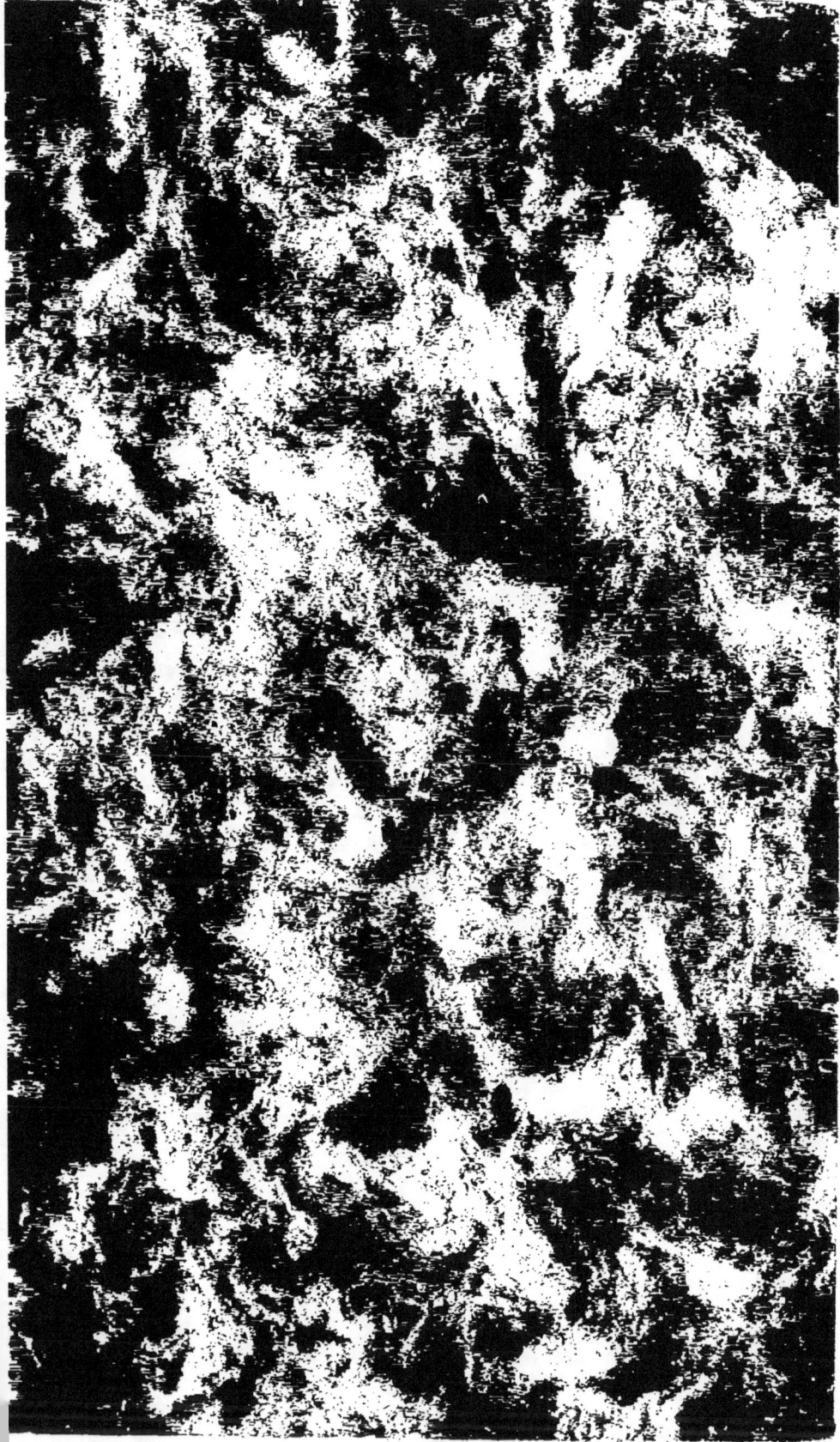

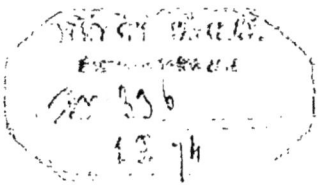

DOIT ET AVOIR

2 volto

GUSTAVE FREYTAG

DOIT ET AVOIR

ROMAN ALLEMAND

TRADUIT AVEC L'AUTORISATION DE L'AUTEUR

PAR W. DE SUCKAU

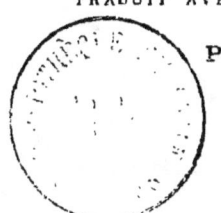

TOME TROISIÈME

PARIS

LIBRAIRIE HACHETTE ET Cie

79, BOULEVARD SAINT-GERMAIN, 79

1873

DOIT ET AVOIR.

CINQUIÈME PARTIE.

I

Les terres du baron étaient enclavées dans le cercle de Rosmin. Au nord, derrière la forêt, se trouvait Neudorf, village allemand, et, un peu plus à l'est, Kunau. Une vaste étendue de sables et de bruyères séparait ces endroits des propriétés polonaises, parmi lesquelles les terres de M. de Tarowski étaient les plus voisines. Le domaine touchait à l'ouest et au sud à des lieux habités par une population mixte où l'élément allemand dominait. Il y avait chez les Slaves de riches terres seigneuriales et de gros bourgs. Au nord, derrière Neudorf et Kunau, s'étendait un district polonais qui renfermait beaucoup de petits châteaux habités par des familles déchues et fort endettées.

« C'est de ce côté là que nous menacent les plus grands dangers, dit le baron à Antoine le lendemain de l'échauffourée du jour de marché. Les villages allemands sont nos avant-postes naturels. Si vous pouviez décider les gens des campagnes avoisinantes à établir un service de surveillance régulier, leurs postes devraient occuper la frontière nord du cercle. Nous essayerions ensuite d'entretenir avec eux des rapports directs. N'oubliez pas les fanaux et les corps de garde et les points de raillement. Puisque vous êtes déjà sur un si bon pied avec les paysans, il vous sera facile de les convaincre. Faites atteler ma voiture ; je vais me rendre moi-même avec le jeune Sturm dans le cercle voisin, et essayer de nouer les mêmes relations avec les propriétaires fonciers du pays. »

Antoine sella son cheval et partit pour Neudorf. Des messages de nouveaux malheurs y étaient arrivés pendant la nuit. Dans quelques villages allemands occupés par des bandes armées, on avait fouillé les maisons pour y chercher des fusils, et on avait emmené de force les jeunes gens valides. Personne ne travaillait dans les champs; les hommes étaient assis au cabaret ou bien se tenaient devant la maison du bailli, irrésolus, et s'attendant à une prochaine attaque. Quand Antoine arriva au village, la foule se précipita au-devant de lui. Le bailli ayant convoqué les habitants à la mairie, la commune s'y trouva bientôt réunie au grand complet. Antoine exposa ce qu'il faudrait faire pour préserver le village d'un coup de main. Il engagea à former une milice, à établir un point de ralliement, des postes réguliers sur les diverses routes limitrophes, à envoyer des patrouilles dans toutes les directions et à prendre toutes les mesures de précaution que lui avait indiquées le baron.

« De cette manière, continua-t-il, vos voisins pourront, à votre appel, accourir à votre secours; vous serez en état de vous défendre contre une simple agression et, en cas d'attaque sérieuse, de réclamer promptement l'assistance des troupes. Vous garantirez vos femmes et vos enfants de tous mauvais traitements, vous échapperez aux exacteurs, on ne pillera pas vos maisons et on ne vous enlèvera pas votre bétail. Je sais que ce sera une grande gêne pour vous de fournir jour et nuit des hommes aux différents postes. Mais votre village est grand; peut-être le gouvernement ordonnera-t-il lui-même prochainement ces mesures. Il est dans l'intérêt de notre sûreté à tous de ne pas attendre jusque-là. Il faut que nous nous trouvions dès le premier jour en état de défense. »

Les remontrances pressantes d'Antoine et l'autorité du sage bailli décidèrent la commune à prendre des mesures énergiques. Antoine visita les frontières avec le bailli et les membres du corps municipal, et fixa les endroits où l'on établirait les corps de garde et les postes de ralliement. En même temps le maître d'école rédigea la liste des hommes de la milice, indiqua ceux qui serviraient à cheval et ceux qui entreraient dans les fantassins.

Il fit aussi la liste exacte de toutes les armes qui se trouvaient dans le village. Plusieurs se montrèrent disposés à acheter un fusil. Les jeunes gens prirent l'affaire à cœur; les ménagères eurent la précaution de serrer dans des paquets et dans des caisses ce qu'elles avaient de plus précieux.

Antoine se rendit avec les chefs de la commune de Neudorf à Kunau. Il y trouva aussi beaucoup de bonne volonté; on concerta les mêmes mesures de sûreté et on convint que les jeunes

ens des deux villages se réuniraient tous les dimanches dans
après-midi, au château du baron, pour y faire ensemble l'exer-
ce.

Quand Antoine fut revenu au château, on discuta les moyens
e défense de la propriété. Une ardeur belliqueuse embrasa
udain la colonie allemande; cette ardeur s'empara de tout le
onde, même des plus pacifiques. De ce nombre furent le berger
; son chien Krambow. A la suite du service d'avant-poste et de
atrouilles, Krambow tourna contre les mollets des étrangers
. colère qu'il n'avait autrefois manifestée que contre ses cama-
des plus jeunes. On ne songeait qu'à se procurer des armes,
, on se mit en quête de toutes celles que renfermait la pro-
iété; tout le monde était animé des meilleurs sentiments,
ais le nombre des défenseurs était petit; on manquait de sol-
its. En revanche, l'état-major était des plus brillants. En tête
ait le baron lui-même, invalide, il est vrai, mais tacticien ha-
le. Puis venaient Charles et le forestier, comme chefs de la
valerie et de l'infanterie; le secours d'Antoine n'était pas non
us à dédaigner pour l'intendance et les fortifications.

Le baron quittait maintenant chaque jour sa chambre à midi
ur tenir un conseil de guerre et pour présider aux exercices
la milice de campagne. Il écoutait les rapports sur les mou-
ments opérés dans les environs, et envoyait des messagers
x cercles allemands. Sa figure rayonnait d'orgueil militaire;
blâmait la baronne avec douceur de ses inquiétudes, adressait
s paroles encourageantes aux Allemands qui l'approchaient,
menaçait tous les gens malintentionnés du village de les faire
rêter et mettre en prison jusqu'à nouvel ordre. C'était un
ectacle touchant pour tous les gens de la ferme de voir le
eux baron aveugle se tenant le corps droit, un mousquet à la
ain, montrant l'exercice au forestier et puis prêtant l'oreille
ur s'assurer, par la manière dont le forestier exécutait le mou-
ment, s'il l'avait bien compris. Antoine aussi était plein d'une
leur guerrière; il mit une cocarde à sa casquette, et sa voix
it un ton de sévérité militaire. Depuis la journée de Ros-
n il portait de grosses bottes de pêcheur, et ses pas réson-
ient pesamment sur les marches de l'escalier. Il aurait ri de
-même, si on lui avait demandé dans quel but il exprimait
ec ses pieds ce dont sa tête était agitée. Mais personne ne le
. demandait, car tout le monde reconnaissait que c'était né-
ssaire. Charles surtout était pénétré de cette idée; il ne se
ntrait jamais que revêtu de ce qui lui restait de son costume
litaire, avec son uniforme et son bonnet de hussard. Il frisait

sa moustache, et toute la journée il sifflait ses airs de troupier.
Comme c'était des vagabonds et des mauvais sujets du village
qu'on avait le plus à craindre, Charles convoqua dans le cabaret
tous les hommes que avaient servi ; assisté du forestier, à qui sa
réputation de sorcier donnait un grand crédit, affublé de son
kolback et de son dolman, et le sabre au côté, il leur fit un discours énergique. Il les traita en vrais camarades, et frappant sur
son sabre, il s'écria :

« Nous autres militaires nous maintiendrons l'ordre parmi les
paysans. »

Il fit ensuite servir quelques litres d'eau-de-vie et chanta avec
ses hommes ses airs guerriers les plus passionnés. En dernier
lieu il leur distribua de nouvelles cocardes et leur fit prêter ser-
ment comme lanciers de la milice du château. De cette manière
il s'assura, au moins pour quelque temps, le concours des
hommes les plus actifs et les plus capables, et apprit par eux
tout ce qu'on pouvait machiner dans le cabaret contre la sûreté
publique.

Le lendemain, quand les forces militaires de la terre seigneuriale furent passées en revue devant le château tous les hommes
se regardèrent les uns les autres avec surprise. Tous avaient
été comme métamorphosés depuis ces derniers jours. Antoine
avait l'air d'un sauvage habitant de pays marécageux, qui reste
tout le jour dans l'eau et ne cherche sa proie qu'avec le haut du
corps. Les hommes de la nouvelle ferme arrivaient comme des
revenants d'un autre temps. Le forestier, avec ses cheveux
rasés tout court et sa longue barbe, son vieil habit gris, sa
sombre figure ridée et ses longs sourcils épais, ressemblait à
un vieux mercenaire de l'armée de Wallenstein, qui aurait dormi
pendant deux siècles au fond d'une forêt et qui reparaîtrait
dans le monde, réveillé par le génie de la discorde. Et si la haine
et le désespoir suffisaient pour vous métamorphoser en tronpier
de Wallenstein, le forestier était vraiment ce qu'il paraissait
être. Le berger marchait à côté de lui costumé en vrai hussite.
Son chapeau rond, à grands bords, lui descendait jusqu'au dos
il avait une large ceinture en cuir et tenait à la main un bâton
recourbé garni d'une pointe de fer. Le calme de sa figure et l'expression pensive de son regard établissaient le contraste le plus
frappant entre lui et l'homme des bois.

Tout l'effectif de la force armée du château ne dépassait pas
vingt hommes. Avec un si petit nombre de défenseurs, il était
difficile d'organiser un service actif de garde au château et dans
le village. Chacun était obligé de se multiplier. Cependant pen-

sonne ne s'en plaignait; les anciens militaires établis dans le village étaient disposés à tous les services qu'on leur demandait.

Après qu'on eut mis sur pied la garnison du château, on songea aux moyens d'assurer sa défense. Pour garantir le derrière du grand édifice contre une surprise de nuit, Antoine fit faire une palissade de fortes planches, d'une aile de la maison jusqu'à l'autre.

Un assez vaste espace de la cour se trouva ainsi enclos; on adossa en outre au mur de la maison une remise ouverte, où les fugitifs et les chevaux des cavaliers pouvaient, en cas de besoin, s'abriter pour quelque temps. Comme le rez-de-chaussée de la maison était fort élevé au-dessus du sol, que les croisées étaient barricadées avec des planches et que toutes les entrées de la maison se trouvaient dans la nouvelle cour, l'accès du château devenait assez difficile. Le puits étant en dehors de l'enclos, entre le château et la cour de la ferme, on mit dans le château un grand tonneau qu'on avait soin de remplir d'eau le matin.

On reçut aussi des nouvelles de Rosmin. Après plusieurs demandes réitérées, le serrurier parut au bout de quelques jours pour mettre des serrures aux portes de la tour et à la palissade de bois, et pour les garnir de forts verrous. Il apporta des compliments militaires de la part du capitaine de la milice et raconta qu'un détachement d'infanterie était entré dans la ville.

« Mais comme il n'y a que peu de soldats, dit-il, nous et nos chasseurs nous avons un rude service.

— Et qu'avez-vous fait de votre prisonnier? »

Le serrurier se gratta derrière l'oreille, remua sa casquette et répondit d'une voix basse :

« Ah! vous ne savez rien encore? Dès la première nuit, les ennemis nous firent savoir que, si on ne leur rendait pas le gentilhomme immédiatement, ils arriveraient en masse et brûleraient nos granges. Notre capitaine et moi nous eûmes beau protester, tous ceux qui avaient des granges se mirent à se lamenter. Il s'ensuivit que la ville entra en accommodement avec M. de Tarow. Après lui avoir fait donner sa parole que lui et ses gens n'entreprendraient rien contre Rosmin, on le conduisit au delà du pont et on le relâcha.

— Comment! ce coquin est libre? cria Antoine irrité.

— Malheureusement oui! Le voilà de nouveau dans sa terre, entouré d'une foule de jeunes nobles. Ils chevauchent comme par le passé, avec leurs cocardes, à travers champ. Tarowski est un homme rusé, qui avec la barbe d'une plume ouvre toutes les serrures, et qui vient à bout de tout le monde. On ne sait comment le prendre. »

Au milieu de ces armements, les travaux de la ferme durent naturellement souffrir. Cependant Antoine tint sévèrement à ce qu'on fit au moins le plus indispensable; mais il se dit qu'il y a des temps où toute question d'intérêt disparaît devant le besoin de la conservation. Des bruits chaque jour plus alarmants le tenaient, ainsi que son entourage, dans une excitation et dans une fièvre continuelles. On voyait arriver l'avenir avec une complète indifférence, et on supportait les désagréments de chaque jour comme une chose toute naturelle.

Mais personne au château n'était plus agité que Lenore. Depuis le jour où elle avait attendu le retour d'Antoine dans une si cruelle anxiété, une nouvelle vie avait commencé pour elle. Tandis que sa mère, plongée dans l'affliction, se désespérait, le cœur de Lenore battait avec plus de force en face de la tempête imminente, et elle s'abandonnait avec une joie passionnée aux mouvements d'une surexcitation toujours croissante. Toute la journée elle était dehors; pendant les plus mauvais temps, elle allait et venait du château à la ferme comme aide de camp de son père ou comme simple volontaire. On la voyait à la porte du cabaret aussi constamment que le plus grand ivrogne, car tous les jours elle avait quelque nouvelle à recueillir ou du cabaretier ou de sa femme. Depuis que Charles portait l'uniforme de hussard, elle le traitait avec une certaine familiarité militaire, et, quand il consultait le forestier, elle se joignait aux délibérations. Tous les trois tenaient souvent conseil dans la chambre de Charles ou bien à la ferme. Les hommes écoutaient avec respect les avis courageux que la jeune fille leur donnait, et ils ne manquaient pas de lui demander si elle jugeait à propos de confier un fusil à Ignace, à Théophile ou à Blaise.

La baronne ne réussit ni par prières ni par remontrances à calmer l'ardeur belliqueuse de sa fille. Antoine ne fut pas plus heureux : quelque excité qu'il fût, cette excitation lui déplaisait dans Lenore. Il ne pouvait s'empêcher de lui reprocher une trop grande hardiesse et une trop grande véhémence. Cela la faisait bouder un peu et l'engageait à déguiser ses vrais sentiments devant Antoine, mais cela ne la changea pas. Elle aurait bien voulu accompagner son rigide mentor à Neudorf et à Kunau, pour jouer aussi à la guerre chez les voisins; mais Antoine, qui d'ordinaire se sentait si heureux dans la société de Lenore, protesta si vivement contre ce projet, que, sur sa sommation expresse, elle fut obligée de rebrousser chemin au bout du village.

Le jour où les premiers exercices de la milice du château devaient avoir lieu, Lenore descendit dans la cour avec une casquette sur la tête et un léger sabre à la ceinture, sortit son poney de l'écurie et dit à Antoine :

« Je vais avec vous.

— Je vous en prie, mademoiselle, n'en faites rien.

— Mais moi, je le veux, répondit Lenore d'un ton absolu. Vous manquez de soldats. Je puis faire le service aussi bien qu'un homme.

— Mais, chère demoiselle, reprit Antoine, qu'en dira le monde ?

— Cela m'est bien égal ce que pourra en dire le monde, répondit Lenore. Je suis forte, je puis supporter beaucoup, et je ne me fatiguerai pas.

— Mais, songez donc, vous donner en spectacle devant les garçons de ferme ! continua Antoine. C'est déroger à votre rang, à votre sexe.

— C'est mon affaire, ne me contredisez pas. Je le veux, cela suffit. »

Antoine haussa les épaules et fut forcé de se résigner. Lenore se tint à côté de lui sur son poney et fit toutes les évolutions militaires, avec toute l'assurance que lui permit sa selle de dame ; mais Antoine, en tête de l'infanterie, regardait la vaillante amazone d'un air mécontent. Elle ne lui avait jamais moins plu qu'aujourd'hui. Quand elle avançait fièrement avec les autres cavaliers, qu'elle faisait tourner et cabrer son cheval et brandissait son sabre en l'air ; quand sa blonde chevelure dénouée flottait au gré du vent, et que son œil brillait d'un feu guerrier ; sa beauté avait alors quelque chose d'entraînant. Mais ce qui aurait ravi Antoine si ce n'eût été qu'un simple divertissement, lui semblait, maintenant que ces exercices étaient le prélude de combats sérieux, tout à fait déplacé dans une femme. Lenore lui faisait ainsi l'effet d'une écuyère de théâtre. Si cette ressemblance avait autrefois fasciné son esprit, aujourd'hui elle glaçait son âme ; et quand l'exercice fut terminé, et que Lenore, les joues brûlantes, s'arrêta près de lui sans qu'il lui adressât la parole, elle lui dit en riant :

« Vous avez l'air bien morose, monsieur ; cela ne vous sied pas du tout.

— Je n'aime pas à vous voir si pétulante, » répondit Antoine.

Lenore se détourna en silence, remit le cheval à un valet, et retourna au château d'un air contrarié.

Depuis ce jour, elle ne prit plus part aux exercices, mais, toutes les fois que la force armée se réunissait, elle ne manquait jamais de regarder de loin les manœuvres. Quand Antoine était absent, elle se rendait secrètement sur son poney avec Charles aux villages voisins, ou bien allait dans ses promenades, par enthousiasme patriotique, inspecter les fanaux. Elle parcourait seule les champs et les bois, armée d'un pistolet de poche, et était bien heureuse quand elle trouvait l'occasion d'arrêter et d'interroger quelque voyageur.

Antoine lui fit aussi des remontrances à ce sujet.

« Le pays n'est pas sûr, lui dit-t-il. Quelque vagabond des environs pourrait vous insulter, ou bien même, à défaut d'étrangers, quelque mauvais chenapan du village.

— Je n'ai pas peur, répondit Lenore. Quant aux hommes du village, ils ne s'attaqueront pas à moi. »

Et en effet, elle savait mieux qu'Antoine et que toute autre personne mettre chacun à sa place. Le rustre même le plus grossier la saluait respectueusement à la manière polonaise. Toutes les fois que sa haute figure se montrait dans la rue du village, les hommes s'inclinaient jusqu'à terre et les femmes couraient aux fenêtres et la suivaient des yeux avec admiration.

Elle eut même un jour la satisfaction d'entendre les gens le lui dire en présence d'Antoine. Un dimanche soir, Charles, le forestier et le berger, étaient de garde à la ferme pendant que les paysans buvaient au cabaret ; car le dimanche était le plus mauvais jour pour les habitants du château. Charles avait fait disposer dans la maison du régisseur une salle pour le service militaire. On y avait mis quelques bottes de paille pour dormir, une table, des bancs et des chaises. Lenore étant venue elle-même apporter aux gardiens une bouteille de rhum et des citrons, elle commanda au régisseur de faire un punch militaire. Le berger et l'homme des bois, enchantés de cette aimable prévenance, restaient la bouche béante sans rien dire. Charles s'empressa d'offrir une chaise à la noble demoiselle. Le forestier se mit aussitôt à raconter une terrible histoire d'une bande de brigands du cercle voisin, et sans y penser, Lenore s'assit pendant quelques minutes au milieu des fidèles gardiens, et s'entretint avec eux sur es affaires du jour.

Au moment où, le punch préparé, Lenore le versait elle-même dans les verres, Antoine entra tout à coup.

Il arrivait mal à propos pour Lenore, car cette scène n'était pas du goût de son sage mentor ; mais il ne gronda pas. Il se tourna du côté de la porte et fit signe à un étranger qui se tenait dans le vestibule. Un jeune paysan d'une taille élancée, en capote bleue, un bonnet de soldat à la main, avec un large pantalon de toile qui rentrait dans ses bottes, s'avança fièrement dans la salle. Quand les yeux du paysan tombèrent sur Lenore, il se précipita aux pieds de la jeune fille avec la rapidité de l'éclair, baisa ses genoux, et demeura ensuite devant elle muet, la tête baissée, le bonnet à la main, les yeux fixés à terre.

Charles s'approcha du paysan.

« Eh bien ! Blaise, lui dit-il, qu'y a-t-il de nouveau au cabaret?

— Rien, répondit le jeune homme avec l'accent mélodieux dont le Polonais articule son mauvais allemand. Les paysans boivent et sont de bonne humeur.

— Y a-t-il quelques étrangers dans le village? Est-il venu quelqu'un de Tarow ?

— Non, dit Blaise. Personne n'est venu, si ce n'est la jeune juive Rebecca, la cousine du cabaretier. »

Et en même temps il regardait constamment Lenore : on eût dit que c'était à elle, comme à la maîtresse de céans, qu'il avait à faire son rapport.

Lenore s'approcha de la table, remplit un ver de punch et le présenta à Blaise. D'un air transporté, celui-ci prit le verre, et se détournant il le vida d'un seul trait. Après avoir déposé le verre vide sur la table, il s'inclina de nouveau sur le genou de Lenore, avec une réserve dont un prince aurait pu être jaloux.

« Vous n'avez rien à craindre, dit-il tout à coup à la noble demoiselle avec un vif transport ; personne dans le village ne vous fera le moindre mal. Celui qui oserait vous manquer, nous l'assommerions sur-le-champ. »

Lenore rougit et dit en regardant Antoine :

« Tu sais, Blaise, que je n'ai peur de personne, et bien moins encore de tes camarades que de qui que ce soit. »

Sur ce, le régisseur congédia le jeune Polonais et lui intima l'ordre de revenir au bout de quelques heures.

Quand Blaise sortit, Lenore dit à Antoine :

« Comme il se tient bien !

— Il a servi dans la garde, répondit Antoine, et ce n'est pas le plus mauvais garçon du village ; mais je ne vous en prie pas moins de ne pas trop compter sur l'esprit chevaleresque de l'honnête Blaise et de ses amis. Toute l'après-midi, j'ai été en peine à cause de vous, et vers le soir j'ai envoyé votre femme de chambre au-devant de vous sur la route de Rosmin : car un ouvrier compagnon est venu tout effaré au château et a raconté qu'il avait été arrêté par une dame armée et qu'il avait été obligé de lui montrer son livret. D'après son récit, cette dame était accompagnée d'un chien de la grosseur d'une vache. Il ajoutait que cette dame avait l'air terrible. Cet homme était tout hors de lui.

— C'est un poltron, dit Lenore avec mépris. Quand il m'aperçut avec mon poney, il s'enfuit comme s'il avait été poursuivi par sa mauvaise conscience. Je criai alors après lui, et je le menaçai de mon pistolet de poche. »

Au milieu de ces préparatifs, on craignait au château que la révolte ne vînt aussi d'un jour à l'autre à éclater dans les campagnes d'alentour. Cependant le feu de l'insurrection se répandait avec la rapidité de l'incendie dans toute la province. Partout où les Polonais étaient en majorité, la flamme s'élevait jusqu'au ciel ; sur la lisière des frontières, le feu petillait de côté et d'autre en vives étincelles. Dans plusieurs endroits on étouffa la flamme ; pendant quelque temps tout s'apaisa, jusqu'à ce qu'une nouvelle colonne de feu embrasât tout autour d'elle.

Un dimanche, il y eut une grande réunion de tous les villages alliés. On vit avancer les milices de Neudorf et de Kunau avec leurs bannières déployées. L'infanterie marchait en tête ; elle était suivie de la cavalerie. Quelques paysans à cheval, commandés par Charles, se rendirent de la ferme au-devant de leurs alliés. A cette troupe vinrent se joindre quelques fantassins. Le forestier avait, comme généralissime, le commandement en chef de tout le corps d'armée. Antoine aussi s'était rangé sous sa bannière. Quand Lenore vit sortir Antoine de la maison, elle ordonna de seller son poney.

« Je veux assister à la prise d'armes, dit-elle à Wohlfart.

— Mais seulement en spectatrice, n'est-ce pas, noble demoiselle ?

— Ne faites donc pas le maître d'école, » lui cria Lenore.

La place où se faisaient les exercices était sur la lisière de la forêt. Grâce à ses anciens souvenirs et après plusieurs délibérations avec le baron, le forestier avait établi un système de commandement qui suffisait à peu près pour faire faire aux gens ce qu'il voulait. Quant à Charles, il conduisait ses escadrons avec un feu qui devait suppléer à tout ce que son commandement et la manière dont on exécutait ses ordres pouvaient avoir de défectueux. A l'extrémité de la place on avait élevé un tir, et avec ce qui lui restait de couleur il avait peint une cible représentant un dragon à trois queues et à six pattes, qui vomissait du feu suivant l'usage antique, mais avec qui on était réconcilié aussitôt par la bonhomie avec laquelle il présentait son grand cœur aux tireurs. On fit quelques marches et contre-marches, enfin on chargea les fusils avec de la poudre, et les détonations retentirent gaiement dans la forêt.

Lenore regarda ces évolutions de loin. Enfin, ne pouvant plus résister au désir de prendre part aux manœuvres de la cavalerie, elle s'approcha des escadrons et dit à voix basse à Charles :

« Je ne me joindrai à vous que peu d'instants.

— Mais si M. Wohlfart s'en aperçoit ? demanda Charles.

— Il ne s'en apercevra pas, » répondit Lenore en riant.

Aussitôt elle poussa son poney dans les rangs. Les cavaliers examinèrent avec curiosité la noble figure qui avançait à côté d'eux et qui se détachait comme eux en vedette ; mais, dans leur admiration pour la demoiselle du château, ils firent mal les exercices, et Charles eut beaucoup à blâmer.

« C'est Mlle de Rothsattel qui s'y prend le mieux, » cria pendant une halte un des gens de Neudorf.

Les admirateurs levèrent leurs chapeaux en l'air et firent entendre un vivat en l'honneur de Lenore, qui salua et fit caracoler son poney. Mais son plaisir fut de courte durée ; car Antoine, venant à travers champs, se plaça tout à coup à côté de notre noble amazone.

« Ce n'est réellement pas bien, dit-il à voix basse, mais sérieusement fâché de cette ardeur belliqueuse. Vous vous exposez à une observation téméraire, qui est faite dans une bonne intention, mais qui devrait vous blesser. Ce n'est point ici une arène pour vos exercices d'équitation,

— Vous m'enviez le moindre plaisir, » répondit Lenore irritée, et aussitôt elle fit faire volte-face à son cheval.

Avec un secret dépit contre Antoine, elle se dirigea vers un grand poirier autour duquel elle fit faire plusieurs voltes à son poney.

« Avec quel manque de délicatesse il me dit cela ! pensa-t-elle ; mon père a raison, il est très-prosaïque. La première fois que je l'ai rencontré, j'étais aussi sur le poney ; je lui plus davantage. Nous étions tous deux encore enfants, mais il était plus respectueux. »

Cette pensée traversa son esprit comme un éclair.

Que la vie avait été autrefois facile et brillante, et que le pré-

sent était pénible et terne ! Et, tout en se livrant à ces tristes réflexions, elle faisait caracoler son poney.

« Pas mal, mademoiselle Lenore ! mais il faut plus de poignet, »
cria soudain une voix stridente.

Interdite, Lenore lança son cheval de côté.

Un étranger à la taille svelte se tenait appuyé contre l'arbre,
les bras croisés et un sourire moqueur sur les lèvres. Il approcha
de Lenore lentement et porta la main à son chapeau :

« C'est un peu dur pour ce vieux papa, dit-il en montrant le
cheval. J'espère que vous me connaissez encore. »

Lenore regardait son interlocuteur comme une apparition et
dans sa confusion elle glissa de la selle à terre. Une image d'un
passé plus heureux se présenta devant elle pleine de vie. Le froid
sourire, la noble figure et l'aplomb assuré de cet homme appar-
tenaient aussi au passé qui venait de la faire rêver à l'instant même.

« M. de Fink ! s'écria-t-elle avec embarras ; combien Wohlfart
sera content de vous voir !

— Et moi, repondit Fink, je l'ai déjà contemplé de loin et, si
je n'eusse pas reconnu à certains indices infaillibles (et en disant cela, il regarda de nouveau Lenore) que c'est bien Wohlfart
affublé en militaire, qui enfonce là-bas jusqu'à mi-jambe dans le
sable, je ne l'aurais pas cru possible.

— Venez vite le trouver, reprit Lenore. Votre arrivée, j'en suis
sûre, lui causera la plus grande joie. »

Fink avança ainsi à côté de Lenore jusqu'à la place du tir, où
les hommes se disposaient à viser sur le dragon. Il se mit derrière Antoine et posa sa main sur l'épaule de son ami. « Bonjour,
Antoine, » dit-il tout à coup.

Antoine se retourna tout surpris et se jeta au cou de son ami.
Des questions saccadées et de courtes réponses se croisè-
rent.

« D'où viens-tu, cher *revenant ?* cria enfin Antoine.

— Assez en droite ligne de ce côté là-bas, répondit Fink en
montrant dans le lointain. Il n'y a que peu de semaines que je
suis de retour. La dernière lettre que j'ai reçue de toi est de l'automne dernier. Grâce à cette missive, j'ai su à peu près m'orienter pour te trouver. Dans la confusion qui règne parmi vous, je
regarde comme un grand bonheur d'avoir pu te joindre.... Ah !
voilà aussi maître Charles, s'écria-t-il en voyant arriver Charles
avec de grandes exclamations de joie. Voici la moitié de la maison Schrœter réunie, et nous pouvons nous mettre à jouer au jeu
du comptoir. Il est vrai qu'à présent vous vous livrez à d'autres
plaisirs. »

Et se tournant du côté de Lenore, il continua :

« J'ai été présenter mes respects à M. votre père, et j'ai appris par Mme la baronne que je trouverais la jeunesse belliqueuse en plein champ. Maintenant j'aurai à faire appel à votre aimable intervention en ma faveur. Je connais un peu ce monsieur-là (en désignant Wohlfart), et je voudrais bien passer quelques jours en sa société. Je sens vivement combien il est indiscret pour un étranger de demander dans ces temps-ci un asile dans votre maison. Mais par amitié pour Antoine, qui au fond est un bon garçon, vous voudrez bien faire un petit sacrifice et m'accorder le plaisir de rester ici jusqu'à ce que je me sois un peu familiarisé avec les énormes bottes de chasse que le jeune brave a passées par-dessus ses genoux. »

Lenore répondit avec une gracieuse politesse :

« Mon père accueillera toujours votre visite avec un grand plaisir, mais aujourd'hui un ami a deux fois plus de prix. Je vais à l'instant même dire à nos gens de faire porter dans votre chambre toutes les bottes de M. Wohlfart, pour que vous puissiez méditer à votre aise sur leur façon. »

Elle s'inclina, et, conduisant son poney par la bride, elle s'avança vers le château.

Fink la suivit du regard, et s'écria :

« Par Jupiter ! c'est aujourd'hui une véritable beauté. Sa tenue est irréprochable, elle sait même marcher. Je ne doute plus qu'elle n'ait de l'esprit. »

Il saisit le bras d'Antoine et conduisit son ami loin du tir, jusque sous le poirier sauvage. Sous cet arbre il lui secoua encore une fois cordialement la main et dit :

« Il faut que je te salue de nouveau, mon cher ami. Vraiment, je ne puis encore revenir de mon étonnement. Si quelqu'un m'avait dit que je te retrouverais en Indien peint de rouge et de noir, avec une hache d'armes et des têtes scalpées à la ceinture, certes je l'aurais pris pour un fou. Et toi, l'homme posé et réfléchi, né pour porter des breloques, je te trouve ici sur cette bruyère déserte, avec des pensées de meurtre dans le cœur, et, par mon âme, sans cravate ! Si je suis changé, tu ne l'es guère moins ; mais tu ne dois pas t'étonner du changement qui a pu s'opérer en moi !

— Tu sais comment je suis venu ici, répondit Antoine.

— Je me le figure, dit Fink ; je n'ai pas oublié les leçons de danse. »

Les yeux d'Antoine se voilèrent.

« Pardonne-moi, continua Fink en riant, il faut passer quelque chose à un vieil ami.

— Tu te trompes, répondit Antoine sérieusement, si tu crois qu'une passion m'a conduit en ce pays. C'est par une série d'événements imprévus que je me suis trouvé en rapport avec la famille du baron. »

Fink sourit.

« J'avoue, continua Antoine, que ces événements ne m'auraient pas autant touché si mon cœur n'avait été accessible aux impressions qui venaient de cette maison. Mais je puis dire que le hasard seul m'a mis à même d'être honoré d'une haute marque de confiance. A une époque où le baron était dans une position extrêmement critique, sa famille voulut bien me considérer comme un homme qui avait au moins la bonne volonté de leur être utile. Ils me témoignèrent le désir de me voir consacrer pendant quelque temps mes soins à leurs intérêts. Quand j'acceptai enfin leurs propositions, je ne le fis qu'après une longue lutte contre des sentiments que je n'ai pas le droit de te dévoiler.

— Tout cela est bien beau, répondit Fink ; mais, quand un marchand achète un fusil et un sabre, il faut cependant qu'il sache pourquoi il fait ces dépenses. Ainsi, pardonne-moi ma question toute franche : quel est ton but ?

— Je me propose de rester ici tant que je croirai qu'on a besoin de moi, et ensuite j'irai chercher une place dans un comptoir.

— Chez notre ancien patron ? demanda Fink vivement.

— Ou bien ailleurs.

— Diable, diable ! cela n'a pas l'air d'un chemin bien droit ni d'un aveu bien franc. Cependant il ne faut pas trop t'en demander au débotté. Je serai plus franc envers toi. Je me suis affranchi du joug qu'on m'avait imposé en Amérique, et je te remercie de la lettre que tu m'as écrite et des avis que ta sagesse m'a donnés. J'ai, comme tu me le conseillais, profité de la publicité de la presse pour faire sauter la compagnie de Westland. Cela me fit sauter naturellement aussi. Au prix de plusieurs milliers de dollars j'achetai quelques plumes et je fis remplir les feuilles de New-York et d'autres États des rapports les plus terribles sur l'indignité de la compagnie. Je fis crier sur tous les tons contre moi et contre mes associés. L'affaire fit sensation. Frère Jonathan dressa les oreilles. Tous nos rivaux et nos concurrents sonnèrent la trompette d'alarme, et j'eus le plaisir de nous voir, mes associés et moi, dépeints chaque jour dans une douzaine de feuilles comme des spéculateurs sanguinaires et comme des écorcheurs de chair humaine. Cette chasse et ce *tolle* général, que je payai de mon propre argent, me coûta gros. Au bout d'un mois la compagnie de Westland fut tellement déconsidérée, que pas un chien n'aurait accepté d'elle un morceau de pain. C'est alors que mes coassociés, pour se débarrasser de moi, vinrent m'offrir d'eux-mêmes une résiliation de notre traité et le remboursement de mes fonds. Tu peux te figurer la joie avec laquelle j'acceptai ce marché. Mais j'avais acheté cette liberté bien cher, et en outre j'ai laissé là-bas la renommée d'un diable incarné. Bah! peu importe; j'ai au moins recouvré ma liberté.

« Maintenant je suis venu te chercher, et cela par deux raisons : d'abord pour te revoir et causer avec toi, et puis pour te consulter sur mon avenir. Et, à te parler franchement, je voudrais t'enrôler sous ma bannière. Je ne sais pas ce qui m'attache à toi, car au fond tu es un garçon froid et sec, et souvent plus récalcitrant que je ne voudrais. Mais, quoi qu'il en soit, tu m'as manqué bien souvent à l'étranger. Aujourd'hui qu'après de vives altercations avec mon père, auxquelles ont succédé de froides relations, j'ai conquis mon indépendance, je viens de nouveau te faire la proposition que je t'avais déjà faite dans le temps. Allons vivre ensemble, ou en Angleterre, ou bien au delà des mers. Examinons à nous deux ce que nous pourrions bien faire. Libres comme nous sommes l'un et l'autre, le monde entier nous est ouvert. »

Antoine jeta son bras au tour du cou de son ami et s'écria :

« Mon cher Fritz, reçois mes remercîments bien sincères de la noble proposition que tu viens de me faire. J'en éprouve la plus douce satisfaction, mais tu vois que des engagements sacrés me retiennent encore ici.

— D'après tes communications officielles, je conclus qu'ils auront un terme.

— C'est vrai, mais nous sommes placés à un point de vue différent, reprit Antoine. Tout en admettant que ce pays n'a rien de bien séduisant, et que les hommes qui l'habitent ne sont pas tous les plus aimables, je considère ces choses autrement que toi. Tu es bien plus cosmopolite que moi, et tu ne prends qu'un mince intérêt à la vie d'un État dont cette plaine et ton ami sont une si faible partie.

— En effet, mon bon Tony, dit Fink en regardant Antoine avec surprise, cette vie ne m'intéresse pas beaucoup, et tout ce que j'entends ici ne m'inspire pas un grand attachement pour un État dont tu te considères si fièrement comme faisant partie....

— Je pense tout autrement, interrompit Antoine. **A moins d'y** être forcé, personne aujourd'hui ne devrait quitter son pays.

— Qu'entends-je ? s'écria Fink étonné.

— Que te dirai-je ? continua Antoine. Dans un moment de passion j'ai reconnu combien mon cœur est attaché au pays dont je suis citoyen. Depuis ce jour je sais pourquoi je vis dans cette province au milieu d'un peuple étranger. Autour de nous tout ordre légal est provisoirement suspendu. Je porte des armes pour ma propre défense, et cent autres font comme moi. Quel que soit le sentiment qui m'ait amené en ces lieux, je tiens ici la place d'un des conquérants qui ont enlevé à une race plus faible la domination de ce sol, pour l'exploiter librement et pour y répandre la civilisation. Entre nous autres Allemands et les Slaves, la lutte date de loin, et nous sentons avec orgueil que l'instruction, le goût du travail et le crédit sont de notre côté. Tous les résultats obtenus par les propriétaires polonais des environs (parmi lesquels il y a beaucoup d'hommes riches et intelligents) tout, jusqu'au moindre écu qu'ils peuvent dépenser, leur a été gagné directement ou indirectement par l'industrie allemande. Ce sont nos brebis qui ont amélioré leurs troupeaux sauvages. C'est nous qui construisons les machines à l'aide desquelles ils remplissent leurs tonneaux d'esprit-de-vin. C'est par le crédit allemand que leurs lettres de créance et leurs terres ont acquis une certaine valeur. Jusqu'aux armes avec lesquelles ils nous font aujourd'hui la guerre, qui sortent de nos fabriques ou qui leur ont été livrées par nos maisons de commerce. Ce n'est point par une politique cauteleuse, mais par une voie paisible, par celle du travail, que nous avons établi notre domination sur ce pays. Je crois donc que celui qui fait partie du peuple allemand, agirait lâchement s'il quittait en ce moment le poste que le ciel lui a assigné.

— Tu parles bien fièrement sur une terre étrangère, tandis que le sol de notre propre pays tremble.

— Qui a fait de cette province une province allemande ? demanda Antoine en étendant la main.

— Je ne nie pas que ce ne soient les princes de votre race, dit Fink.

— Et qui a conquis la grande province dans laquelle j'ai vu le jour ? demanda Antoine.

— Un homme plein d'énergie.

— Ce fut un vaillant prince ! s'écria Antoine. Lui et ses descendants se sont emparés du sol étranger ou par la force, ou par la ruse, ou par des traités, dans un temps où le reste de l'Alle-

magne était pour ainsi dire mort et plongé dans la misère. C'est
en hommes vaillants et sages qu'ils ont administré leur conquête.
Ils ont creusé des canaux au milieu des marais et ont transplanté
dans des contrées inhabitées une race d'hommes qu'ils ont rendus, comme ils l'étaient eux-mêmes, laborieux, infatigables et
industrieux. En réunissant sous un seul sceptre des souverainetés
purement nominales et des peuplades dégénérés et à moitié dé-
truites, ils ont fondé par leur génie un État homogène et puissant, qu'ils ont légué à leur maison, devenue l'arbitre suprême de
plusieurs millions d'âmes.

— C'est là l'œuvre des ancêtres, dit Fink. Sans doute, en créant
cette puissance, ils ont travaillé pour eux ; mais aujourd'hui que
notre sphère s'est agrandie, il s'est élevé un nouveau peuple allemand. Nous demandons aux Slaves de reconnaître notre pouvoir,
qui ne date que d'hier. Cela leur coûtera beaucoup, car ils sont
habitués à considérer comme une propriété inaliénable les terres
qu'ils avaient conquises.

— Qui peut prévoir quand cette lutte entre le principe slave
et le principe allemand se terminera. Nous maudirons peut-être
encore longtemps les funestes suites qu'entraînent ces guerres
incessantes. Mais, quelle que soit l'issue de cette lutte, je crois,
et cela est pour moi aussi vrai que le jour qui nous éclaire, je
crois que l'État fondé par nos ancêtres ne tombera pas à son tour
comme celui sur les ruines duquel il s'est élevé. Si tu avais vécu
ces dernières années, comme moi, au milieu de petites gens et
de l'activité la plus variée, tu serais convaincu ! Nous sommes
encore pauvres, faibles comme peuple ; mais notre force se dé-
veloppera d'année en année, et nous grandirons par notre travail
intellectuel, par le bien-être qui en découle et par la conviction
que nous devons tous ne former qu'une seule grande famille.
Et dans ce moment, nous Allemands, nous sommes dans ce pays
frontière tous unis comme des frères, tandis que les Slaves, dans
l'intérieur du pays, vivent dans de perpétuelles dissensions. Notre
lutte est pure et noble !

— Soit, dit Fink avec un signe d'approbation ; voilà bien
comme un Allemand parlera toujours. Plus les temps sont tristes, plus ses espérances sont brillantes. Tout cela, maître Wohlfart, me montre que tu n'as pas envie de venir maintenant avec
moi.

— Je ne le puis, répondit Antoine avec émotion. Tu ne m'en
voudras pas ?

— Écoute, dit Fink en riant. Depuis notre dernière séparation nous avons changé de rôle. Le jour où je te quittai, je res-

semblais à un cheval du désert qui flaire une source. J'espérais
alors m'affranchir d'une vie aride et monotone et me retremper
au milieu d'une fraîche verdure, tandis que je n'ai fait que
tomber dans un vilain bourbier marécageux. Aujourd'hui que,
fatigué et épuisé, je viens me réfugier auprès de toi, je te vois
bravement aux prises avec la mort et l'enfer. Tu es plus fort
qu'autrefois. Je ne puis pas dire la même chose de moi. Cela
tient probablement à ce que tu as une patrie, tandis que je n'en
ai pas. Mais c'est assez parler raison. Apprends-moi de quelle
manière tu fais ici la guerre. Présente-moi à tes compatriotes;
montre-moi, si tu peux, sur cette charmante propriété, un pied
de terre carré où l'on n'enfonce pas dans le sable jusqu'aux chevilles. »

Antoine conduisit Fink auprès de ses compatriotes, puis il traversa avec lui la forêt pour lui montrer les corps de garde et les
villages voisins; il lui expliqua toutes les mesures prises pour
garantir le château contre un coup de main. Fink suivit avec intérêt tous les détails et dit enfin :

« Vous avez fait le plus essentiel. Vous êtes parvenus à maintenir parmi vos gens l'ordre et le courage. »

Cependant on se préparait au château à bien recevoir l'hôte
étranger. Le baron chargea le domestique de voir s'il y avait à
la cave une provision suffisante de vin rouge et de vin blanc, et
il gronda le palefrenier de ne pas avoir fait réparer le harnais
du cheval de selle. La baronne sortit une robe qu'elle n'avait
plus regardée depuis son arrivée dans le nouveau domaine. Lenore
aussi pensait avec une certaine crainte à l'homme présomptueux
qui déjà, du temps des leçons de danse, avait su lui imposer, et
qui depuis ce temps lui avait souvent apparu comme une vision.
Il régnait une agitation non moins grande dans le souterrain qui
servait d'office. A l'exception de quelques rares visites d'affaires,
c'était le premier hôte important. Aussi la cuisinière résolut-elle
de faire une pâtisserie extraordinaire; mais dans ce pays dénoué
de ressources, il lui manquait malheureusement les principaux
ingrédients. Elle songea ensuite à tuer quelques poulets de la
ferme; mais Suska, petite polonaise, confidente de Lenore, se
révolta contre ce cruel projet qui lui arrachait des larmes; elle
menaça la cuisinière téméraire d'appeler sa maîtresse. Enfin le
cordon bleu aux abois reprit ses esprits et envoya en toute hâte
un petit marmiton chez le forestier, pour lui demander comme
renfort quelque pièce de gibier.

On fit aussi la chasse à la poussière et aux toiles d'araignée dans la maison, et on arrangea une chambre à côté de celle d'Antoine. On y transporta le petit divan de Lenore, le siége de velours et le tapis de sa mère, pour faire un peu honneur à la famille.

Fink ne se doutait guère des tracas occasionnés par son arrivée; il courait les champs en société d'Antoine, avec une gaieté qu'il n'avait pas éprouvée depuis longtemps. Il parla de ses aventures, des spéculations raffinées et de l'accroissement étourdissant du nouveau monde, et Antoine remarqua avec plaisir que, dans les plaisanteries de son ami, il perçait toujours une profonde indignation contre les horreurs dont il avait été le témoin.

« La vie en Amérique est forte et active, dit Fink; mais c'est dans ce tourbillonnement continuel que j'ai fini par reconnaître qu'en Europe, vous autres Allemands, avez bien aussi votre mérite ! »

En causant ainsi ils revinrent au château. Ils changèrent de toilette. Antoine jeta un regard de surprise sur l'arrangement de la chambre destinée à son ami. Bientôt après, un domestique vint les inviter à se rendre chez la baronne. Maintenant qu'on avait triomphé des difficultés de l'installation du noble hôte, et que les lampes répandaient un doux éclat dans tout l'appartement, la famille du baron se sentait flattée et heureuse de la visite du riche et élégant voyageur américain.

La maison du baron avait repris son ancien ton, la conversation légère et aimable, les manières nobles et les formes polies auxquelles elle était habituée. La conversation roula sur les mêmes sujets qu'on traitait autrefois, et Fink sut, pendant cette première visite, remplir son devoir avec l'habileté dont il usait si bien quand il le voulait. Il mit toute la famille à son aise ; il eut pour le baron une familiarité pleine d'égards, comme il convenait à un jeune homme de bonne famille; il témoigna à la baronne le plus grand respect, et se montra franc et naturel vis-à-vis de Lenore. En lui adressant souvent la parole, il triompha bien vite de son embarras. Les Rothsattel sentaient qu'il était un des leurs; il y avait tacitement comme un lien de franc-maçonnerie entre eux tous. Antoine aussi se demanda comment le nouvel hôte se trouvait déjà comme l'ancien ami de la maison, tandis que lui-même il semblait un étranger. Il s'éleva de nouveau dans son âme quelque chose du sentiment de respect que plus jeune il avait éprouvé pour le monde élégant, distingué et noble; mais ce sentiment ne fit que passer comme une ombre sur son jugement clair et sain.

Quand Fink se leva, le baron l'assura, avec une franche chaleur, qu'il serait charmé de le garder le plus longtemps possible au château; la baronne aussi dit, quand il se fut retiré, que le genre anglais lui allait parfaitement et qu'il avait tout à fait les manières d'un grand seigneur. Lenore ne songea pas beaucoup au bon ton de Fink; mais elle parla avec une volubilité extraordinaire. Elle accompagna sa mère jusque dans sa chambre à coucher, s'assit sur un tabouret à côté d'elle et se mit à causer gaiement, non pas de l'hôte, mais de beaucoup d'autres choses qui l'intéressaient, jusqu'à ce que sa mère lui baisât le front et lui dit :

« En voilà assez, mon enfant; va te coucher et ne rêve pas. »

Fink s'étendit avec plaisir sur le divan.

« Cette Lenore est une superbe femme ! s'écria-t-il radieux. Elle est simple, franche, toute ronde, et n'a rien de l'exaltation de vos jeunes précieuses. Mets-toi là à côté de moi, comme autrefois, et causons ensemble, Antoine Wolhfart, intendant seigneurial d'un *sahara* slave. Écoute, tu te trouves dans une position si étrange, qu'en y pensant mes cheveux s'en dressent encore de surprise. Dans mes anciens tours de jeunesse, tu m'as souvent, comme mon bon génie, assisté de tes sages conseils. Maintenant, te voilà frappé toi-même de folie, et, comme j'ai aujourd'hui l'avantage d'être dans mon bon sens, ma conscience me défend de t'abandonner dans ces embarras.

— Fritz, mon cher ami ! s'écria Antoine d'un air satisfait.

— C'est bien, dit Fink. Je désire rester quelque temps près de toi. Songe à la manière de m'en faciliter les moyens. Tu t'arrangeras bien avec les femmes; mais pour le baron....

— Tu l'as entendu, répondit Antoine; lui aussi regarde comme un heureux hasard qu'un chevalier comme toi vienne habiter son château solitaire. Seulement.... (il regarda autour de lui avec une certaine hésitation) il ne faudra pas être difficile.

— Hum ! je comprends, dit Fink. Vous êtes devenus bien serrés, bien regardants.

— C'est bien cela, dit Antoine. Si je pouvais remplir des sacs avec le sable jaune du bois et le vendre pour du froment, il m'en faudrait placer beaucoup pour faire entrer quelque argent dans notre caisse.

— Puisque tu as recherché ici la place de caissier, je devais bien penser que la caisse serait vide, dit Fink d'un ton sec.

— Oui, répondit Antoine; ma principale caisse est un vieux tiroir de toilette, et je t'assure qu'il pourrait y entrer beaucoup

plus qu'il ne renferme. Aujourd'hui, j'envie souvent ce bon
M. Purzel avec sa craie dans notre comptoir. Je serais heureux
si j'apercevais dans ma caisse une rangée de sacs d'argent en
toile grise, car je n'ose penser à des billets de banque et à un
portefeuille rempli d'actions. »

Fink se mit à siffler une marche.

« Pauvre garçon! dit-il enfin. Mais vous avez cependant de
grandes terres et une maison établie sur un certain pied. Tout
cela doit ou produire ou coûter. De quoi vivez-vous donc?

— Cela, mon ami, c'est le secret de ces dames, que je ne te
confie qu'avec peine. Nos chevaux mangent nos diamants. »

Fink haussa les épaules.

« Mais est-il possible que les Rothsattel en soient là? »

Antoine peignit avec ménagement le malheur arrivé au baron,
puis il parla avec enthousiasme de la noble résignation de la baronne, de la grande énergie de Lenore.

« Je vois, dit Fink, que vos affaires sont en plus mauvais état
que je ne pensais. Comment peux-tu vivre au milieu de ce désordre? Les oiseaux sur les arbres sont des rentiers, en compa-
raison de vous.

— Aujourd'hui, continua Antoine, il s'agit de faire face aux
embarras présents, jusqu'à la vente publique du château du baron. Les créanciers ne presseront pas; d'ailleurs, les tribunaux
ne fonctionnent presque pas en ce moment. Le baron ne peut pas
garder cette propriété sans avoir de grands capitaux à sa disposition. Il ne peut pas non plus l'abandonner; car autrement il
perdrait jusqu'à la perspective de la vendre dans un avenir plus
ou moins éloigné, et la famille se trouverait privée de tout asile.
C'est en vain que j'ai voulu leur faire quitter cette province pendant ces moments de tourmente. Ils sont décidés en désespérés à
attendre ici la décision de leur destinée. L'orgueil du baron ré-
pugne à retourner dans une société où il a brillé autrefois, et ces
dames ne veulent pas le quitter,

— Envoie-les donc dans une ville plus grande du voisinage,
et ne les expose pas à l'attaque de la première bande de paysans
ivres.

— J'ai fait tout ce qui était en mon pouvoir; mais sur ce
point, je suis sans aucune influence, répondit Antoine d'un air
sombre.

— Alors, mon garçon, il faut que tu saches que ton appareil
belliqueux n'est pas très-imposant. Avec cette faible poignée de
gens que tu ne peux rassembler qu'avec beaucoup de peine, tu
arrêteras difficilement une bande de coquins; elle ne te suffi-

rait pas à défendre la cour de la maison, ni même à couvrir la retraite de ces dames. N'avez-vous aucun espoir d'obtenir des troupes?

— Aucun, répondit Antoine.

— C'est, il faut l'avouer, une position bien agréable et bien encourageante! s'écria Fink. Et néanmoins vous avez cultivé vos champs, et votre petite colonie a toujours continué de suivre un ordre régulier. Charles m'a raconté dans quel triste état était le domaine quand vous êtes venus ici, et combien vous l'avez relevé. Vous avez déployé une grande activité et une force de volonté inouïe. Dans une position aussi désespérée, il n'y avait qu'un Allemand qui pût s'en tirer avec honneur. Ni un Américain, ni un homme d'aucun autre pays n'en serait venu à bout. Il faut que votre établissement, aussi bien que ces dames, soit mieux gardé. Loue vingt hommes vigoureux pour défendre la maison.

— Tu oublies que nous pouvons aussi peu que le coq du clocher nourrir vingt hommes oisifs.

— Qu'ils travaillent! s'écria Fink. Vous avez ici des terres à défricher; plus de cent bras pourraient y être employés avec fruit. N'as-tu pas des marais à sécher, des canaux à creuser pour écouler l'eau? Il y a là-bas d'immenses marécages.

— Il faut attendre une autre saison, répondit Antoine. Le sol est maintenant trop humide.

— Fais semer ou planter quelques centaines d'acres de terre défrichée. Le ruisseau ne tarit-il pas l'été?

—Non, répondit Antoine.

— En ce cas, donne-leur d'autre ouvrage.

— N'oublie pas, dit Antoine en souriant, combien il sera difficile de trouver, dans notre contrée mal famée, des journaliers sûrs et qui aient des aptitudes militaires.

— Tu m'ennuies avec tes hésitations, s'écria Fink. Envoie Charles enrôler des hommes dans quelques villages allemands; il te fera avoir assez de monde.

— Mais tu entends bien que nous n'avons pas d'argent. Le baron n'est pas encore en état de faire exécuter de grandes améliorations, dont on ne recueille le prix qu'au bout d'un certain temps.

—En ce cas, laisse-moi faire, répondit Fink.

— Tu dois comprendre, Fink, que c'est impossible. Le baron ne peut pas accepter de tels sacrifices de son hôte.

— Vous me rembourserez quand vous aurez de l'argent, dit Fink.

— Il n'est pas sûr que nous soyons jamais en état de faire ce remboursement.

— Eh bien, alors, il n'a pas précisément besoin de savoir ce que coûtent ces gens.

— Il est aveugle, répondit Antoine avec un léger reproche, et, comme je suis à son service, il faut que je lui rende compte des dépenses. Il pourra bien, après quelques scrupules de gentilhomme, accepter de toi une somme à titre d'emprunt, car ses idées sur sa position changent avec son humeur ; mais ces dames ne se font pas de ces illusions. Elles seraient humiliées à chaque instant en ta présence, si elles savaient que c'est à ta fortune qu'elles doivent quelque allégement à leur position.

— Cependant, elles ont pu accepter un bien plus grand sacrifice que tu leur as fait, dit Fink d'un air plus sérieux.

— Peut-être, répondit Antoine, ne regardent-elles pas comme un sacrifice ce que j'ai fait en acceptant mes modestes fonctions. Elles se sont habituées à me voir auprès d'elles comme agent comptable et comme employé du baron. Tu es leur hôte ; leur amour-propre les engagera à te cacher de leur mieux la gêne de leur position. Pour rendre ta chambre habitable, elles ont dégarni leur propre appartement ; le divan sur lequel tu es étendu en ce moment vient de la chambre à coucher de Mlle Lenore. »

Fink regarda le divan avec curiosité et reprit sa première attitude.

« Comme il ne me plaît pas de partir immédiatement, dit-il, tu voudras bien m'indiquer un moyen de vivre ici d'une manière convenable. Mets-moi un peu au courant des hypothèques de ce domaine et des perspectives qu'il peut offrir. Admets pour un instant que je suis un malheureux acquéreur de ce paradis. »

Antoine se mit à exposer la situation.

« Cela n'est pas trop désespéré, dit Fink. Écoute maintenant ma proposition. Les affaires ne peuvent pas marcher comme elles ont marché jusqu'ici. Cette vie parcimonieuse est trop funeste pour tout le monde, et plus particulièrement pour toi. Quoique les terres soient dans un bien triste état, il me semble cependant possible d'en tirer parti. Je ne sais pas si vous serez capables de garder le domaine ; mais si tu as envie de consacrer à cette tâche encore quelques années de ta vie et de sacrfier tes propres intérêts à ceux d'autrui, je ne regarderais pas cela comme impossible, en admettant que dans des temps plus tranquilles, vous puissiez trouver le capital nécessaire pour faire valoir la propriété. En attendant, je vous avancerai quelques milliers d'écus, disons cinq mille, et le baron me donnera en échange une hypothèque sur ce domaine. Cet emprunt ne vous mettra pas dans une plus fâcheuse position, et il vous facilitera les moyens de passer cette mauvaise année. »

Antoine, troublé, se leva et se promena de long en large dans la chambre.

« Cela ne se peut pas, s'écria-t-il enfin ; nous ne pouvons pas accepter ton offre généreuse. Écoute, Fritz ; l'année dernière, quand je ne connaissais pas la famille aussi bien que je la connais aujourd'hui, j'avais vivement désiré que notre patron s'intéressât aux affaires du baron. J'aurais été alors très-heureux si tu m'avais fait cette même offre ; mais aujourd'hui que je commence à voir clair dans la situation de M. de Rothsattel ; je croirais mal agir envers toi et envers ces dames si j'acceptais ta proposition.

Le divan de la chambre à coucher de Lenore doit-il être sali par les cendres des pipes de vos hôtes militaires ? Aujourd'hui, c'est moi qui le salis ; plus tard ce seront les paysans polonais armés de faux....

— Il faut bien en passer par là, répondit Antoine tristement.

— Entêté, cria Fink, tu ne te débarrasseras pourtant pas de moi. Maintenant, Tony, laisse-moi, tu es incorrigible ! »

Depuis cette conversation, Fink ne parla plus à Antoine de son projet : mais, le lendemain, il eut avec le hussard plusieurs entretiens confidentiels, et, le soir il dit au baron :

« Puis-je vous prier de me prêter demain votre cheval de selle ? C'est une ancienne connaissance à moi. Je voudrais parcourir vos champs. Ne m'en voulez pas, madame la baronne, si demain je ne dîne pas avec vous.

— Il est riche, il vient pour acheter, dit le baron par-devers soi. Wolhfart a sans doute appris à son ami qu'il y avait ici une affaire à traiter. Le champ de la spéculation s'ouvre ; maintenant, il faut agir avec circonspection ! »

II

Par une de ces belles matinées d'avril où une douce chaleur fait épanouir les bourgeons des arbres et battre plus fortement le cœur de l'homme. Lenore, en chapeau et avec une ombrelle, sortit du château pour se rendre à la ferme. Arrivée à l'étable, elle y examina les bêtes, fières de leurs cornes. Les vaches devant lesquelles elle passa fixèrent sur elle de grands yeux et entr'ouvirent leurs larges bouches. Quelques-unes se mirent à beugler gaiement comme pour réclamer ses lar gesses.

« M. Wohlfart est-il par ici? demanda Lenore au régisseur qui passait près de l'écurie.

— Il est au château, mademoiselle.

— Est-ce qu'il est avec son ami? reprit-elle.

— M. de Fink est déjà parti ce matin à cheval pour Neudorf. Il ne peut rester en place, il faut toujours qu'il coure, et surtout à cheval. Il aurait fait un bon officier de hussards! »

Quand Lenore eut ainsi appris de quel côté M. de Fink était allé, elle prit pour ne pas le rencontrer une autre direction, et, traversant le ruisseau et les champs, elle s'achemina vers le bois. Elle contemplait le ciel bleu et la terre en fleurs. Les semailles d'hiver et les vertes pointes de l'herbe brillaient si vivement à la lumière éclatante du matin, que son cœur s'épanouissait. Le souffle du printemps agitait les saules du ruisseau. Une forte séve pénétrait dans les branches dorées, et les premières feuilles sortaient des gros bourgeons. Elle ne se plaignit pas aujourd'hui du sable; d'un pas léger elle traversa la large ceinture du bois, et se dirigea par le sentier à travers les pins vers la maison du forestier. Un petit monde animé bourdonnait, gazouillait, sifflait et criait dans le bois. Partout où un groupe d'arbres à épais feuillage s'élevait au milieu des pins, on entendait le cri perçant du pinson ou le joyeux gazouillement d'un couple nouvellement uni et discutant sur quelle branche il bâtirait le nid de cette année. Les insectes voltigeaient autour des bourgeons de bouleaux; quelquefois une abeille, sortie de bonne heure de son engourdissement d'hiver, bourdonnait dans l'air; de bruns papillons volaient au-dessus des buissons; dans les fonds on voyait briller à l'ombre les blanches étoiles de l'a némone et les primevères jaunes.

Lenore ôta son chapeau de paille, pour laisser l'air pur et doux rafraîchir ses tempes; elle aspirait à longs traits les parfums de la forêt. Souvent elle s'arrêtait pour écouter les murmures et les bruits qui se mêlait autour d'elle; elle regardait le tendre feuillage des arbres et frappait avec sa main la blanche écorce d'un bouleau. Arrêtée près de la source bavarde devant la maison du forestier, elle caressait les petits pins droits et serrés de la haie. Il lui semblait qu'elle n'avait jamais vu le bois aussi gai et aussi animé. Dans la cour, les chiens aboyaient avec fureur; le renard faisait raisonner sa chaîne, et le bouvreuil sautait çà et là dans sa cage et semblait vouloir s'associer au tapage que faisaient en bas messeigneurs les chiens.

« Paix, Hector, chut, César! » cria Lenore en frappant à la porte.

Les hurlements se changèrent en jappements joyeux. Quand elle ouvrit la porte, le basset César s'élança au-devant d'elle, la queue frétillante. Hector bondit autour d'elle en flairant ses poches. Le renard rentra au fond de sa cage, appuya sa tête sur son auge et regarda Lenore avec ses yeux fins.

Mais de l'autre côté de la haie, elle vit une tête de cheval passer par-dessus les pins. Celui qu'elle voulait éviter se trouvait justement dans cette solitude. Elle resta quelque temps irrésolue, et elle était sur le point de s'éloigner sans rien dire, quand le forestier parût sur le seuil de la porte et la salua. Il n'y avait plus à reculer. Aussi suivit-elle le forestier dans sa chambre, au milieu de laquelle elle aperçut Fink, la figure éclairée par un rayon de soleil qui passait à travers les petits carreaux de la fenêtre. Fink vint poliment au-devant de Lenore, et dit en montrant le forestier :

« J'étais sorti pour faire connaissance avec la chasse; je causais avec votre fier vassal et j'examinais sa demeure mystérieuse. »

Le forestier avança une chaise: Lenore fut obligée de s'asseoir, et Fink, appuyé en face d'elle contre la cloison, la regardait avec une admiration qu'il ne cherchait point à dissimuler.

« Vous formez un contraste frappant avec ce bon vieillard et cette salle, dit-il en regardant autour de lui. Je vous en prie, n'agitez pas votre ombrelle. Tous ces oiseaux empaillés n'attendent que votre ordre pour revenir à la vie et se mettre à vos pieds. Le héron là-bas redresse déjà sa tête.

— Ce n'est qu'un reflet du soleil, » dit le forestier comme pour tranquilliser Fink.

Lenore ne put s'empêcher de sourire.

« Vous avez beau dire, nous connaissons ces défaites, s'écria Fink. Vous êtes dans le complot. Je reconnais en vous le gnome de cette reine. Si on ne se livre point ici à des sortilèges, je consens à m'endormir pour ne plus me réveiller. Il ne faut qu'un signe de cette baguette pour que les poutres de cette grande cage s'ouvrent et pour que vous vous envoliez vers le soleil avec votre cortége. Il est certain que votre résidence est là-bas sur la cime des pins, voûte aérienne où s'élève votre trône, puissante souveraine de ces lieux, belle déesse du printemps!

— Ce qui me rassure, dit Lenore un peu confuse, c'est que

te n'est pas moi qui vous inspire ces fictions; mais le charme
même de la fiction. Je ne suis qu'un sujet fortuit pour votre
brillante imagination. Vous êtes poëte!

— Fi donc! comment pouvez-vous dire pareille chose? Moi,
poëte! à l'exception de quelques gais refrains de matelot qui ne
sont pas faits pour votre oreille, je ne sais pas une seule chanson.
Ce que j'estime en fait de poésie, ce ne sont que quelques frag-
ments de l'école ancienne, comme : « Hourra, hourra, hop, hop,
« hop! » dans une ballade qui, si je ne me trompe, porte votre
nom[1]. Et à ce vers classique, je reprocherai encore qu'il exprime
plutôt le trot pesant d'un cheval de labour que le galop fantastique d'un cheval aérien. Cependant il ne faut pas y regarder de
si près avec les poëtes de cabinet. En dehors du vers que je vous
ai cité, il ne me reste guère aucune réminiscence poétique. Il y a
peut-être encore la rime heureuse de notre grand Schiller :

« Potz Blitz! das ist ja die Gustel von Blasewitz[2]. »

Il y a dans ce passage beaucoup de vérité.

— Vous vous moquez de moi, dit Lenore d'un ton piqué.

— Certainement non, protesta Fink. Si cela vous fait plaisir,
j'accepterai bien encore quelques bagatelles de certains poëtes,
en admettant toutefois que je n'aie à les lire que rarement.
Comment peut-on de notre temps lire des vers et même en
faire, lorsque la vie elle-même est pleine de poésie? Depuis
que je suis revenu ici sur cette terre de l'ancien monde, il ne
se passe pas une heure que je ne voie ou n'entende quelque
chose qui, dans cent ans, enchantera les hommes de plume. Ce
sont là de superbes sujets pour toute espèce d'œuvres d'art. Si
j'avais le malheur d'être poëte, j'irais dans mon enthousiasme me
jeter la tête la première dans la cage du renard, pour y faire,
avec la certitude d'être à l'abri de toute passion, un sonnet bien
passionné, pendant que le renard me mordrait les jambes. Mais
comme je ne suis pas un homme de plume, je préfère jouir ici
de ce que je vois de beau, au lieu de le mettre en vers. »

Et il regarda de nouveau avec admiration la belle jeune fille
assise vis-à-vis de lui.

[1]. L'auteur fait ici allusion à la fameuse ballade Lenore de Bürger., dans
laquelle se trouve ce vers ;

« Die Todten reiten schnell (les morts vont vite). »

[2]. « Mille éclairs ! C'est, ma foi, Augustine de Blassewitz! » Schiller joue sur
les mots Blitz, éclair, et Blasewitz, qui souffle de l'esprit, qui fait de l'esprit).

« Lenore ! » cria une voix glapissante du fond de la chambre.

Lenore et Fink se regardèrent avec surprise.

« Il a appris ce nom, dit le forestier en montrant le corbeau. Il n'apprend plus rien, et il est toujours furieux contre tout le monde. Cependant il a appris ce nom. »

Le corbeau perché près du poêle tourna la tête et fixa ses yeux perçants sur les deux hôtes ; il remua le bec et parut se parler à lui-même, en faisant tantôt un signe d'assentiment, tantôt un geste de désapprobation.

Voilà les oiseaux qui commencent à parler, cria Fink en s'approchant du corbeau. Le plafond va s'enlever ; moi, je resterai seul avec Hector et avec César, et je vous suivrai tristement des yeux. Eh bien ! sorcier, l'eau bout-elle ? »

Le forestier regarda le poêle.

« Elle bout très-fort. Mais que faire à présent ?

—Nous prierons mademoiselle de nous prêter son assistance, répondit Fink. J'ai l'intention, dit-il en s'adressant à Lenore, de me rendre sur votre coursier de famille jusqu'à la distillerie et de pousser ensuite plus loin. J'ai apporté avec moi ce qui me sert en voyage de déjeuner et de dîner. »

Il sortit quelques tablettes de chocolat.

« Faisons de cela quelque chose qui ressemble à une boisson. Si vous ne dédaignez pas de nous tenir compagnie dans cette entreprise, je proposerai de faire fondre ce chocolat aussi bien que possible dans de l'eau. Ce serait charmant à vous de vouloir bien nous dire comment il faut nous y prendre.

— Avez-vous une râpe ou un mortier ? demanda enfin Lenore en riant au forestier.

— Je n'ai pas ce genre d'instrument, répondit le forestier.

— Avez-vous un marteau, demanda Fink, et une feuille de papier blanc ? »

Aussitôt le marteau fut apporté, mais la feuille de papier fut un peu plus difficile à trouver.

Le forestier alla puiser de l'eau fraiche à la source. Lenore rinça quelques verres, et Fink, qui s'était chargé de casser le chocolat, s'écria :

« C'est un papier antédiluvien ; il est dur comme du cuir, et doit dater du temps où il n'y avait pas de machine pour fabriquer le papier. Je gage qu'il est enfoui depuis des siècles dans cette hutte ensorcelée. »

Lenore mit les morceaux de chocolat dans un pot rempli d'eau, et le tourna avec une baguette. Ensuite ils s'assirent tous trois à a table du forestier et burent avec grand plaisir la boisson apprêtée par leurs mains.

Le soleil éclaira la chambre de ses rayons dorés. Leur éclat se refléta sur la belle figure de la jeune fille et sur les traits nobles et mâles de Fink assis en face d'elle. La lumière tomba ensuite sur le mur, colora la tête du héron et les ailes de l'autour. Le corbeau, après avoir terminé son monologue, quitta en voltigeant le siége où il était perché, sauta devant les pieds de la jeune fille et cria de nouveau : « Lenore! Lenore! »

La noble demoiselle s'entretint paisiblement avec l'hôte de son père. Le forestier se mêla quelquefois à leur conversation, et prononça plus d'une parole pleine d'un grand sens. Ils parlèrent de la province et des hommes qui l'habitaient.

« Dans tous les pays étrangers où je me suis rencontré avec les Polonais, dit Fink, j'ai toujours vécu dans les meilleurs termes avec eux. Je suis fâché que la mésintelligence qui règne entre les Allemands et les Polonais m'empêche d'aller visiter ces derniers dans leur pays; car on n'apprend à connaître les hommes que quand on les voit chez eux, dans leur intérieur.

— Ce doit être un grand bonheur de voir tant de choses diverses, s'écria Lenore.

— Ce n'est que dans les premiers temps que cette diversité agit puissamment sur l'âme. Quand on a visité beaucoup de pays, on finit par arriver à la conviction que les hommes ont entre eux beaucoup de points de ressemblance. On voit bien quelques nuances dans la couleur de la peau et quelques autres particularités; mais on trouve partout l'amour et la haine, les ris et les pleurs, et ces choses sont à peu près partout les mêmes. Il y a aujourd'hui quatre mois, je me trouvais dans un autre hémisphère, au milieu d'une verte steppe déserte, dans la hutte de bois d'un Américain. C'était absolument comme ici. Nous étions assis près d'une grosse table de bois comme est celle-ci, et mon amphitryon ressemblait à ce bon vieillard comme deux gouttes d'eau. Les rayons du soleil d'hiver entraient là absolument comme ici, par les petits carreaux de la fenêtre. Si les hommes ont encore quelques traits distinctifs dans les divers pays, les femmes ne diffèrent au fond presque pas entre elles. Il n'y a qu'une bagatelle qui les distingue.

— Et quelle est-elle? demanda le forestier.

— Elles sont plus ou moins propres, dit Fink négligemment. Voilà tout. »

Lenore se leva, plus révoltée du ton que des paroles de Fink

« Il est temps que je m'en retourne, dit-elle froidement en mettant son chapeau de paille.

— En vous levant, vous faites disparaître toute la clarté de la chambre, s'écria Fink.

— Un petit nuage s'est placé devant le soleil, dit le forestier en s'approchant de la fenêtre. C'est ce qui produit cette ombre.

— Quelle folie! répondit Fink. L'ombre vient du chapeau de paille. C'est lui qui cache les cheveux de mademoiselle. L'éclat venait de sa blonde chevelure. »

Ils sortirent de la maison. Le forestier ferma la porte. Ils s'éloignèrent chacun de la hutte dans une direction opposée.

Lenore retourna chez elle. Le serin chantait, le merle sifflait, elle n'y prit pas garde. Elle s'en voulait d'être entrée dans la maison du forestier, et cependant elle ne pouvait pas s'empêcher d'y songer. L'étranger la troublait et lui ôtait son assurance. Se montrait-il arrogant parce que rien n'était sacré à ses yeux? Son aplomb ne provenait-il que de sa présomption? Devait-elle se fâcher contre lui, ou bien le trouble qu'elle éprouvait en sa présence n'était-il que la folie d'une jeune fille sans expérience? Voilà ce qu'elle se demandait sans cesse, et elle n'y trouvait aucune réponse.

Quand Antoine voulut, vers le soir, faire tenir un ordre au berger, il ne trouva ni Charles ni un messager quelconque, et, comme le troupeau ne paissait pas bien loin du château, il se dirigea lui-même du côté de la distillerie où se trouvait le berger. Il ne fut pas peu étonné quand, à l'extrémité des champs, il aperçut sur la route son ami Fink à cheval, et qu'il vit non loin de là Charles et le métayer, tous très-affaires et très-occupés. Fink faisait faire des voltes à son cheval comme dans un cirque, les autres portaient des perches peintes en noir et en blanc, qu'ils fichaient en terre pour les en arracher de nouveau. En même temps, Charles regardait par une petite lorgnette qu'il avait fixée sur sa perche.

« Vingt-cinq tours de galop, cria Fink.

— Deux pouces de pente, dit Charles par derrière.

— Vingt-cinq, deux, c'est marqué, reprit le métayer, et il écrivit les chiffres sur les tablettes de son portefeuille.

— Est-ce que tu arrives aussi? cria Fink en riant à son ami: attends un instant, nous avons fini tout de suite. Encore quelques tours de galop, quelques coups d'œil par la lorgnette et quelques notes sur le portefeuille.

Les hommes ramassèrent leurs perches ; Fink prit le porte-feuille du métayer et calcula avec beaucoup de soin. Enfin il le rendit en souriant et dit:

« Viens, Antoine, que je te montre quelque chose. Regarde au nord, vers le ruisseau et le château. Tu verras que le ruisseau, considéré comme une ligne droite, forme la corde d'un arc qui s'étend de l'ouest à l'est, et dont la lisière du bois, derrière toi, serait la courbure. Le bois et le ruisseau bornent une partie du cercle.

— C'est clair, dit Antoine.

— Anciennement le ruisseau coulait dans une autre direction, continua Fink, ici, le long du bois, dans la courbe de l'arc. Quand on monte le long de la lisière du bois dans l'ancien lit, on arrive, du côté de l'ouest, à un point où le nouveau lit se sépare de l'ancien. C'est l'endroit où il y a un méchant pont sur le ruisseau ; l'eau y a encore une pente de plus d'un pied, et elle est assez forte pour faire marcher le plus grand moulin. A côté se trouvent les bâtiments délabrés d'une ferme.

— Je connais assez bien cet endroit, dit Antoine.

— Dans le bas du village, l'ancien lit du ruisseau s'écarte du bois, fait une courbe et se replie vers le cours d'eau. Il enceint une immense plaine de plus de cinq cents acres, si je puis m'en rapporter aux sauts de ce cheval. Dans tout ce terrain qui va en pente de l'ancien lit du ruisseau vers le nouveau, il ne se trouve que quelques acres de prés et quelques morceaux de terre arable assez médiocres. La plus grande partie de votre domaine, et la plus mauvaise à ce qu'on m'a dit, se compose de sable et de pacage.

— J'en conviens, dit Antoine avec une attention croissante.

— Maintenant écoute-moi bien. Si on ramène le ruisseau dans son ancien lit et si on le force de suivre la courbe de l'arc au lieu de la corde, on pourra arroser avec l'eau qui coule aujourd'hui à votre honte en pure perte, et métamorphoser le sable aride en un pré verdoyant.

— Tu es un homme habile, s'écria Antoine exalté par cette ouverture.

— Combien vous coûte l'acre de terre en moyenne ? demanda Fink.

— Trente écus.

— Les frais d'établissement du pré vous coûteront tout au plus autant. Cela fait en tout soixante écus, par conséquent trois écus d'intérêt par an ; mettant en plus deux écus par acre pour frais d'entretien, impôts, etc., on arrive à cinq écus. Mais

si tu comptes ensuite comme rapport de chaque acre vingt quintaux de foin, à un demi-écu le quintal, cela te fait par acre un
bénéfice net de cinq écus; par conséquent, pour cinq cent acres,
deux mille cinq cents écus de bénéfice net. Pour cela il faut
tout au plus une mise de fonds de quinze mille écus. C'est là,
Antoine, ce dont je voulais te faire part. »

Antoine demeura surpris. Il est certain que les chiffres d'éva-
luation de Fink, tant pour les frais que pour les revenus, n'é-
taient nullement chimériques, et la perspective d'une exploitation
si productive l'absorba tellement que, plongé dans ses réflexions, il marcha longtemps à côté de son ami sans desserrer les
dents.

« Tu me fais voir de l'eau et des prés dans le désert, s'écria-
t-il enfin affligé. C'est mal de ta part ; car ce n'est pas le baron,
mais un étranger, qui pourra tenter ces améliorations. Quinze
mille écus !

— Peut-être dix mille suffiront-ils, dit Fink d'un ton railleur.
Je ne t'ai présenté les élucubrations de mon esprit que pour te
punir de ton entêtement d'hier soir. Maintenant parlons d'autre
chose. »

Dans la soirée du même jour, le baron, prenant un air important, appela sa femme et Lenore.

« Venez dans ma chambre à coucher, j'ai à vous parler. »

Après s'être assis dans son fauteuil, il dit avec plus de satisfaction qu'il n'en avait montré depuis longtemps :

« Il était facile de voir que cette visite de Fink n'était pas l'effet du hasard seul, ni de son amitié pour M. Wohlfart, comme
ces jeunes gens veulent en avoir l'air. Vous avez toutes deux
plus de finesse que moi; cependant j'ai raison de croire que
cette visite s'adresse plutôt à nous qu'à notre agent comptable. »

La mère jeta un regard inquiet sur sa fille ; mais les yeux de
Lenore étaient fixés avec tant de calme sur son père, que la baronne se remit promptement.

« Et quel motif, selon vous, a pu amener ce noble étranger au
milieu de nous ! » continua le baron.

Les femmes se turent. Lenore secoua la tête; enfin elle s'é-
cria :

« Mon père, vous savez que M. de Fink est depuis longtemps
l'ami intime de Wohlfart, et qu'il y a plusieurs années qu'ils
ne se sont vus. Il est naturel que Fink profite de la liaison fu-

gitive qu'il a eue autrefois avec toi pour passer quelques semaines dans la société d'un ami dévoué. Pourquoi attribuer une autre cause à son séjour parmi nous?

— Tu parles selon les idées de ton âge. Mais, crois-moi, les hommes ne se conduisent guère d'après un sentiment idéal d'affection, comme ta sagesse te le fait supposer un peu à la légère; ils sont bien plutôt gouvernés par l'intérêt.

— L'intérêt? s'écria la baronne.

— Qu'y a-t-il d'étonnant? demanda le baron ironiquement. Tous deux sont marchands; Fink connaît assez les avantages du commerce pour ne pas manquer une bonne affaire quand l'occasion s'en présente. Je vais vous dire pourquoi il est venu ici. Notre excellent Wohlfart lui a écrit : « Il y a ici un domaine « que son propriétaire se trouve en ce moment empêché de gérer « par lui-même. Il y a là quelque chose à gagner. Tu as de l'ar-« gent, arrive. Je suis ton ami, j'espère bien qu'il m'en reviendra « un peu ! »

La baronne demeura immobile de surprise et ne put proférer un seul mot. Quant à Lenore, elle se leva et s'écria avec l'énergie d'un cœur profondément blessé :

« Mon père, je ne puis souffrir que tu parles ainsi d'un homme qui nous a toujours montré le plus grand désintéressement. Son amitié pour nous va jusqu'à supporter avec une patience sans bornes les ennuis de cette triste solitude et une position gênante à laquelle beaucoup d'autres ne se soumettraient pas à sa place.

— Son amitié ! dit le baron; nous n'avons jamais, que je sache, élevé nos prétentions si haut.

— Si fait, mon père, reprit Lenore en s'animant de plus en plus. Dans un temps où ma mère était abandonnée de tout le monde, ce fut Wohlfart qui nous vint en aide. Depuis le jour où mon frère l'a introduit chez nous jusqu'à cette heure, lui seul a pris nos intérêts et t'a représenté en toute occasion.

— Eh bien, dit le baron rappelé à de meilleurs sentiments, j'accorde qu'il tient bien les comptes et qu'il fait preuve de beaucoup de zèle pour de bien faibles honoraires. Mais, si tu t'entendais mieux aux affaires, tu jugerais mes paroles avec plus de sang-froid. D'ailleurs, ajouta-t-il avec émotion, il n'y aurait dans cette conduite rien de blâmable. Je n'ai pas en ce moment les capitaux nécessaires pour faire valoir mes terres, et je suis, comme vous le savez, dans l'impossibilité de diriger mes affaires moi-même. Que peut-on trouver à redire à ce que d'autres me fassent des propositions qui leur sont avantageuses et qui ne me causent aucun préjudice?

— Pour l'amour de Dieu, mon père, quelles propositions? Dans tout cela, Wohlfart ne peut avoir d'autres intérêts en vue que les tiens. »

Par un mouvement de la main, la baronne engagea Lenore à se taire.

« Si Fink veut t'acheter le domaine, dit-elle ensuite, je regarderai cela, mon cher Oscar, comme un bonheur; ce serait pour toi la meilleure planche de salut.

— Jusqu'ici il n'a pas été question de vente, répondit le baron. Dans les conjonctures présentes, je regarderais encore à deux fois avant de me dessaisir si vite de cette propriété. Fink m'a fait une autre proposition. Il veut être mon fermier. »

Lenore retomba muette sur sa chaise.

« Il veut affermer cinq cents acres de mes terres pour en faire des prés artificiels. Je ne saurais nier qu'il ne m'ait parlé ouvertement et en homme d'honneur. Il m'a prouvé par des chiffres combien il gagnerait à cette affaire; il m'a offert de payer tout de suite le fermage des premières années, et il s'est engagé à rompre le bail au bout de cinq ans et à me remettre les prés, si je lui rembourse les frais de premier établissement.

— Grand dieu! s'écria Lenore, j'espère bien que tu as repoussé cette offre généreuse!

— J'ai demandé du temps pour réfléchir, répondit le baron d'un air satisfait. La proposition, comme je l'ai déjà dit, n'est pas précisément désavantageuse pour moi. Cependant, il serait imprudent de ma part d'accorder à un étranger de si grands avantages pendant cinq ans, lorsque je puis espérer, dans un an, avoir à ma disposition des sommes qui me permettraient de tenter cette entreprise à mon propre compte.

— Tu ne pourrais jamais la tenter toi-même, mon pauvre ami! » dit la baronne tout en larmes en mettant ses mains sur les yeux de son mari, qu'elle tint longtemps embrassé.

Le baron, anéanti, s'affaissa et posa sa tête comme un enfant sur la poitrine de sa femme.

« Il faut que je sache si Wohlfart est instruit de ce projet et ce qu'il en pense, dit Lenore d'un air résolu. Si tu le permets, je l'enverrai chercher à l'instant. »

Comme le baron ne répondit pas, elle sonna le domestique et quitta la chambre pour attendre Antoine devant la porte.

Fink, assis dans la chambre d'Antoine, était occupé à gronder son ami.

« Depuis que tu ne fumes plus de cigares, ton bon génie t'a abandonné et a renoncé à t'inspirer de meilleurs sentiments.

Aujourd'hui il se distingue au ciel parmi les autres anges par un grand toupet, et le bon Dieu demande de temps en temps à son grand maréchal : « Qui est donc ce malheureux génie en « perruque? » A quoi Raphaël répond : « Ce cavalier était autre- « fois adjoint au vilain monstre connu sous le nom d'Antoine « Wohlfart. » Le Seigneur demande ensuite : « Pourquoi l'a-t-il « abandonné? » Et Raphaël est forcé de répondre : « Parce que « le malheureux a abjuré l'usage des *trabucos* [1]. » Le Seigneur dira alors avec colère : « Qu'il descende aux enfers, que son âme « soit cousue dans une feuille de navet, et qu'elle soit crachée « tous les jours par des diablotins fumeurs. »

— T'es-tu affilié en Amérique à quelque pieuse société, pour savoir si bien ce qui se fait dans le ciel? demanda Antoine en levant les yeux de dessus ses calculs.

— Tais-toi, dit Fink, autrefois tu trouvais encore le moyen de flâner quelques heures; maintenant tu uses tout ton temps à des calculs éternels, et qui, par Tantale, sont sans but ni raison. »

Le domestique entra et appela Antoine chez le baron. Quand Antoine fut sur le point de sortir, Fink lui cria :

« A propos, j'ai offert au baron de prendre à ferme cinq cents acres de ses terres. Deux écus et demi de fermage pour l'acre, et restitution des prés au bout de cinq ans, après le rembourse- ment des frais, soit comptant, soit en hypothèque. Maintenant va, mon garçon. »

Quand Antoine entra chez le baron, il trouva la baronne assise à côté de son mari dont elle tenait la main. Lenore se promenait avec agitation dans la chambre.

« Avez-vous entendu parler de la proposition que M. de Fink a faite à mon père? demanda-t-elle.

— Il vient à l'instant de m'en dire deux mots, » répondit An- toine.

Le baron sourit d'un air moqueur.

« Et quelle est votre opinion? mon père peut-il accepter? »

Antoine se tut. Enfin, après avoir pris le dessus sur lui-même, il dit d'un air contraint :

« C'est avantageux pour le domaine. La réalisation de ce pro- jet pourrait être une très-grande ressource pour cette propriété.

— Ce n'est pas là ce que je vous demande, répondit Lenore impatientée; je voudrais seulement savoir si, en ami, vous nous donnez le conseil d'accepter cette proposition.

— Non, dit Antoine.

1. Sorte de cigare d'Espagne gros et court.

— Je savais que vous parleriez ainsi, s'écria Lenore en se plaçant derrière la chaise de son père.

— Vous dites donc non; et pourquoi, s'il vous plaît? demanda le baron.

— Le temps présent, où tout est en mouvement, me semble peu propre à une aussi grande spéculation. Je vois en outre que Fink, en vous faisant cette proposition, agit par des raisons qui lui font peut-être honneur à lui-même, mais qui doivent, monsieur le baron, vous faire hésiter avant d'accepter.

— Vous me permettrez de décider moi-même ce que je puis accepter et ce que dois refuser, répondit le baron. Comme affaire, l'entreprise serait avantageuse pour les deux parties.

— Je suis obligé d'en convenir, dit Antoine.

— Et quant à la manière de juger la situation politique du moment, c'est là une question personnelle. Celui que cette considération n'empêche pas d'entreprendre quelque chose d'utile mériterait, je crois, plus d'éloges que celui qui, par une vague crainte, négligerait l'occasion qui se présente.

— J'accorde encore ce point.

— Cette entreprise fixerait-elle M. de Fink d'une manière durable dans notre contrée? demanda la baronne.

— Je ne le pense pas, madame. Il confiera les travaux à quelque agronome habile, et son esprit actif le rejettera bien vite dans le monde. Je n'ai que des conjectures sur les motifs qui l'ont déterminé à faire sa proposition à M. le baron. Je crois que ce qui y a une grande part, c'est sa haute vénération pour votre maison, et le désir de pouvoir, en ces jours de trouble, vivre auprès de vous et aussi auprès de moi. Le danger même, qui ferait fuir à tant d'autres cette contrée, a pour son grand cœur un attrait tout-puissant.

— Et vous n'auriez pas de plaisir à garder ici votre ami? demanda encore la baronne.

— Jusqu'à ce jour, je n'avais pas osé concevoir cette espérance, répondit Antoine. Autrefois, je m'étais imposé la tâche de le détourner de résolutions précipitées, qui, pour un simple caprice, lui faisaient affronter beaucoup de périls.

— La proposition que m'a faite votre ami vous semble donc irréfléchie et téméraire? demanda le baron.

— La proposition est hasardeuse pour lui seul, répondit Antoine avec énergie; et il y a quelque chose dans cette affaire, monsieur le baron, qui me choque pour vous : vous m'embarrasseriez fort en me demandant le pourquoi. Tout ce que je sais, c'est que je ne puis dire ce que c'est.

— Nous vous remercions, dit le baron, et nous ne voulons pas vous retenir davantage. D'ailleurs, l'affaire ne presse pas. »

Antoine s'inclina et quitta la chambre.

Lenore resta silencieuse à la croisée, en suivant Antoine d'un long regard. Elle répéta ses dernières paroles : « Je ne puis dire ce que c'est. » Une foule de tristes pressentiments vinrent assaillir son âme. Elle s'irritait de la faiblesse de son père, et elle était révoltée contre Fink de ce qu'il osait leur offrir ses bienfaits. Que son père acceptât ou qu'il refusât, leur position vis-à-vis de leur hôte n'était plus la même. Ils lui avaient tous des obligations ; il n'était plus un étranger pour eux, et il était dans la confidence de leurs secrets chagrins. Elle songea au mouvement ironique de sa bouche, à ses sourcils contractés ; elle croyait l'entendre se moquer de son père ainsi que d'elle. Il était entré hardiment dans leur maison, et, au bout de peu de jours, il s'était saisi des rênes avec une légère insouciance pour diriger le char de leur destinée. C'était à l'humeur fantasque et présomptueuse de cet homme que ses parents allaient peut-être devoir leur salut !

Aujourd'hui, elle avait encore pu plaisanter avec le jeune et brillant gentilhomme, comme avec un hôte avec lequel on se trouve sur le pied de l'égalité ; mais comment le regarderait-elle à partir de ce jour ? Il devenait pour elle un grand seigneur, et son père était réellement le subordonné de l'étranger. Son orgueil se révoltait contre le ton de supériorité qu'il s'arrogeait, et dont elle sentait tout l'ascendant à cette heure. Elle résolut de le traiter avec froideur, et, tout en songeant aux questions qu'il pourrait lui adresser et aux réponses qu'elle devrait y faire, son âme se débattait toujours contre l'image de l'orgueilleux Américain, comme l'oiseau effarouché vole autour de l'ennemi qui le chasse de son nid.

« Et que feras-tu, Oscar ? demanda la baronne.

— Mon père ne saurait accepter l'offre qui lui est faite, dit Lenore avec force.

— Quelle est ton opinion ? demanda le baron en s'adressant à sa femme.

— Choisis ce qui te délivrera au plus tôt de ce domaine, ce qui t'enlèvera le souci, le chagrin, l'incertitude qui te tourmentent sans cesse. Partons au plus vite ; quittons ce malheureux pays pour chercher un refuge dans des contrées où les passions soient moins hideuses qu'ici !

— Tu me conseilles donc d'accepter sa proposition ? dit le baron. Celui qui affeime une partie d'un domaine se chargera bien aussi de toute la propriété.

— Et il nous payera une pension! s'écria Lenore.

— Tu es folle, ma fille, dit le baron. Vous vous montez toutes deux inutilement l'imagination. Sans doute l'offre est trop importante pour la repousser sans réflexion ou pour l'accepter aveuglément. Je pèserai le pour et le contre. Wohlfart trouvera bien moyen d'examiner les conditions, ajouta-t-il d'un ton de meilleure humeur.

— Mon père, aie égard à ce que Wohlfart te dit, et respecte aussi ce qu'il tait par réserve.

— Oui, j'écouterai ses avis, dit le baron après une pause; et maintenant je vous souhaite à toutes deux une bonne nuit. J'y réfléchirai.

— Il acceptera, dit Lenore dans la chambre de la baronne; il acceptera, parce que Wohlfart veut l'en détourner, et parce que Fink lui offre de l'argent. Ma mère, pourquoi ne lui as-tu pas dit que nous ne pourrons plus regarder cet étranger en face, s'il nous fait l'aumône dans notre propre maison?

— Je n'ai plus ni orgueil ni espérance, » dit la mère à voix basse.

Quand Antoine rentra, mal disposé, dans sa chambre, Fink l'apostropha gaiement par ces mots

« Eh bien! cher procureur, où en sommes-nous? Serai-je fermier, ou bien le baron tentera-t-il lui-même l'entreprise? Il en avait grande envie. En ce cas, je demande une prime pour le droit d'invention, une place pour moi et pour mon cheval tant qu'on jouera ici à la guerre.

— Il acceptera ta proposition, quoique j'aie cherché à l'en dissuader, répondit Antoine.

— Toi, tu l'en as dissuadé? demanda Fink. C'est bien de toi! Si une souris qui se noie se cramponne à un soliveau, tu lui fais un discours sur le respect des obligations morales, et tu la rejettes dans l'eau.

— Tu n'es pas aussi innocent qu'un soliveau, dit Antoine en riant malgré lui.

— Écoute, continua Fink, je ne suis pas d'une sensiblerie extrême; mais, dans le cas présent, je ne regarderais pas comme une marque de ton amitié si tu allais m'édifier par quelque mercuriale. Tu es donc bien contrarié de ce que je veux t'aider à passer un temps de folie?

— Je te connais depuis assez longtemps, dit Antoine, pour savoir que ton amitié pour moi a une grande part à ta proposition.

— Vraiment! dit Fink d'un ton railleur. Et cette part est-elle grande? Nous ne sommes plus à l'âge d'or! Qu'on agisse avec autant de vertu qu'il est humainement possible, on vous dissèque tant et tant, que la vertu, sous le scalpel de la méchanceté, finit par se transformer en égoïsme. »

Antoine lui passa la main sur la joue.

« Je ne dissèque pas, dit-il. Tu as fait une noble proposition, et je ne suis pas mécontent de toi; mais je le suis de moi-même. Dans ce premier moment de joie que j'ai éprouvé en te voyant arriver, je t'ai dit sur la position du baron et sur le profond chagrin de ces dames plus que mon devoir ne me permettait; je t'ai initié moi-même aux secrets de cette maison, et, suivant ta brusque façon d'agir, tu as profité de ce que je n'aurais pas dû t'apprendre. C'est ainsi que je t'ai mis, moi, en rapport avec la famille, et que je t'ai fait aventurer tes capitaux dans ce pays livré aux troubles et à la guerre civile. Que tout cela se soit fait si subitement, cela est contraire à ma manière de voir, et que mon imprudence en ait été cause, voilà ce qui me contrarie.

— C'est naturel, dit Fink en riant: ta plus douce jouissance est de pouvoir te donner du mal pour tout ce qui t'entoure.

— Il m'est arrivé deux fois, continua Antoine, à moi dont tu as si souvent blâmé les excessives précautions, d'entretenir des amis de la position de la famille Rothsattel, sans y avoir été invité. La première fois, je cherchais, sans succès, à lui assurer aide et conseil; et c'est cette circonstance qui, plus que toute autre chose, m'a fait quitter le comptoir pour cette maison. Aujourd'hui, ma seconde indiscrétion procure au baron le secours que je n'ai plus réclamé. Qu'en résultera-t-il?

— C'est que tu sortiras de cette maison pour rentrer au comptoir, dit Fink en riant. A-t-on jamais vu un Hamlet si pointilleux en bottes à l'écuyère? Que ne puis-je découvrir si tu désires ou bien si tu crains en secret cette conséquence logique de ta conduite? »

Il tira une pièce de monnaie de sa poche.

« Voyons, Antoine, croix ou pile! La blonde ou la noire? Le pari tient-il?

— Tu n'es plus à Tenessée, vendeur de chair humaine, répondit Antoine en riant malgré lui.

— J'y allais bon jeu bon argent, reprit Fink avec calme en remettant la pièce d'argent dans sa poche. Je voulais te laisser le choix. Songes-y, plus tard! »

III

Le baron accepta. En effet, il était bien difficile de repousser l'offre de Fink. Antoine lui-même fut obligé de convenir qu'un refus devenait impossible une fois que la proposition avait été énoncée formellement; mais le baron ne donna pas son consentement de la manière franche et directe avec laquelle le simple bon sens aborde les intérêts terrestres. Il prit plusieurs biais. Il était toujours poursuivi de l'idée qu'il allait abandonner, pendant quelques années, un bénéfice considérable sur ses terres; et, quand il eut reconnu en soupirant l'impossibilité d'échapper à cette perte, il trouva que c'était agir un peu trop sans façon de la part d'un étranger, de venir lui faire une telle proposition le surlendemain de son arrivée, et que l'opposition opiniâtre de Lenore n'était pas sans fondement.

En ces moments, il se sentait misérable, dépendant, et comme sous la tutelle d'Antoine. Dans son aigreur, il eut jusqu'à la pensée de renoncer entièrement à un projet aussi avantageux; mais, après ces tiraillements et ces fluctuations entre son orgueil et son intérêt, celui-ci finit par l'emporter. Il n'ignorait pas de quel secours le fermage payé d'avance serait pour les dépenses de l'année courante, et il pressentait que la création des prés artificiels doublerait peut-être, dans peu d'années, la valeur du domaine. Il convenait que, dans ces temps agités, Fink était un associé précieux. Vis-à-vis de sa femme et de sa fille, il garda un silence obstiné. Quelques tentatives que fît Lenore pour influencer sa décision, il les repoussa avec une verve étonnante de bonne humeur. Enfin, dans l'intervalle qui se passa entre la réflexion et sa résolution définitive, le baron déploya une grande énergie et parut se relever de son affaissement moral.

Au bout de quelques jours, il appela son vieux serviteur et lui dit d'une manière toute confidentielle : « Jean, tu me préviendras du moment de la journée où M. Wohlfart sera sorti et où M. Fink se trouvera seul dans sa chambre. Alors tu m'annonceras auprès de ce dernier et tu viendras me chercher. »

Quand le baron eut été introduit secrètement dans la chambre de Fink, il lui dit très-obligeamment qu'il acceptait sa proposition et qu'il lui abandonnait le soin de faire rédiger le contrat chez le notaire de Rosmin.

« C'est une affaire arrangée, s'écria Fink en lui secouant
la main. Mais avez-vous aussi songé, monsieur le baron, que
par votre aimable acceptation je puis me trouver dans la nécessité de réclamer votre hospitalité pendant plusieurs semaines et même plusieurs mois? Car je désire assister pour le
moins aux premiers travaux, que je vais mettre en train sans
aucun retard.

— Ce sera pour moi un double plaisir, répondit le baron avec
une franche cordialité, si vous voulez bien vous contenter de la
simplicité de notre genre de vie. J'aurai soin de faire rendre
habitables quelques pièces de cette aile du château, et de les
mettre entièrement à votre disposition. Si vous avez quelque
domestique auquel vous teniez, vous n'avez qu'à le faire venir.

— Je n'ai pas de domestique, monsieur le baron, dit Fink;
veuillez seulement permettre à Jean de prendre soin de ma
chambre. Mais il est un être que j'aime beaucoup et dont je ne
voudrais pas rester trop longtemps séparé : c'est uu poulain de
race croisée qui est encore dans l'écurie de mon père.

— Ne serait-il pas possible de l'amener ici?

— Si vous le permettiez, je vous en serais très-reconnaissant. »

Nos deux intéressés arrêtèrent les bases de leur association
dans la meilleure intelligence du monde, et le baron sortit de la
chambre de Fink avec la conviction d'avoir conduit habilement
cette affaire.

« Tout est terminé, dit Fink à Antoine qui venait de rentrer;
ne te lamente pas, mais accepte un malheur irréparable. Je m'é-
tablirai dans deux pièces du coin de cette aile, et je me charge
moi-même de ce qu'il me faut pour mon installation. Demain
j'irai à Rosmin, et de là je pousserai plus loin. On m'a parlé
d'un homme expert qui dirigera la partie matérielle des travaux. Je l'amènerai avec quelques ouvriers. Peux-tu me céder
notre Charles pour une huitaine?

— Sa présence est ici très-nécessaire; cependant, s'il le faut,
je tâcherai de le remplacer. Laisse-moi seulement une certaine
quantité de sages instructions. »

Le lendemain, Fink partit accompagné du hussard, et l'ancien
ordre se rétablit dans le château. La petite milice fit régulièrement l'exercice et des patrouilles comme auparavant.
On rapportait sans cesse des bruits alarmants. Un jour, on
apprit que des paysans armés de faux étaient en marche sur la
grande route voisine; une autre fois, une troupe de cavaliers
ennemis se montra sur la lisière du domaine, mais elle s'é-

loigna par la route de la forêt, sans s'arrêter au village. De petits détachements militaires de passage vinrent aussi quelquefois demander des logements pour la nuit. Les officiers étaient bien accueillis au château; ils parlaient de la lutte acharnée qui régnait de l'autre côté des bois, et ils tranquillisaient les femmes en les assurant bravement que l'on étoufferait bientôt l'insurrection. Il n'y avait qu'Antoine qui sentit le lourd fardeau dont ces petites marches de troupes chargeaient le domaine.

Il s'était passé près de quinze jours sans que Fink ni Charles eussent donné le moindre signe de vie. Par une belle journée, Lenore était occupée à sa plantation; elle faisait creuser par un journalier des trous pour y recevoir les racines de petits arbres de la forêt. Déjà une cinquantaine de pins et de jeunes bouleaux formaient un bosquet sans prétention, plus propre dans le moment à ombrager une perdrix qu'un homme. Avec son chapeau de paille et une petite bêche à la main, Lenore parut si aimable à Antoine, qui vint à passer, qu'il ne put s'empêcher de s'arrêter et de la regarder travailler.

« Est-ce que je vous tiens enfin, mon infidèle chevalier? lui cria Lenore. Depuis huit jours, vous ne vous êtes pas du tout occupé de mes arbres; il m'a fallu les arroser toute seule. Voici votre bêche; venez et aidez-moi à creuser des trous. »

Antoine s'empressa de prendre la bêche et d'enlever le gazon.

« J'ai vu dans le bois de jeunes genévriers. Peut-être pourrez-vous vous en servir?

— Oui, sur la lisière, répondit Lenore réconciliée.

— Ces derniers jours j'ai eu plus à faire que d'ordinaire, continua Antoine. Charles nous manque partout. »

Lenore enfonça sa bêche dans la terre.

« Est-ce que votre ami n'a pas encore écrit? demanda-t-elle d'un air indifférent.

— Je ne sais qu'en penser, dit Antoine; le service de la poste n'est pas interrompu, car il est arrivé d'autres lettres. Je crains presque qu'il ne soit arrivé un malheur à nos deux voyageurs. »

Lenore secoua la tête.

« Pouvez-vous croire qu'il puisse arriver un malheur à M. de Fink? demanda-t-elle en continuant de bêcher.

— C'est difficile à croire, dit Antoine en riant; il n'a pas l'air de se laisser abattre par le destin.

— C'est ce que je pense aussi, » répondit Lenore sèchement.

Antoine se tut un instant.

« Il est assez curieux que nous n'ayons pas encore parlé des
changements que doit amener ici le séjour prolongé de Fink,
dit-il, non sans une certaine contrainte, car il sentait vaguement qu'une gêne subite s'était élevée entre Lenore et lui,
comme ces ombres légères qui tombent sur une pelouse pleine
de soleil, sans qu'on sache d'où elles viennent. Vous n'êtes
pas, je pense, mécontente de son installation parmi nous ? »

Lenore se détourna en faisant glisser une branche à travers
les doigts.

« Et vous, êtes-vous content? demanda-t-elle à son tour.

— Moi, répondit Antoine, la présence de mon ami ne saurait
que m'être agréable!

— En ce cas, elle me l'est aussi, reprit Lenore en relevant la
tête. Mais il est cependant étrange que M. Sturm n'ait pas écrit.
Peut-être ne reviendront-ils plus ni l'un ni l'autre.

— Pour Charles, je réponds, qu'il reviendra, dit Antoine.

— Et pour l'autre? Il me semble qu'il est changeant comme
un nuage.

— Non, répondit Antoine; quand il a des difficultés à combattre, toute l'énergie de son caractère se réveille en lui. Il ne
s'ennuie que de ce qui se fait sans peine. »

Lenore garda le silence et continua à bêcher avec plus d'ardeur.

Tout à coup on entendit de la cour de la ferme des voix
joyeuses. Tout le monde avait déserté la table pour courir sur
la grande route.

« M. Sturm arrive, » cria un garçon de ferme en passant près
de Lenore et d'Antoine.

Un beau cortége traversa le village pour se rendre au château.
En tête marchaient cinq ou six hommes portant le même costume. Ils avaient des jaquettes grises, des chapeaux de feutre
à larges bords, relevés d'un côté et ornés d'un plumet vert,
sur l'épaule un léger fusil de chasse, et au côté un couteau de
matelot. Ils étaient suivis d'une foule de voitures chargées ; la
première était remplie de pelles, de bêches, de pioches et de
brouettes arrangées avec beaucoup d'art et de symétrie. A ces
voitures en succédaient d'autres pleines de sacs de farine, de
caisses, de paquets d'habits et de meubles emballés. La marche
était terminée par un petit corps d'hommes en uniforme
gris et portant les mêmes armes. Non loin du château, Charles
sauta avec un étranger en bas de la dernière voiture. Il se mit
à la tête du cortége, fit arrêter les voitures devant la façade,
plaça les hommes sur deux rangs et commanda avec un cer-

tain succès : « **Présentez armes !** » Derrière le cortége, Fink arriva au galop sur son cheval.

« Sois le bienvenu, cria Antoine en allant au-devant de son ami.

— Mais vous amenez toute une armée avec armes et bagages, dit Lenore en le saluant d'un air gracieux. Entrez-vous toujours en campagne aussi bien équipé ?

— J'amène un corps qui dès aujourd'hui est à votre service, répondit Fink en s'élançant de son cheval. Ce sont de braves gens, dit-il en s'adressant à Antoine ; ils formeront le noyau de mes ouvriers. Mais nous avons eu de la peine à les rassembler. Aujourd'hui, les bras sont rares, et cependant on ne travaille guère dans ton pays. Nous avons battu la grosse caisse et embauché les hommes comme de vrais racoleurs. Le travail seul les aurait difficilement attirés ; mais les jaquettes grises et les chapeaux de chasseur leur ont tourné la tête. J'amène aussi quelques anciens troupiers ; ton hussard sait les tenir et les faire marcher à la baguette comme s'il était né général. »

Le baron et sa femme parurent à l'entrée du vestibule. Sur l'ordre de Charles, les ouvriers poussèrent des vivats prolongés ; ensuite, ils se retirèrent sur le devant du château et campèrent au soleil.

« Voici vos pionniers, mon chef, dit Fink après les premiers compliments adressés au baron. Puisque vous avez bien voulu me donner l'hospitalité, j'ai acquis le droit de faire quelque chose pour la sûreté de votre château. On est sur le qui-vive dans toute la province. A Rosmin, on vit dans des transes continuelles. L'organisation de votre milice n'a pas échappé à l'ennemi et a fixé son attention sur votre maison....

— C'est un honneur pour moi, interrompit le baron, de déplaire à ces messieurs.

— Vous avez raison, dit Fink d'un ton poli et approbateur ; mais vos amis sont d'autant plus obligés de veiller à votre sûreté personnelle et à celle de votre famille. Vous êtes en ce moment à peine assez forts pour défendre ce château contre les agressions ridicules des habitants de votre domaine. Les douze ouvriers que je vous amène pourront former un garde utile. Ils ont des armes et savent presque tous s'en servir. Ils ont été soumis à un règlement passablement militaire, qui nous fournira les moyens de les maintenir en haleine. Tous les jours ils devront consacrer quelques heures à l'exercice et à faire des patrouilles ; et si vous le jugez à propos, ils établiront des rapports réguliers avec les villages environnants.

l est naturel que ce soit moi qui me charge de l'entretien et de
a nourriture de mes hommes ; aussi ai-je pris des mesures pour
es premières semaines. J'ai l'intention d'élever pour eux une
construction légère dans la campagne. Mais d'ici là, il sera nécessaire de les garder tous le plus près possible du château ; c'est
pourquoi je vous prie de m'accorder un logement provisoire pour
mes pionniers.

— Tout ce que vous voudrez, mon cher Fink, s'écria le baron,
entraîné par l'esprit entreprenant de son jeune associé. Je mettrai à votre disposition tout l'emplacement qu'il vous faudra.

— En ce cas, je me permettrai de proposer, dit Antoine, de
convertir une salle du rez-de-chaussée du château en corps de
garde. On y serrera les armes et les outils, et toutes les nuits on y
établira un poste de quelques hommes. Pour les autres, on les
mettra dans la cour de la ferme ; ils s'habitueront ainsi à regarder le château comme leur point de ralliement.

— C'est parfait, dit Fink, pourvu que le mouvement et le bruit
que cela occasionnera ne contrarient pas trop ces dames.

— La femme et la fille d'un soldat, répondit le baron avec dignité, accepteront avec la plus grande reconnaissance les mesures
prises dans l'intérêt de leur sûreté. »

Tout le monde se mit donc à l'envi à hâter l'établissement de
la nouvelle colonie. Les voitures furent déchargées ; les pionniers
et les ouvriers furent abrités provisoirement le mieux possible
dans la cour de la ferme.

La première chose dont s'occupèrent les ouvriers fut de débarrasser les meubles de la toile et de la paille qui les enve-
loppaient, et de les porter dans l'appartement de leur nouveau
maître. Les domestiques du château se tenaient autour d'eux et
regardaient avec curiosité le simple mobilier. Mais une pièce
excita une si grande surprise que Lenore aussi approcha du
groupe. C'était un petit sofa d'une forme bizarre. Les pieds et
les bras étaient formés par les pattes d'un grand léopard ; les
coussins étaient recouverts de la peau du même animal, d'un
fond brun jaune, marqué de taches noires régulières. Pour le
dossier et les côtés, on avait transformé trois énormes têtes de
jaguar en coussins. Le bois était remplacé par de l'ivoire artistement ciselé.

« C'est charmant ! s'écria Lenore.

— Si ce petit meuble ne vous déplaît pas, dit Fink d'un air
indifférent, je vous proposerais un échange. Il y a dans ma
chambre un petit divan sur lequel on repose si commodément
que je voudrais bien le garder. Permettez à ces gens de déposer

ce léopard dans une autre pièce du château, et abandonnez-moi le divan. »

Lenore ne trouva pas tout de suite une réponse à cette offre laconique : elle s'inclina en signe d'assentiment, sans proférer une seule parole ; et cependant elle fut mécontente d'elle-même de ne pas avoir décliné aussitôt l'échange. Quand elle rentra chez elle, elle y trouva le sofa en question. Elle s'en formalisa encore davantage, et appela Suska et le domestique pour faire porter le meuble dans une autre pièce ; mais tous deux protestèrent hautement contre cet ordre, et prétendirent que ce superbe léopard ne pourrait être mieux placé que dans la chambre de leur noble maitresse. Enfin Lenore, pour éviter le scandale, les mit tous deux à la porte et subit patiemment l'échange. Le beau corps de Lenore allait maintenant reposer sur les peaux des jaguars que Fink avait tués dans les forêts d'Amérique.

Les nouveaux travaux commencèrent dès le lendemain. L'agronome se rendit dans les champs avec ses instruments et assigna une tâche à chacun des ouvriers. Charles chercha à enrôler des journaliers dans les villages allemands et polonais. Dans le village près du domaine, on trouva aussi quelques hommes de bonne volonté ; au bout de peu de jours, on occupa une cinquantaine d'ouvriers sur les terres affermées. Mais parmi eux il y avait beaucoup de gens étourdis et turbulents, et les journaliers des villages voisins venaient d'une manière trop irrégulière. Cependant le noyau tint ferme, et l'organisation militaire produisia un bon effet, peut-être parce que Fink et Charles savaient aussi bien l'un que l'autre subjuguer leur monde : Fink par sa fière énergie, et Charles par la bonne humeur avec laquelle il louais ou blâmait.

Pour diriger les exercices militaires, le forestier ne se lassais pas de sortir de son bois. Le château était occupé toutes les nuits par une garde, et on envoyait exactement des patrouilles aux villages voisins. L'esprit belliqueux se répandit du château dans tous les environs allemands. Il se forma vite, parmi les hommes aux chapeaux à larges bords relevés, un esprit de corps qui facilita le maintien de la discipline. Il ne se passait pas beaucoup de jours que Fink ne fût assailli de demandes d'hommes accourus de tous côtés, qui désiraient être reçus dans sa garde et obtenir, avec un uniforme et un fusil, un salaire et une bonne nourriture.

« Le corps de garde est arrangé, dit Fink à Antoine ; fais encore pratiquer des meurtrières dans les volets du rez-de-chaussée. »

On supporta au château avec un nouveau courage toutes les charges du moment. L'hôte de la famille de Rothsattel répandit partout une ardeur et une vie nouvelles. La maison et la ferme se ressentirent de sa présence, et le forestier fut fier de faire les honneurs de la forêt à un tel maître. Fink était sans cesse dans les champs avec Antoine, qui s'habitua aussi bien que Charles à le consulter. Il acheta deux bons chevaux de voiture, à ce qu'il disait pour son propre usage et pour celui des prés; mais il les employa au service de la maison, et se moqua de son ami quand celui-ci établit un compte particulier pour ces deux chevaux et fixa leurs heures de travail. Antoine lui-même était heureux d'avoir Fink près de lui : c'était comme un retour de l'ancien bon temps et de ces soirées où les deux jeunes gens causaient ensemble avec tant d'abandon, passant des plus folles conversations aux discours les plus sérieux.

Fink avait beaucoup changé : il était devenu plus grave, ou, pour parler avec Antoine le langage du comptoir, plus solide. Mais il était plus que jamais disposé à se servir des autres selon ses intérêts du moment, et à traiter tous les hommes comme de simples jouets de ses caprices. Son énergie était toujours la même. Après avoir visité le matin ses pionniers et parcouru le bois avec le forestier, après avoir fait dans l'après-midi une reconnaissance à cheval dans les environs infestés par l'ennemi, malgré tout ce que pouvait lui dire Antoine pour l'en dissuader; enfin, après avoir examiné au retour les postes du domaine et des villages voisins, il savait le soir, au thé de la baronne, animer la conversation par son esprit et par ses saillies, et s'apercevait si peu de la fuite du temps, qu'Antoine était souvent obligé de lui faire signe pour lui rappeler que les forces de la maîtresse de la maison n'étaient pas comme les siennes à l'épreuve de la fatigue.

Fink domina bientôt entièrement le baron. Il n'avait pas la moindre indulgence pour l'humeur atrabilaire qui était devenue une malheureuse habitude chez le pauvre aveugle; il ne lui passait pas la moindre remarque amère ni la moindre sortie contre Wohlfart ou contre sa fille, sans lui en faire sentir aussitôt l'injustice. Il força M. de Rothsattel, au moins en sa présence, à s'imposer une grande réserve. Mais en revanche il avait pour lui des complaisances dont il profitait lui-même. Il était parvenu à lui faire jouer une partie de whist en l'engageant à faire de petites marques aux cartes, qu'il reconnaissait au toucher. Il fi asseoir aussi Lenore à la table de whist et lui apprit les éléments du jeu. Il s'ensuivit naturellement que Wohlfart fut appelé à faire

le quatrième. Fink aida ainsi le baron à tuer le temps d'une manière agréable, et, grâce à lui, son ami passait maintenant presque
toutes les soirées avec la famille Rothsattel. Antoine ne pouvait
donc plus se coucher quand il prenait fantaisie à Fink de causer
avant de se mettre au lit, de fumer un cigare en société et de
prendre un verre de punch.

Les dames du château furent les seules qui ne se ressentirent
pas des avantages que la présence de Fink procura à tout le
monde. La baronne tomba malade, ou plutôt fut prise soudain
d'un grand malaise, car le même jour elle s'était entretenue
gaiement avec Antoine et avait reçu de lui quelques lettres
adressées au baron. Le soir, elle ne parut pas au thé, mais le
baron regarda l'indisposition de sa femme comme passagère, car
elle ne se plaignait que de faiblesse. Le médecin de Rosmin, qui
osa quitter cette ville pour venir au château, ne sut pas donner
de nom à cette maladie. La baronne refusa en souriant toute po-
tion, et exprima elle-même la ferme conviction que cet abattement
ne serait pas de longue durée. Pour ne pas condamner son mari et
Lenore à rester au chevet d'une malade, elle témoigna quelquefois
le désir de prendre part aux soirées de famille; mais ne pouvant
pas rester assise sur le sofa, elle était forcée d'appuyer sa tête
contre les coussins.

Elle tenait ainsi silencieusement compagnie aux autres. Ses
yeux étaient alors fixés avec inquiétude sur le baron et sur Lenore.
Enfin, quand tous les deux avaient pris place à la table de jeu
elle laissait retomber sa tête sur les coussins, et semblait se reposer des fatigues d'un long travail.

Antoine témoignait un vif intérêt à la malade. Toutes les fois
qu'il ne jouait pas, il ne négligeait jamais de s'approcher du sofa
et de se mettre à la disposition de la baronne. Il était enchanté
quand il pouvait lui présenter un verre d'eau, exécuter une
commission et prévenir ses désirs. Il trouvait un certain charme
à contempler les nobles et beaux traits de la baronne. Il y avait
entre elle et lui comme une intelligence tacite. Elle lui parlait
encore moins qu'aux autres. Lorsqu'en présence de son mari
elle prenait la parole d'un ton calme et serein, et suivait des
yeux et de la tête les récits de son hôte, elle ne s'efforçait pas
de cacher sa faiblesse à Antoine. Elle se repliait ensuite sur elle-
même, ou elle promenait ses yeux de côté et d'autre avec
indifférence, ou bien, quand elle regardait Antoine, c'était
avec la tranquille confiance que l'on a vis-à-vis d'une personne
qui est de la maison et pour qui l'on n'a plus de secret
à garder. Peut-être était-ce parce que la baronne savait appré-

cier parfaitement son excellent caractère, peut-être aussi parce
que, depuis le jour où il lui avait offert ses services jusqu'à cette
heure, elle l'avait toujours considéré comme un serviteur dévoué.
Mais quand même notre héros se serait aperçu du rôle subalterne
que la baronne lui assignait dans son esprit, cela n'aurait pas
ébranlé son dévouement chevaleresque pour la noble châtelaine.
Telle qu'elle était, elle lui semblait accomplie, et comme une de
ces madones près desquelles le cœur trouve la paix. Il ne pouvait
se débarrasser du soupçon qu'il nourrissait en silence, qu'une
influence extérieure, peut-être une des lettres qu'il lui avait re-
mises lui-même, pourrait bien avoir causé l'altération de sa
santé. L'adresse d'une de ces lettres, écrite d'une main tremblante, avait une apparence sinistre, et Antoine avait eu comme
un pressentiment qu'elle devait contenir des nouvelles fâcheuses.

Un soir que l'on était assis à la table de jeu, la tête de la malade avait glissé des coussins; Antoine s'empressa de les relever;
la baronne y replaça sa tête avec peine, et, jetant sur Antoine
un regard plein de reconnaissance, elle lui dit à voix basse combien elle se sentait faible.

« Je désire encore une fois vous parler seule, continua-t-elle
après une pause et en levant les yeux avec une expression
de douleur qui affecta vivement Antoine. Pas en ce moment,
mais ce sera bientôt. »

Ni le baron ni Lénore ne partageaient les inquiétudes d'Antoine.

« Ma mère a déjà eu de ces faiblesses, dit Lénore, mais l'air
doux de l'été a été son meilleur médecin; j'espère que la bonne
saison lui rendra la santé. »

Lenore elle-même était trop préoccupée pour faire grande attention aux personnes qui l'entouraient. Elle aussi était bien
changée. Souvent le soir elle restait muette à la table de thé;
dans d'autres moments elle était d'une gaieté folle. Elle évitait
Fink aussi bien qu'Antoine. En présence de l'un et de l'autre
elle se sentait gênée et contrainte. Sa florissante santé semblait
ébranlée. La baronne elle-même la renvoyait souvent de sa chambre pour lui faire prendre l'air. Alors Lenore faisait seller son
poney, allait seule galoper des heures entières dans le bois, et
finissait par ne plus s'apercevoir que son coursier la rame-
nait à la ferme sans attendre l'ordre de sa maîtresse. Antoine
remarqua avec tristesse ce changement: il sentit qu'il n'était
plus avec Lenore dans les mêmes termes qu'autrefois; mais
il évita de s'expliquer avec elle sur ce sujet, et renferma dans
son cœur ce qu'il éprouvait.

Par une journée étouffante du mois de mai, où de sombres nuages étaient suspendus sur la forêt et où le soleil dardait ses rayons brûlants sur la terre desséchée, l'homme qui avait été envoyé en reconnaissance aux villages voisins revint d'un air effaré au corps de garde du château, et annonça que des étrangers étaient à guetter dans le bois de Kunau, et que les habitants de ce dernier endroit faisaient demander ce qu'on devait faire. Fink fit donner aux ouvriers le signal d'alarme, et envoya des messagers au forestier et au métayer. Pendant que les ouvriers transportaient leurs outils au château et que les garçons de ferme revenaient des champs avec leurs attelages et se préparaient à prendre leurs armes, un cavalier de Kunau vint annoncer en toute hâte qu'une bande de Polonais avait fait irruption dans une ferme du village, et que les villageois demandaient du secours.

Tous les hommes étaient animés de cette agitation belliqueuse que provoque une alarme, présage de quelque événement extraordinaire.

« Retiens quelques-uns des ouvriers, dit Fink à Antoine, et charge-toi de la garde du château et du village. Envoie ensuite le forestier avec la milice du château à Kunau; moi je prendrai le devant avec le régisseur et les garçons de ferme. »

Il courut à l'écurie et sella son cheval, tandis que Charles sortait lui-même le cheval de selle du baron.

« Voyez ces nuages, monsieur de Fink, dit Charles; emportez votre manteau, il va y avoir un grand orage. Cette nuit, la pluie fera pousser notre avoine. »

Fink demanda qu'on lui amenât son cheval, et la petite troupe se dirigea aussitôt vers Kunau.

Quand ils arrivèrent à la lisière de la forêt, ils sentirent une chaleur suffocante. Le pas rapide des chevaux ne put dissiper la sensation désagréable qu'ils éprouvaient.

« Voyez l'inquiétude de nos bêtes, s'écria Charles; mon cheval dresse les oreilles, il y a quelque chose dans la forêt. » Les cavaliers s'arrêtèrent. « Dans le taillis il y a quelqu'un qui arrive au trot. Entendez-vous le bruit dans les branches? »

Le cheval monté par Charles tourna la tête du côté de la forêt, et hennit bruyamment.

« C'est quelqu'un des nôtres, » dit Fink en montrant le cheval.

Les branches du taillis s'ouvrirent; Lenore arriva sur son poney et barra le chemin aux cavaliers.

« Arrêtez. Qui-vive? cria-t-elle en riant.

— Mille bombes! c'est mademoiselle Lenore.

— Le mot d'ordre? » cria Lenore d'un air martial.

Fink avança, fit un salut militaire, et dit à voix basse:

Mille éclairs! c'est ma foi Augustine de Blasewitz.

Lenore rougit et dit en riant:

« Passez! Je suis de la partie.

— Naturellement, s'écria Fink.

— Allons, en avant! »

Le poney joua des jambes pour se mettre au pas du grand cheval de Fink. Quand ils furent arrivés à Kunau, ils s'arrêtèrent devant la maison près de laquelle la milice était rangée en ordre de bataille.

Le forgeron, en sa qualité de commandant, vint au-devant d'eux; il était tout soucieux.

«Les individus qui se trouvent dans notre bois, cria-t-il, sont de damnés coquins. Aujourd'hui, à l'heure de midi, une bande de dix Polonais armés de fusils est arrivée à la ferme de Léonard, près de la forêt. Après avoir occupé les portes, le chef de la bande est entré dans la salle où tout le monde était justement à dîner. Il a demandé de l'argent et le veau qui était dans l'écurie. Il avait l'air d'un vrai diable; il portait un long fusil, une plume de paon à son chapeau, et des brandebourgs rouges à son uniforme. Comme le paysan refusait de donner l'argent demandé, ils l'ont couché en joue; alors sa femme, épouvantée, a couru à l'armoire et leur a jeté un sac d'argent. Ensuite ces maraudeurs ont enlevé le veau et quatre oies, et sont retournés dans le bois avec leur butin. Ils ont laissé dans la ferme, comme gardes, quatre hommes armés jusqu'aux dents, pour empêcher le monde de sortir avant que leurs compagnons fussent arrivés au bois avec leur butin. Enfin, deux de ces brigands ont déchargé leurs armes sur le toit, et les quatre autres se sont aussi enfuis. Le toit avait commencé à prendre feu, mais nous l'avons éteint heureusement.

— Mais il y a pas mal de temps de cela, dit Fink; les pillards doivent être bien loin.

— Je ne le crois pas, répondit le forgeron. J'ai envoyé tout de suite Léonard avec nos cavaliers à la frontière, pour guetter ces brigands à leur sortie du bois. Et il n'y a pas plus de deux heures qu'une femme de Neudorf, qui se trouvait dans le bois, a vu des Polonais postés sur la frontière du côté de Neudorf, juste à la place de la borne, sous le vieux chêne. Ils avaient avec eux une bête; dans son trouble, la femme n'a pas pu distinguer

si c'était une vache ou un chien. Si c'est un veau, je pense que
les gueux l'auront plutôt mangé qu'emporté. J'arrive de Neudorf; les habitants y sont comme nous sous les armes. Nous
pourrons faire une battue dans les bois, si vos gens nous aident
de leur côté, et si vous voulez bien nous conduire.

— C'est bien, dit Fink. Allons, vite à l'œuvre. »

Il envoya un messager au-devant du forestier, pour que les
hommes du château se missent aussi sur-le-champ à faire la
chasse aux pillards. Il arrêta ensuite avec le forgeron de quel
côté marcheraient les habitants de Kunau. Quant à Charles, il
l'envoya avec les garçons de ferme joindre les cavaliers de Kunau, du côté opposé à celui où se faisait la chasse aux maraudeurs.

« Ne ménagez pas ces coquins, cria-t-il à Charles qui partait
en frappant sur ses pistolets dans les fontes de sa selle. En avant,
dit-il au forgeron; moi-même je me rends à Neudorf. Quand
vous aurez fait votre battue dans le bois en avant de notre
forêt, vous nous attendrez ; la troupe de Neudorf se joindra là à
la vôtre. »

C'est ainsi que les gens de Kunau partirent pour se venger
des pillards. Fink, accompagné de Lenore, se rendit au galop
jusqu'au village voisin. En route il lui dit :

« Ici il faut nous séparer, mademoiselle. »

Lenore se tut.

Fink la regarda de côté.

« Je ne crois pas, continua-t-il, que ces coquins nous fassent
le plaisir d'attendre notre visite dans le bois ; et, s'ils veulent se
sauver, nous aurons bien de la peine à les en empêcher, car la
nuit approche. Mais cette chasse est un bon exercice pour nos
gens, et elle ne peut que nous être utile.

— En ce cas, j'irai aussi dans le bois, dit Lenore d'un air
résolu.

— Ce n'est pas nécessaire, répondit Fink. Je ne crains pas
précisément de danger pour vous, mais de la fatigue, et peut-
être de la pluie.

— Laissez-moi aller avec vous, dit Lenore en levant sur lui
des yeux suppliants.

— Je vous en ai dissuadé comme je le devais. C'est tout ce
qu'on peut exiger d'un homme raisonnable ; mais, à vous parler
en confidence, je suis charmé de vous voir tant de courage.
Allons, au galop, camarade. »

A Neudorf, Fink mit les chevaux dans la cour du bailli et
conduisit la milice de Neudorf à la lisière du bois. La ligne se

rangea en bataille, et on commença à fouiller la forêt. En y pénétrant, les hommes formaient une longue chaîne ; mais la distance qu'ils laissaient entre eux semblait plus grande qu'elle n'aurait dû l'être. Aussi Fink alla avec Lenore à l'extrémité de l'aile
droite : c'était de ce côté que devait se faire la jonction avec les
hommes de Kunau. Le voisin de Fink était chargé d'indiquer la
ligne à suivre. Les chasseurs avançaient dans un profond silence,
examinant chaque arbre. Quand ils entrèrent dans la forêt, les
cimes des arbres étaient agitées ; on apercevait à travers les têtes
des pins un ciel noir comme du plomb. La pesanteur de l'atmo-
sphère se faisait sentir partout ; les oiseaux se tenaient immobiles
sur les branches, et les insectes sous les raisins des bois.

« Le ciel lui-même vient en aide à ces coquins, dit Fink à sa
compagne en lui montrant les nuages ; tout devient si sombre
que dans une demi-heure nous ne verrons pas à dix pas devant
nous. »

Le bois devenait plus touffu, la lumière du jour diminuait.
Lenore avait de la peine à distinguer la file des traqueurs. Le
sol était marécageux, et elle enfonçait jusqu'aux chevilles dans
la boue.

« Pourvu que vous n'attrapiez pas un gros rhume, dit Fink
d'un air moqueur.

— Ne craignez rien, » répondit Lenore courageusement ; mais
l'expédition ne lui paraissait plus aussi simple qu'une heure auparavant.

Le guide de Fink fit halte. Son léger signal parcourut toute
la chaîne ; la longue file s'arrêta pour attendre les hommes de
Kunau. Le ciel s'assombrissait toujours, et les ténèbres cou-
vraient de plus en plus la forêt. Le bruit du tonnerre qui grondait au loin, ressemblait, sous la grande voûte des pins, au
roulement du tambour. On avait passé ainsi près d'un quart
d'heure, lorsqu'un léger cri retentit dans l'obscurité ; les hommes qui faisaient la battue dans le voisinage approchèrent. Le mot
d'ordre : « Attention au voisin de droite et de gauche ! » vola sur
toute la ligne. Puis toute la colonne s'ébranla. Les chefs des deux
villages marchèrent en tête à côté l'un de l'autre, suivis de Fink
et de Lenore.

Soudain un violent coup de tonnerre gronda au-dessus de la
forêt, et la pluie commença. On n'entendit d'abord que les gouttes
sur les branches des arbres ; mais bientôt quelques grosses gouttes
tombèrent à terre. La pluie frappa toujours avec plus de force
sur les couronnes des arbres, des gouttes toujours plus larges
tombèrent des branches ; enfin, des torrents d'eau fondirent du

ciel à travers le feuillage. Chaque tronc d'arbre, chaque touffe
de feuilles, chaque branche se transforma en une gouttière. La
pluie voila tout comme d'un crêpe noir. Chacun se trouva enveloppé comme dans un cercle étroit par l'obscurité et par les
torrents de pluie. Les hommes s'appelaient à voix basse pour ne
pas s'écarter de la ligne qu'ils devaient suivre.

Lenore, en regardant Fink, heurta son pied contre une racine
d'arbre. Elle étouffa un cri de douleur et tomba sur un genou.
Fink accourut auprès d'elle.

« Je ne puis pas aller plus loin, dit-elle en tâchant de vaincre
sa douleur. Laissez-moi ici, je vous en conjure, et venez me
reprendre au retour.

— Vous abandonner dans cette position, cria Fink, serait une
barbarie à côté de laquelle la férocité des anthropophages ne serait qu'un divertissement innocent. Permettez-moi, avant tout, de
vous emmener de dessous cette gouttière et de vous conduire à
un endroit où la pluie soit moins impertinente. D'ailleurs, j'ai
perdu de vue nos hommes de devant ; je n'aperçois plus les larges
épaules de ces braves garçons. »

Il releva Lenore, qui essaya de se servir de son pied blessé ;
mais la douleur lui ayant arraché une nouvelle plainte, elle
chancela et s'appuya sur l'épaule de Fink. Celui-ci jeta son *plaid*
autour d'elle, la souleva de terre et la porta sur ses bras, comme
on porte un enfant, vers quelques sapins dont les branches
épaisses formaient comme un berceau. En se courbant, une
personne pouvait s'y abriter tant bien que mal.

« Il faut vous mettre là-dessous, chère demoiselle, dit Fink,
et il posa Lenore doucement par terre. Je ferai la garde devant
votre verte cabane, et je vous tournerai le dos, pour que vous
puissiez passer votre mouchoir mouillé autour de votre mal-
avisée cheville. »

Lenore se blottit sous la toiture de sapins, et Fink s'appuya
contre un tronc d'arbre.

« J'espère que vous n'êtes pas blessée, dit-il ; vous pouvez
mouvoir l'articulation du pied ?

— Cela me fait un peu mal, dit Lenore, mais cela va.

— C'est bien, dit Fink ; mettez maintenant votre mouchoir
autour, j'espère que dans dix minutes vous pourrez marcher.
Enveloppez-vous bien dans le plaid, il tient chaud. Autrement
mon bon camarade gagnerait une fièvre, ce qui serait payer un
peu trop cher la chasse au veau volé. Avez-vous fini votre pansement ? reprit-il. Puis-je me retourner ?

— Oui, dit Lenore.

— Permettez-moi alors de vous envelopper dans votre plaid. »
Lenore protesta en vain contre cette galanterie de son féal
chevalier. Fink serra le grand châle autour du corps de la jeune
fille et l'attacha par derrière au moyen d'un nœud.

« Maintenant, vous êtes absolument comme le petit *homme
gris* de la forêt.

— Laissez-moi la figure un peu découverte, dit Lenore.

— Bien, répondit Fink; je suis sûr que vous allez bientôt
vous trouver mieux. »

En effet, Lenore sentit peu de temps après une chaleur bien-
faisante. Elle demeura silencieuse sous les branches de son sapin, préoccupée de la singulière position dans laquelle elle se
trouvait. Fink avait repris sa place près du tronc d'arbre, et lui
tournait le dos en galant chevalier. Au bout de quelques instants, Lenore lui cria de dessous le feuillage :

« Êtes-vous toujours là, mon camarade ?

— Me prenez-vous pour un traître qui quitte ses compagnons
de tente? demanda Fink de son côté.

— Ici, sous cet arbre, tout est sec, continua Lenore, sauf
quelques gouttes d'eau qui me tombent sur le nez. Mais vous,
mon pauvre monsieur, vous êtes tout trempé là-bas. Quelle
terrible pluie !

— Cette pluie vous semble terrible? reprit Fink en haussant
les épaules. Ce n'est qu'une faible enfant ! Quand elle a arraché
quelque branche d'arbre, elle croit avoir fait merveille ! Parlez-moi de la pluie dans les pays où le soleil est plus ardent.
Des gouttes comme des pommes; non, ce ne sont pas des
gouttes, mais des colonnes grosses comme le bras; l'eau tombe
du ciel comme une trombe. On ne peut pas s'arrêter, car le sol
est emporté sous les pieds. On ne peut pas non plus se réfugier sous les arbres, car la tempête brise les plus gros troncs
comme des brins de paille. On court vers la maison, qui n'est
peut-être pas plus éloignée que ne l'est l'endroit ou vous vous
trouvez de la misérable racine d'arbre qui a blessé votre pied.
La maison a disparu, et à la place qu'elle occupait il n'y a plus
qu'un gouffre, un torrent ou un amas de pierres apportées de
tous côtés. La terre se met aussi à trembler et à former des
vagues comme la mer en furie. Parlez-moi d'une pluie comme
celle-là ! Les habits qu'elle a trempés ne sèchent plus. Un paletot
mouillé est encore huit jours après une masse noire informe,
ayant l'aspect d'une morille. Si l'on garde un tel vêtement, il
reste collé contre le corps, les parements relevés jusqu'au coude,
et la taille remontée jusqu'au cou; mais jamais on ne peut l'en-

lever de dessus soi qu'à l'aide d'un canif et par petites bandes étroites que l'on coupe comme des pelures de pomme. »

Malgré les douleurs qu'elle éprouvait, Lenore ne put s'empêcher de sourire.

« Je voudrais bien, dit-elle, voir une pluie comme celle dont vous parlez.

— Je suis trop peu égoïste pour désirer vous voir dans un tel état, répondit Fink. Les femmes se trouvent encore plus mal de ces pluies torrentielles; car tout ce qu'on peut considérer comme faisant partie de leur toilette disparaît complétement. Connaissez-vous le costume de la belle Vénus de Milo?

— Non, répondit Lenore avec inquiétude.

— C'est à cette beauté que ressemblent toutes les femmes surprises par les pluies tropicales. Quant aux hommes, ils ont l'air de véritables épouvantails. On prétend qu'à la suite de ces pluies, certains hommes ont été aplatis comme une pièce de deux sous, et qu'on ne voyait plus d'eux qu'une tête qui avait de près une forme humaine et qui criait tristement aux passants : « Voilà, amis, à quoi l'on s'expose quand on sort sans para- « pluie ! »

Lenore éclata de rire.

« Mon pied ne me fait plus trop de mal, je crois que je pourrai marcher.

— Il ne faut plus que vous marchiez, répondit Fink ; la pluie ne diminue pas encore, et il fait si noir que l'on voit à peine sa main en la tenant devant ses yeux.

— Alors soyez assez bon pour vous mettre à la recherche de nos hommes. Je me sens maintenant beaucoup mieux; je suis ici comme une biche à l'abri de la pluie et des ennemis.

— Cela ne se peut pas, dit Fink de dessous son arbre.

— Je vous en supplie, cria Lenore avec angoisse et en étendant ses mains hors du plaid. Laissez-moi maintenant. »

Fink se retourna, saisit une main de Lenore, la porta à ses lèvres, et partit en silence dans la direction qu'avaient prise les paysans.

Voilà Lenore seule sous les branches de sapin. La pluie tombait toujours, frappait contre les cimes des arbres et dégouttait des branches. Le tonnerre roulait, parfois un éclair brillait dans l'obscurité. Lenore vit alors devant elle de longues rangées d'arbres éclairés comme les colonnes dorées d'un édifice immense, avec un toit noir et resplendissant de lumières. La forêt lui apparaissait comme un château magique qui sort de terre pour s'évanouir immédiatement après. On entendait au milieu

de la pluie des sons mystérieux comme on en entend dans les
bois pendant la nuit. Au-dessus d'elle, des coups réguliers venaient heurter le sapin, comme si un méchant spectre de la
forêt frappait contre le bois de sa hutte. Elle tressaillit et se demanda immédiatement après si c'était le bec d'un pic ou le bruit
d'une branche d'arbre qu'elle entendait. Au loin résonnaient
les cris rauques et plaintifs d'une corneille réveillée dans son
premier sommeil par l'eau qui avait pénétré dans son nid. A
côté de Lenore, des rires effroyables : *hou! hou!* la remplirent
d'épouvante. Était-ce un lutin malicieux des bois, ou bien
n'était-ce qu'une petite chouette?

La nature parlait par mille sons mélancoliques. Lenore res-
sentit le charme sauvage de cette solitude avec un certain plaisir
rempli d'anxiété. D'autres pensées traversèrent en même temps
son esprit : elle se représentait combien elle avait follement agi
de se joindre à une expédition aussi périlleuse, combien on
devait la chercher au château; et surtout elle se demandait ce
que penserait d'elle celui qui, sur sa prière, venait de la quitter. Elle retira le plaid de dessus son oreille pour écouter; elle
n'entendit que la pluie qui tombait et les voix plaintives de la
forêt qui soupiraient. Mais à côté d'elle, il y eut tout à coup un
bruissement d'abord léger, puis plus distinct. La pluie coulait
par une petite gouttière, et murmurait quand elle venait frapper
contre un grand buisson de ronces sauvages, contre une racine
ou contre quelque fougère. Les feuilles s'agitaient derrière elle;
quelqu'un s'approchait en sautant. Effrayée, elle pressa sa tête
contre le tronc de l'arbre. Tout à coup elle sentit à côté d'elle
un être qui se blottissait contre le plaid dans lequel elle était
enveloppée. Elle avança la main, et reconnut au toucher la
douce peau d'un lièvre qui, chassé de son terrier par l'eau,
venait chercher comme elle un abri sous les arbres. Elle retint
son souffle pour ne pas effaroucher le petit compagnon, et pendant quelque temps ils restèrent tous deux blottis l'un contre
l'autre, le lièvre serré contre le plaid. Voilà que de loin, à
travers la pluie et le tonnerre, retentirent des coups de feu
isolés. Lenore tressaillit, et d'un bond le lièvre s'élança dans le
fond du bois. Là des hommes luttaient les uns contre les autres, là on répandait du sang sur le sol trempé et plein de
boue. On entendit encore un cri de colère et de menace, puis
il s'établit un profond silence !

« Lui, avait-il couru quelque danger? » Voilà ce qu'elle se
demanda, mais elle n'éprouva aucune angoisse, et secoua la tête.
Quelque part qu'il fût, il n'y avait pas de danger pour lui. L'arme

dirigée contre lui serait renversée par la chute d'une branche d'arbre ; le couteau levé sur lui se briserait comme une latte de bois avant de le frapper. L'homme qui fondait sur lui devait trébucher et tomber avant de toucher sa tête altière. Il était ferme contre tout danger et inaccessible à toute crainte ; il ne connaissait ni le souci ni la douleur ; ah ! il ne sentait pas comme le reste des hommes ! Il levait librement la tête, son œil était serein, tandis que tous les autres, accablés, baissaient les yeux à terre. Aucune difficulté ne le rebutait, aucun obstacle ne l'arrêtait. Il écartait d'un léger mouvement du pied ce qui faisait succomber les autres. Tel était l'homme qui l'avait vue faible, étourdie et embarrassée. Par sa faute, elle lui avait donné le droit de la traiter avec trop de familiarité. Elle tremblait qu'il n'en abusât pour se permettre un regard protecteur, un sourire présomptueux, une parole indiscrète. Son cœur battait, et ces pensées ne pouvaient quitter son esprit.

L'orage se dissipa. La forte ondée avait été remplacée par une douce pluie continue ; la petite gouttière d'eau coulait avec moins de force, et le cri de la chouette rompait plus souvent le silence. Aux noires ténèbres sillonnées par de fréquents éclairs, succédèrent de pâles lueurs au ciel et dans le bois. Du sein de l'obscurité se détachaient les pommes des arbres, comme des ombres sortant d'un fond ténébreux. L'idée de son isolement remplit Lenore de vagues inquiétudes. Soudain, le son de voix humaines vint frapper son oreille, et, au milieu des cris qui se croisaient, elle entendit le régisseur qui disait :

« Allons, mes amis de Neudorf, ils ont passé là par le marais. »

Les pas approchèrent ; tout près des sapins on vit se dessiner la figure d'un homme. Charles porta ses mains à sa bouche et cria fortement dans le bois :

« Allons, mademoiselle Lenore !

— Me voici, » répondit une faible voix à ses pieds.

Charles étonné recula et cria plein de joie :

« Elle est trouvée ! »

Les villageois entourèrent le refuge de Lenore avec des acclamations.

« Voici notre demoiselle ! » fit un jeune homme de Neudorf en poussant un hourra de joie.

Lenore se leva : elle avait encore mal au pied, mais, appuyée sur le bras de Charles, elle avança courageusement.

« Si nous pouvons arriver jusqu'au marais, les arbres y sont moins serrés. »

Cependant les jeunes gens coupèrent quelques grosses bran-ches, et les recouvrirent de feuillage. Malgré ses refus, Lenore se vit obligée de céder à leurs instances et de s'asseoir sur ce bran-card improvisé, tandis qu'un homme de la troupe courut à la cour du bailli pour amener le poney.

« Avez-vous pris les pillards? demanda Lenore au régisseur qui marchait à côté d'elle.

— Deux, répondit celui-ci. Le veau était tué; nous rappor-tons sa peau et une partie de la chair. Les oies étaient pen-dues à des branches, le cou tordu. Mais pour l'argent, les coquins en avaient déjà fait le partage. On n'en a trouvé que fort peu sur les deux hommes que nous avons pris.

— Nos deux prisonniers sont des gens de Tarow, dit le bailli d'un air sombre. Ce sont les plus mauvais drôles du village. Tou-tefois je voudrais qu'ils fussent d'un autre endroit, car il y a là des gens très-vindicatifs.

— J'ai entendu tirer, reprit Lenore. Est-il arrivé quelque malheur?

— Non, il ne nous en est arrivé aucun, répondit Charles. Les pillards avaient allumé un feu non loin de la lisière du bois où nous faisions la chaîne à cheval. La flamme petillait encore mal-gré la pluie. C'est ainsi qu'ils se sont trahis eux-mêmes. Nous sommes descendus de cheval et approchant doucement nous avons fondu sur eux. Ils déchargèrent leurs fusils et coururent vers le taillis. Là ils disparurent dans les ténèbres. Il se passa beaucoup de temps avant que les fantassins nous joignissent à travers le bois. Sans les coups de feu et sans le bruit, ils ne nous auraient pas trouvés. M. de Fink nous a indiqué l'endroit où nous vous rencontrerions. Lui-même conduit les prisonniers au château par la route de voiture. Demain on les transportera plus loin dans les terres allemandes.

— Mais, dit l'honnête bailli en secouant la tête, c'était cepen-dant bien imprudent à M. de Fink de vous laisser seule dans le bois.

— Je l'avais prié de ne pas rester en arrière, » répondit Le-nore en baissant les yeux malgré l'obscurité.

A moitié chemin du village, le poney qu'on avait été chercher vint au-devant du cortége. A Neudorf, Charles reprit le cheval du baron et accompagna Mlle Rothsattel au château. Il faisait nuit quand ils y arrivèrent. La longue absence de Lenore avait rempli sa mère des plus vives inquiétudes et avait mis le baron de la plus mauvaise humeur. Lenore n'eut rien de plus pressé que de se débarrasser des questions qui l'assaillirent, et de se rendre au plus vite dans sa chambre. Une heure plus tard, Fink revint de Kunau avec le forestier et les deux prisonniers. Ceux-ci, quoiqu'ils eussent les mains liées, marchaient aussi fière-ment et portaient aussi haut leurs plumes de paon que s'ils allaient danser au cabaret.

« Vous nous le payerez, » dit l'un d'eux en polonais aux hom-mes qui les conduisaient, et il leva d'un air menaçant son poing enchaîné.

IV

Il pleuvait toujours. Au lever du jour, le mauvais temps n'a-vait cessé que pour recommencer avec une nouvelle intensité. Les pionniers étaient partis de grand matin pour les champs, et ils en étaient revenus bientôt après. Maintenant ils étaient silen-cieusement assis dans le corps de garde du château, et ils sé-chaient devant le poêle leurs habits trempés.

Le baron, enfoncé dans son fauteuil, se tenait dans la cham-bre du fond, et se faisait lire par le vieux Jean les journaux arrivés la veille. La voix monotone du serviteur n'annonçait que des choses peu agréables; les gouttes de pluie frappaient contre le toit, et le vent sifflait contre la maison. Ces sons discor-dants accompagnaient les paroles peu harmonieuses du lecteur.

Antoine était occupé à son bureau. Il avait devant lui une lettre du conseiller de justice Horn, qui mandait que l'époque de la vente judiciaire du domaine de famille était fixée au milieu de l'hiver prochain. Immédiatement après la publication du terme légal, plusieurs hypothèques de la terre seigneuriale avaient passé d'une main dans l'autre et avaient été achetées, à ce qu'il craignait, par un spéculateur qui savait se cacher sous différents noms. Antoine songeait avec une triste préoccupation à la dangereuse situation du baron.

Dans la chambre à côté, Fink tenait compagnie aux dames; la baronne, étendue sur les coussins du sofa, était couverte d'un châle de Lenore. Elle regardait devant elle en silence, et ce n'est que lorsque sa fille s'approchait d'elle et lui adressait des questions affectueuses, qu'elle prononçait en souriant quel-ques paroles pour la tranquilliser. Lenore était occupée à la fenêtre d'un léger travail, et écoutait avec transport les plaisan-teries par lesquelles Fink savait égayer la morne tristesse répan-due dans l'appartement. Il était aujourd'hui, en dépit de l'orage qui grondait au dehors, de la gaieté la plus vive. Quelquefois les rires de Lenore arrivaient à travers la porte de chêne jusqu'aux oreilles d'Antoine; alors, oubliant la vente et les hypothèques, il contemplait la porte, le regard voilé, et éprouvait quelque amertume à songer qu'une nouvelle lutte l'attendait ainsi que la famille.

Mais au dehors, la pluie tombait par torrents, et le vent sifflait avec fureur. Des gémissements plaintifs arrivaient de la forêt au château. Les branches des sapins craquaient, et leurs cimes touffues se balançaient avec fracas. Les poiriers dans les champs secouaient les unes contre les autres leurs feuilles et leurs fleurs blanches. La tempête furieuse jonchait la terre de fleurs et les fixait en hurlant au sol humide. Elle semblait dire : « A bas, riantes parures; aujourd'hui tout dans le château doit se couvrir d'un voile de deuil ! »

Et, déchaînant sa rage sur tout ce qui lui faisait obstacle, elle se porta des arbres aux murs du château, secoua la hampe de la bannière sur la tour, lança l'eau en lignes obliques contre les carreaux des fenêtres, s'engouffra en murmurant dans les tuyaux des cheminées, et ébranla les portes. Par chaque ouverture la tempête se frayait un passage et criait : « Prenez garde à votre maison ! » Elle sévit ainsi pendant des heures; mais les habitants du château ne comprirent rien à son langage.

Personne non plus ne prit garde au cavalier qui arrivait du village au château en éperonnant son coursier harassé de fatigue. Enfin le marteau retentit à la clôture de la ferme.

Les coups furent redoublés avec impatience, et des voix bruyantes se firent entendre dans la cour et dans l'escalier; Antoine ouvrit la porte. Un homme armé, dégouttant d'eau et tout crotté, entra dans la chambre.

« C'est toi ! cria Antoine étonné.

— Ils arrivent, dit Charles en regardant avec précaution autour de lui; préparez-vous. Cette fois-ci, c'est à vous qu'ils en veulent.

— Les ennemis? demanda vivement Antoine. Quelle est la force de la bande?

— Ce n'est pas une bande que j'ai vue, répondit Charles d'un air grave, c'est une colonne d'environ mille hommes munis de faux, et une centaine de cavaliers. Ils vont joindre le principal corps d'armée, et ils ont, à ce que j'apprends, l'ordre d'emmener tous les Polonais et de désarmer les communes allemandes. »

Antoine ouvrit la porte de la chambre voisine et pria Fink de passer chez lni.

« Ah ! s'écria Fink en apercevant Charles, celui qui apporte dans la chambre la moitié de la grand'route ne doit annoncer rien de bon. De quel côté, sergent, vient l'ennemi?

— Il descend en colonnes du bois de bouleaux de Neudorf. Les gens de notre village sont rassemblés dans le cabaret, où ils boivent de l'eau-de-vie et se disputent.

— Aucun fanal n'a été allumé ; il n'est pas encore venu de rapport des villages voisins, cria Antoine de la fenêtre. Les Allemands dormaient donc à Neudorf et à Kunau ?

— Ils ont été surpris eux-mêmes, continua le messager de malheur. Leurs sentinelles avaient déjà vu l'ennemi hier soir; il marchait à un demi-mille de Neudorf sur la grand'route vers Rosmin. Quand il eut dépassé l'endroit où le chemin de Neudorf s'écarte de la grand'route, ceux de Neudorf reprirent courage. Leurs cavaliers suivirent de loin les hommes armés de faux, jusqu'à ce qu'ils les eussent tous perdus de vue. Mais pendant la nuit ces bandes sont revenues; ce matin ils ont surpris le village et se sont conduits comme des diables incarnés. Le bailli, couvert de blessures, est couché sur la paille ; c'est fait de lui ; le feu a pris à la maison de ralliement; au delà de la forêt on verrait la fumée, si on n'en était empêché par cette forte pluie. Maintenant, les ennemis se sont divisés; ils fouillent les villages allemands, une troupe se dirige vers Kunau, une troupe marche sur notre métairie, et une grande colonne s'avance de notre côté.

— Combien de temps nous reste-t-il encore avant la visite de ces messieurs? demanda Fink.

— Par un temps pareil, les fantassins ne seront pas ici avant une heure.

— Le forestier est-il prévenu? demanda Antoine; et sait-on à la métairie ce qui se passe?

— Je n'avais pas le temps de les prévenir ; la métairie est plus éloignée de Neudorf que le domaine; je serais peut-être arrivé ici trop tard. J'ai allumé notre fanal; mais aujourd'hui on ne voit ni feu ni fumée, et tout signal est inutile

— S'ils n'ont pas pris eux-mêmes des précautions, dit Fink d'un air d'assentiment, nous ne pouvons plus rien faire pour eux.

— Le forestier est un renard, répondit Charles, personne ne le prendra ; mais le métayer et sa jeune femme, que le ciel leur soit en aide !

— Sauvez nos gens!» cria une voix suppliante à côté de Fink. Lenore était dans la chambre, pâle, les mains jointes.

Antoine courut à la porte par laquelle Lenore était entrée sans faire le moindre bruit.

« Madame votre mère ! cria-t-il avec inquiétude.

— Elle n'a encore rien entendu, répondit Lenore précipitamment ; envoyez à la métairie. Sauvez nos gens. »

Fink prit sa casquette.

« Faites sortir mon cheval, dit-il à Charles.

— Tu ne peux pas partir maintenant, s'écria Antoine en barrant le chemin à Fink. Je prendrai ton cheval.

— Pardon, M. Wohlfart, interrompit Charles, si je puis prendre le cheval de M. Fink.... je suis encore en état de faire cette course.

— J'y consens, dit enfin Fink. Faites venir ici le forestier et tous les hommes que vous pourrez réunir ; quant aux femmes, aux chevaux et aux brebis, vous les enverrez dans la forêt. Vous direz au métayer de se retirer au fond du bois avec les troupeaux, et d'observer le château du côté des vieux sapins, près de la sablière. Mais vous, gardez, en attendant, mon cheval, que je suis malheureusement obligé de vous abandonner pendant ces jours-ci. Rendez-vous à Rosmin ; cherchez le détachement de nos troupes le plus proche pour réclamer du secours, et, s'il se peut, aussi de la cavalerie.

— Nos bonnets rouges doivent être à une lieue derrière Rosmin, dit Charles en partant ; le forgeron de Kunau me l'a crié comme je passais au galop à côté de lui.

— Toutes les troupes que vous pourrez mettre sur pied, amenez-les ici. Pendant que vous sellerez le cheval, j'écrirai un mot au commandant. »

Charles fit un salut militaire, tourna sur ses talons et descendit précipitamment. Antoine le suivit. Pendant que Charles bouclait la selle, Antoine lui dit : « En passant, tu appelleras les gens de la ferme ; j'y serai dans un instant. Pauvre garçon, tu as à peine déjeuné aujourd'hui, et tu ne peux guère t'attendre à trouver quelque chose à manger avant plusieurs heures. » Il retourna à la maison, alla prendre un flacon de liqueur, un pain et les débris d'un jambon, mit les provisions dans un sac, et les présenta avec la lettre à Charles, au moment où celui-ci se disposait à sortir de la cour.

« Je vous remercie, dit Charles en serrant la main d'Antoine. Vous pensez à tout. Mais écoutez maintenant, écoutez une prière. Pensez aussi à vous-même, monsieur Wohlfart. Tout ce domaine polonais ne vaut pas la peine que vous exposiez pour lui votre vie ; il y a des gens chez nous qui seraient vivement affectés s'il vous arrivait un malheur. »

Antoine secoua cordialement la main du fidèle hussard.

« Adieu, je ferai mon devoir. N'oublie pas de nous envoyer des troupes, et sauve avant tout la femme du métayer. Amène les soldats par la route du bois.

— Ne vous inquiétez pas, répondit Charles gaiment. Le noble coursier verra aujourd'hui quelle force il y a dans le jarret d'un simple hussard. »

En disant ces mots, il agita son bonnet en l'air et disparut ventre à terre derrière les dépendances de la ferme.

Antoine mit le verrou à la porte. Ensuite il courut au corps de garde, sonna la cloche d'alarme, ordonna au contre-maître de faire avancer tous les hommes, d'occuper la porte de derrière, et de ne laisser entrer personne, pas même les fugitifs, sans les interroger. « Mangez bien, mais buvez modérément, nous aurons aujourd'hui de la besogne, » leur cria-t-il. Pendant ce temps, Fink se tenait en haut dans sa chambre, près de la table, et chargeait ses armes. Lenore lui décrochait du mur ce qu'il demandait. Elle était pâle, mais ses yeux brillaient d'une animation qui n'échappa pas à Antoine quand il entra dans la chambre. Aussi il s'approcha d'elle et lui dit :

« Laissez-nous, Fink et moi, nous occuper seuls de ces affaires, beaucoup trop sérieuses pour vous.

— C'est la maison de mes parents que vous défendez, s'écria Lenore ; mon père est hors d'état de vous commander. Vous n'exposerez pas votre vie pour nous sans que je sois à vos côtés.

— Pardonnez-moi, répondit Antoine ; votre premier devoir, il me semble, est de préparer Mme la baronne à ce qui peut arriver, et de ne pas la quitter dans ces cruels moments.

— Ma mère, ma pauvre mère ! » s'écria Lenore en joignant les mains.

Elle posa la poire à poudre et courut dans la chambre voisine.

« J'ai fait manger nos gens, dit Antoine à Fink. A toi maintenant de te charger du commandement.

— Soit, répondit Fink. Voici ton arme. Ce fusil à deux coups est léger : il a un canon pour balles, l'autre pour chevrotines ; le sac à balles est sous ton lit.

— Tu comptes soutenir un siége ? demanda Antoine.

— De deux choses l'une, ou il faut renoncer à nous défendre et nous livrer à la discrétion de ces bandes, ou bien il faut leur tenir tête jusqu'à la dernière balle. Nous sommes toujours préparés à cette extrémité ; peut-être est-il plus sage de se rendre, mais j'avoue que je ne m'en sens pas le courage. Pourtant, comme il y a un maître au château, c'est à lui de décider. Va trouver le baron. »

Antoine traversa le corridor pour aller dans l'autre aile du château. De loin il entendit remuer violemment les chaises. Il frappa à la porte. « Entrez, » lui cria-t-on d'un ton irrité. En entrant, il vit au milieu de la chambre le baron debout, qui l'apostropha rudement en ces termes :

« J'apprends qu'il se passe quelque chose d'extraordinaire, et je regarde comme un manque d'égards impardonnable qu'on ne m'en ait pas instruit.

— Pardonnez, monsieur le baron, répondit Antoine ; nous n'avons appris que depuis quelques minutes qu'une troupe ennemie de cavaliers et d'hommes armés de faux approche de votre domaine ; nous avons dépêché en toute hâte un messager au poste de troupes le plus voisin, puis nous avons fermé et barricadé les portes. Maintenant, nous venons demander vos ordres.

— Appelez M. de Fink, répondit le baron d'un ton impérieux.

— Il est en ce moment au corps de garde.

— Priez-le de ma part de vouloir bien se rendre tout de suite auprès de moi, s'écria le baron courroucé. Je ne puis pas m'entendre avec vous au sujet des mesures à prendre. Fink est noble et à moitié militaire ; je lui donnerai les instructions nécessaires. Qu'attendez-vous encore ? continua-t-il. Croyez-vous, vous autres jeunes gens, pouvoir vous jouer de moi, parce que j'ai le malheur d'être aveugle ? Celui qui est à mon service doit au moins respecter mes ordres.

— Mon père ! s'écria Lenore en joignant les mains sur le seuil de la porte, et elle regarda Antoine d'un air suppliant.

— Vous avez raison, monsieur le baron, répondit Antoine ; je vous demande pardon si, dans ce trouble, j'ai oublié mon premier devoir. Je vais vous envoyer M. de Fink sur-le-champ. »

Il sortit de la chambre et, dans le vestibule, il prévint Fink de l'irritation du baron.

« Il est fou, dit Fink.

— Monte sans retard, mon cher, lui dit Antoine, les femmes doivent bien avoir à souffrir de son humeur. »

Ensuite Antoine, en veste d'ouvrier, courut à la ferme sous une pluie battante.

Il y trouva un pêle-mêle épouvantable. Des familles allemandes des villages voisins s'étaient réfugiées dans la maison de ralliement, et y restaient réunies avec leurs enfants et leurs effets les plus précieux. Dans l'aire, il y avait bien une vingtaine de personnes, hommes, femmes et enfants. Les femmes se lamentaient, les enfants pleuraient, les hommes jetaient des

regards sombres autour d'eux; plusieurs faisaient partie de la
milice des environs, quelques-uns étaient armés de fusils. La
cour était pleine des petites voitures des fugitifs. Garçons de
ferme, chevaux et vaches, couraient pêle-mêle de tous côtés.
Antoine pria l'agronome de l'aider à faire une revue. Il confia les
chevaux de labour et le troupeau de bœufs au serviteur le plus
fidèle et à la première servante allemande. Il prit à part le serviteur, homme résolu, et convint avec lui de quelques endroits
dans le taillis, où des hommes et des animaux pouvaient trouver
un refuge et un abri contre les intempéries de la saison. Le serviteur devait y conduire le troupeau, et ne pas perdre de vue
le métayer, qui avait à veiller sur la forêt. Il ordonna ensuite
à la servante de garder une vache, ouvrit lui-même la porte
de derrière au troupeau, et examina les gens chargés de vivres
qui se rendaient vers la forêt.

« Mais qu'allons-nous faire des chevaux du baron, et des
étrangers? demanda l'agronome.

— Il faut, coûte que coûte, les conduire au château avec quelques voitures. Car qui sait si, à la dernière extrémité, nous ne
serons pas obligés de prendre la fuite? »

Antoine fit charger aussitôt quelques sacs de pommes de terre
sur les voitures nouvellement peintes par Charles. Il fit
aussi mettre un attelage à la pompe à incendie, et la fit remplir
d'eau fraîche. La pluie tombait toujours par torrents pendant
que les garçons de ferme chargeaient les voitures de sacs, de
caisses et de paquets. Tout le monde courait pêle-mêle, pleurait et jurait en allemand et en polonais. Quand Antoine se
présenta au milieu des fugitifs, les cris des femmes devinrent
encore plus bruyants, les hommes l'entourèrent et se mirent à
lui raconter leur malheur, les enfants s'accrochèrent à ses
genoux. C'était un triste spectacle. Antoine les consola tous de
son mieux. « Avant tout, calmez-vous, nous vous protégerons
aussi bien que nous pourrons. J'espère que la troupe arrivera
à notre secours; en attendant, vous serez en sûreté au château.
Vous nous avez été fidèlement attachés pendant ces temps d'é-
preuve, et, tant que nous aurons du pain, vous n'en manquerez
pas non plus. »

Après un quart d'heure d'un rude travail, Antoine fit partir
tout le monde pour le château. Les garçons de ferme vinrent
avec les voitures à la porte de derrière; la troupe des fugitifs
suivit. Il arrivait encore à chaque instant des gens qui s'é-
taient sauvés des villages allemands; le forgeron de Kunau se
trouvait aussi devant la porte du château avec une troupe des vil-

ges voisins. On rangea alors tout le cortége et on les fit entrer
s uns après les autres ; on déharnacha les chevaux, on dé-
largea les chariots. Antoine conduisit les femmes et les en-
nts dans deux chambres au rez-de-chaussée, qui étaient, il est
ai, sombres, mais toujours moins désagréables que les mains de ralliement ou les champs trempés d'eau. Ce qui offrit
plus de difficultés, ce fut de loger les chevaux ; serrées les unes
ntre les autres, une douzaine de ces bêtes étaient placées sous
l hanger ouvert, faiblement garanti contre la pluie et les balles.
1 établit au milieu de la cour la cuve pleine d'eau et on poussa
s voitures de pommes de terre contre la palissade, pour donner
ix tireurs, en cas de besoin, un point d'appui. Ensuite, le for-
ron rassembla les hommes propres au service militaire ; in-
jpendamment de l'agronome et de quatre valets, il y avait
icore quinze colons allemands, la plupart armés. Leurs pas
sonnèrent pesamment dans le long corridor du château. Ils
archèrent vers le vestibule et se rangèrent à côté des tra-
ailleurs. C'est là que se trouvait réunie toute la force armée de
citadelle. Fink, revêtu de son costume de chasse, se pro-
enait tranquillement devant sa compagnie d'ouvriers. An-
ine s'approcha de lui et lui annonça ce qui avait été fait jus-
l'ici.

« Tu nous amènes des hommes, répondit Fink, c'est bien ;
ais avec cela aussi tout un clan de femmes et d'enfants ; le
lâteau est plein comme une ruche ; plus de soixante bouches et
ès d'une douzaine de chevaux. Malgré tes voitures chargées
s pommes de terre, il nous faudra mordre dans les pierres avant
ngt-quatre heures.

— Pouvais-je les laisser dehors ? demanda Antoine d'un air
écontent.

— Ils auraient été aussi en sûreté dans la forêt qu'ils le seront
i, dit Fink en haussant les épaules.

— C'est possible, répondit Antoine ; mais envoyer tout ce
onde dans la forêt par une pluie battante, sans nourriture et
ins la terrible angoisse d'une fuite sans but, ç'aurait été une
uauté dont je ne veux pas prendre la responsabilité. Et
inses-tu que nous aurions eu les hommes sans les femmes et
s enfants ?

— Les hommes, du moins, pourront nous être utiles, ajouta
ink en s'adressant aux nouveaux venus. Toi, mon ami, aie soin
approvisionner tout ce monde. »

Fink donna des armes à ceux qui n'en avaient pas et divisa
ute la troupe en quatre sections dont une fut rangée dans la

cour, deux au rez-de-chaussée et au premier, et la quatrième fut
placée comme réserve dans le corps de garde. Ensuite il se fit
faire un rapport exact sur le nombre des ennemis par le forge
ron de Kunau et quelques autres.

Cependant Antoine était allé dans le souterrain; il chargea
l'agronome de la surveillance des provisions et fit apporter d'
bois et de l'eau par le domestique du baron. Un sac de pommes
de terre et un sac de farine furent placés près du foyer, et on
mit le grand chaudron au-dessus du feu. En sortant, il confi
à la cuisinière qu'une vache avait été mise dans l'écurie, à l'em
droit où se trouvait autrefois le cheval de M. de Fink, pour que
la famille du baron ne manquât pas de lait pendant ces jours d
tourmente.

Les mains de la vieille Babet tremblaient d'angoisse.

« Ah! monsieur Wohlfart, cria-t-elle, quel malheur! Le
balles voleront dans ma cuisine.

— Nullement, dit Antoine. Ces fenêtres sont trop basses, au
cune balle ne pourra vous atteindre. Faites tranquillement votr
besogne. Tout ce monde meurt de faim. Je vous enverrai de
femmes étrangères pour vous aider.

— Qui est-ce qui voudra manger dans un aussi grand danger
s'écria la cuisinière.

— Nous mangerons tous, dit Antoine pour la tranquilliser.

— Voulez-vous une soupe ou une bouillie de pommes de terre
demanda Babet désespérée, en agitant son écumoire dans tou
les sens.

— L'une et l'autre, ma bonne. »

La cuisinière retint encore Antoine.

« Mais, monsieur Wohlfart, nous manquons d'œufs. Il n'y en
pas un seul dans la maison. Faut-il que ce malheur arrive jus
tement aujourd'hui! Que dira le baron quand, ce soir, il n'aur
pas son lait de poule?

— Que le diable emporte tes œufs! cria Antoine impatienté. O
n'y regardera pas de si près aujourd'hui. »

En rentrant, Fink lui cria :

« Les postes sont placés, nous pouvons maintenant attendr
l'attaque de pied ferme. Je monte à la tour et j'emmène quelqu
chasseurs. S'il arrivait quelque chose, c'est là qu'on me trouv
verait. »

Tout le monde étant sorti du vestibule, le calme se rétabl
dans la maison. Les gardes restaient en silence, regardant fix
ment la lisière de la forêt. Dans le corps de garde, les hommes cau
saient à voix basse; ce n'était que dans les chambres d'enfan

que le bruit ne cessait pas, et il s'établit des relations suivies entre la cuisine et les pièces occupées du rez-de-chaussée. Antoine allait et venait, dans une attente inquiète, de la maison à la tour, puis il monta à sa chambre où il rassembla les papiers du baron, et traversa les corridors et les pièces où se trouvaient les hommes armés. Il se passa ainsi bien des quarts d'heure. Enfin Lenore sortit de la chambre de sa mère :

« Cette incertitude est insupportable, s'écria-t-elle.

— Il n'est pas venu non plus de nouvelles de la métairie, répondit Antoine d'un air sombre. Mais la pluie cesse, et le soleil éclairera l'œuvre qui nous reste à accomplir aujourd'hui. Voilà les nuages qui se dissipent et le ciel bleu qui paraît. Comment va Mme la baronne ?

— Elle est calme, dit Lenore, et préparée à tout. »

Tous deux se promenaient en silence dans le vestibule. Enfin Lenore s'arrêta devant Antoine et dit avec une expression passionnée :

« Wohlfart, il est affreux pour moi de penser que c'est à cause de nous que vous vous trouvez dans cette position.

— Cette position est-elle donc si horrible? demanda Antoine avec un sombre sourire.

— Peut-être pas pour vous. Avec le sentiment qui vous anime, dit Lenore, vous nous sacrifiez plus que nous ne méritons. Nous sommes ingrats envers vous; vous seriez plus heureux dans d'autres relations. »

Elle se mit à la fenêtre et pleura amèrement.

Antoine s'approcha tout interdit pour la consoler.

« Si vous voulez faire allusion aux expressions un peu vives de monsieur votre père, ce n'est pas là une raison de me plaindre. Vous savez ce que je vous ai déjà dit autrefois à ce sujet.

— Ce n'est pas cela seul, » s'écria Lenore en pleurant.

Voilà ce qu'Antoine savait aussi bien que Lenore. Il sentait que les mots renfermaient un aveu.

« Quoi qu'il en soit, continua-t-il gaiement, ne voulez-vous pas aussi m'accorder le plaisir de mettre à fin une aventure? Sans doute, je suis un soldat maladroit; mais, à ce qu'il me semble, les ennemis ne veulent me donner que peu d'occasions de leur faire du mal.

— Personne ne reconnaît tout ce que vous souffrez pour nous. Personne, répéta-t-elle.

— Personne? demanda Antoine. N'ai-je pas ici une amie trop disposée à donner plus d'importance qu'il ne faut à ce que je puis faire? Lenore, vous m'avez permis de vivre avec vous dans une plus grande intimité que celle qu'autorisent les relations ordinaires de la vie. Ne comptez-vous pour rien d'avoir acquis vis-à-vis de vous quelques-uns des droits d'un frère? »

Lenore saisit vivement la main d'Antoine et la lui serra.

» Moi aussi j'ai agi envers vous dans les derniers temps autrement que je n'aurais dû le faire. Je suis très-malheureuse s'écria-t-elle avec passion. Je ne puis avouer ce qui se passe en moi, ni à vous ni à ma mère. J'ai perdu toute confiance et toute fermeté. »

Elle pressa son mouchoir sur ses yeux.

« Lenore! cria son père impatienté du fond de sa chambre.

— Ce n'est pas le moment des explications, dit-elle plus tranquillement. Quand nous aurons passé ce terrible jour, je tâcherai d'être plus forte que je ne le suis en ce moment. Je compte sur votre aide, Wohlfart. »

Lenore courut à la chambre du baron. Antoine demeura seul livré à des pensées fort tristes. Cependant la lumière brillante du soleil éclaira la cour du château. Les hommes s'élancèrent hors du corps de garde et se rangèrent sur le seuil de la porte; les femmes aussi voulurent sortir des sombres salles, et il fallut les repousser de force. Quand la première terreur fut passée, les gens reprirent courage et se livrèrent à toutes sortes de réflexions.

« Qui sait, dirent les uns, s'ils n'ont pas oublié le château?

— Ou bien, reprenaient les autres, s'ils ont le courage de nous attaquer? »

Un tailleur, fort en politique, chercha à démontrer, en rapprochant habilement les diverses opinions, que tous les habits polonais s'étaient retirés depuis longtemps derrière Rosmin.

Mais, quelle que fût l'ardeur avec laquelle chacun soutint que tout danger était passé, tous écoutaient avec crainte les pas des sentinelles dans la maison, et portaient toujours leurs yeux sur la tour pour voir s'ils n'y apercevraient aucun signal. Antoine aussi, trouvant cette attente insoutenable, monta enfin à la tour. Toutes les personnes importantes du château s'y trouvaient réunies sur la plate-forme. Le baron aveugle était assis dans un fauteuil, sur lequel Lenore s'appuyait par derrière, tenant son ombrelle au-dessus de son père.... Dans les larges meurtrières se tenaient quatre chasseurs; Fink, à cheval sur un des créneaux, laissait pendre ses jambes en lançant au vent les nuages bleus d'un cigare.

« On ne voit rien? demanda Antoine.

— Rien, répondit Fink, si ce n'est une troupe ivre de nos viv lageois, qui descend par la route de Tarow. (Il indiqua une masse compacte qui disparaissait à ce moment même dans la forêt.) Il est heureux que nous soyons débarrassés de cette racaille. Ils ont peur des blouses grises et préfèrent aller ailleurs. Chaque instant de retard est encore un avantage. Si la fortune nous favorise, nous ne pouvons pas espérer de secours avan* demain midi. Ces messieurs postés derrière la forêt ne sont pas assez intéressants pour qu'on tienne à une visite complète de vingt-quatre heures. Ce toit est un point excellent, monsieur de Rothsattel. Il n'y a pas grand'chose à voir. Un peu de bois de sapins, vos champs et du sable : mais c'est une magnifique hauteur, excellente pour la défense. Des cœurs sensibles se sont plaints que tout autour du château soit nu, et qu'il n'y ait pas là un seul arbre ni le moindre buisson. Voilà précisément ce qui est superbe ; à l'exception de la première grange de la cour, qui est pour le moins à une distance de trois cents pas en droite ligne de ce plateau, il n'y a pas pour un tirailleur ennemi une cachette grande comme une taupinière. Aussi loin que peut porter une balle, on domine ici en maître toute la plaine. Il n'y a que le bouquet là-bas qui gêne un peu; je crois que c'est une plantation de Mlle Lenore.

— Je me reconnais coupable, dit Lenore.

— Eh bien! répondit Fink négligemment, en ce cas vous payerez les frais du médecin si nous sommes blessés. Cinq ou six archers trouveraient moyen de se cacher dans ce bosquet-là.

— C'est la place favorite de Lenore, dit le baron en manière d'excuse. Elle a là un banc de gazon; c'est le seul endroit où elle puisse se tenir en plein air.

— Ah! dit Fink, c'est différent. »

Il se tourna du côté de Lenore. Elle avait disparu. Immédiatement après la porte de la cour s'ouvrit, et Lenore en sortit suivie de quelques ouvriers. Elle alla droit au bosquet. Fink, étonné, cria d'en haut :

« Que voulez-vous faire, mademoiselle? »

Lenore fit de la main un geste résolu, qui indiquait clairement que tout devait être abattu. Elle-même saisit un petit pin, et, en rassemblant toutes ses forces, elle l'arracha de terre. Les hommes suivirent son exemple. Au bout de peu d'instants la jeune plantation se trouva enlevée. Dans son ardeur martiale, Lenore prit ensuite elle-même la pioche et se mit à détruire le banc de gazon.

Antoine avait planté ces arbres avec Lenore. Tous les deux avaient été enchantés du bon effet que produisait le bosquet

Depuis, Lenore y était allée chaque jour; chaque petit tronc était
pour elle un ami personnel. Antoine contempla en silence cette
destruction; à la fin il ne put s'empêcher de dire d'un ton un
peu froid :

« Cette faible plantation ne nous aurait pas nui beaucoup; tu
es cause d'une destruction bien inutile.

—Eh! répondit Fink, Lenore agit comme un commandant de
forteresse un peu prudent. Le premier exploit de ses talents stra-
tégiques est toujours de raser les établissements autour de la
citadelle, et ce bosquet peut être replanté au premier printemps.
Portez ces arbres dans la cour, cria-t-il aux hommes; enlevez
aussi la palissade du puits, transportez les planches dans la cour
et couvrez l'ouverture. »

Quand Lenore reparut derrière le fauteuil du baron, Fink lui
fit un signe amical comme à un camarade plus jeune, prit son
télescope et se mit de nouveau à examiner la lisière de la forêt.

La société resta ainsi près d'une heure. Personne n'avait
grande envie de parler, et les plaisanteries que Fink fit de temps
en temps tombèrent sur un sol stérile. Antoine descendit pour
maintenir l'ordre parmi les hommes; mais il se sentit bientôt
ramené vers la plate-forme, et il fixa ses regards comme les
autres sur le chemin de la forêt. Enfin, après une pause prolon-
gée, Fink dit en jetant son cigare :

« Le soir vient; ce serait faire trop d'honneur à nos hôtes
que de continuer à les attendre avec ce respect silencieux.
Quand la nouvelle de leur marche est arrivée ici, on avait besoin de Wohlfart et de moi à la maison, et, pendant que Charles
abuse au loin des jambes de mon pauvre cheval, nous n'avions
personne à envoyer en reconnaissance. Maintenant cette négligence trouve sa punition. Nous sommes ici comme en cage, et
nos hommes se fatiguent avant que l'ennemi soit là. Il est indispensable qu'un de nous monte à cheval et qu'il prenne avec
lui quelques hommes pour avoir des renseignements. Ce silence
n'est pas naturel : on ne voit pas un seul homme en rase campagne, personne sur les routes de traverse; il me semble étrange
que depuis deux heures il ne vienne plus de fugitifs du côté
de la forêt; le nuage de fumée qui s'élevait sur Neudorf a aussi
disparu. »

Antoine se disposait en silence à quitter la tour.

« Va, mon garçon, dit Fink; prends les gens les plus sûrs avec
toi, vois ce qui se passe dans le village, et garde-toi de la forêt
de sapins. Attends que je regarde encore une fois avec mon
télescope. »

Il regarda longtemps, examina chaque arbre et déposa enfin le télescope.

« On ne voit rien, dit-il d'un air pensif. Si les messieurs que nous attendons portaient autre chose à la main que des faux de paysan, il faudrait croire qu'il y a là-dessous quelque diablerie. Mais à présent tout est incertitude : prends garde à la forêt. »

Antoine quitta la tour, appela l'agronome et deux valets, fit détacher le cheval du baron et trois des chevaux de labour les plus vifs, et dit au forgeron d'ouvrir la porte. Nos cavaliers se rendirent d'abord à la ferme. Il y régnait le calme le plus profond. Les poules que Charles avaient achetées il y avait quelques semaines déterraient les grains dans le fumier; les pigeons roucoulaient sur le toit de paille; un petit chien, venu de Kunau avec le forgeron, s'était institué lui-même le gardien de la ferme déserte, et, plein de méfiance, il accueillit les cavaliers avec des jappements prolongés. Ils passèrent par le village et devant le cabaret. La salle était vide. Antoine appela le cabaretier. Au bout de quelque temps, le pauvre homme arriva tout pâle sur le seuil de la porte, et, en voyant Antoine, il joignit les mains et s'écria :

« Bon Dieu! monsieur Wohlfart, vous encore ici! Je vous croyais depuis longtemps parti pour Rosmin avec le baron et sa famille. Dieu! quel malheur! Bratzky est venu ce matin pérorer dans la salle et a soulevé les paysans contre le seigneur du domaine et contre les Allemands. Mais il n'a pas pu les décider à marcher contre le château. La plus grande partie des villageois est allée joindre les Polonais de Tarow; ceux qui sont restés ici se sont cachés. Moi, je suis occupé à enfouir ce que je puis faire disparaître à la hâte.

— Où sont actuellement les ennemis? demanda Antoine.

— Je ne sais pas, répondit le cabaretier. Mais ils forment un grand corps d'armée, parmi lequel il y a aussi des hulans en uniforme.

— Savez-vous si la route de la forêt est sûre d'ici à Neudorf?

— Comment le serait-elle? Voilà déjà plusieurs heures que je n'ai vu venir personne de Neudorf. Si la route était libre, la moitié du village devrait être maintenant ou dans mon cabaret ou bien chez vous au château.

— Vous avez raison. Attendrez-vous ici les bandes? demanda Antoine sur le point de partir. Vous seriez plus en sûreté au château.

— Qui sait? s'écria l'hôte. Je ne puis pas m'en aller; si je partais, ils mettraient bien vite le cabaret sens dessus dessous.

— Mais vos femmes? demanda Antoine en arrêtant le cheval.

— J'ai besoin de monde pour m'aider, dit enfin l'hôtelier désespéré. Quelque jeunes qu'elles soient, il faut qu'elles restent. Voilà Rébecca, la fille de ma sœur; elle est d'une famille habituée au commerce. Elle sait prendre les paysans et, même quand ils sont tout à fait ivres, se faire payer leur écot. Rébecca, cria-t-il en se retournant, M. Wohlfart demande si tu veux aller au château pour être en sûreté contre les bandes de pillards. »

La large figure de Rébecca, encadrée de cheveux rouges, sortit soudain de la cave de la maison.

« Pourquoi irais-je au château, mon oncle? cria-t-elle d'un ton résolu. Qu'appelez-vous des pillards? Nos paysans sont les gens les plus féroces de tout le pays. Si je viens à bout de ces forcenés, je viendrai aussi à bout des autres. Ma tante a perdu la tête, il faut bien qu'il y ait là quelqu'un pour mettre ces sauvages à la raison. Je vous remercie, mon bon monsieur, je n'ai pas peur. D'ailleurs les chefs qui commandent ces bandes ne souffriront pas qu'on me fasse le moindre mal.

— Allons, partons, mes amis, » cria Antoine à ses compagnons.

Ils avancèrent dans le village. Toutes les portes étaient fermées; on voyait par-ci par-là une tête de femme bouleversée paraître aux petits carreaux des croisées. C'est ainsi qu'ils arrivèrent par la grande route jusque dans le voisinage de la forêt.

« Du côté de la forêt, dit un des valets à Antoine, il y a sur la gauche de la route un taillis où plusieurs centaines d'hommes pourraient bien se tenir cachés sans que nous les vissions, et alors ils se saisiraient de nous ou nous couperaient le chemin du château.

— Tu as raison, dit Antoine. Tournons à travers champs jusqu'à ce que nous arrivions derrière le taillis; les troncs y sont espacés et isolés. Nous pourrons facilement entrer et sortir, et nous fouillerons à pied le petit bois. »

Ils quittèrent la grand'route, traversèrent les terres en friche, et entrèrent dans la forêt, à une portée de fusil de la réserve.

« Maintenant, mettez pied à terre, » dit Antoine aux valets.

Antoine et les valets donnèrent les chevaux à garder à l'agronome, prirent leurs armes à la main et s'avancèrent avec circonspection.

« Tirez sur le bois, ordonna Antoine, et ensuite retournons au pas de course vers les chevaux. »

Aussitôt les coups de feu partirent; quelques secondes après, un feu irrégulier répondit à cette décharge et fut suivi de cris tumultueux. Les balles sifflèrent au-dessus de la tête d'Antoine, mais la distance n'étant pas grande, les hommes revinrent sains et saufs auprès de leurs chevaux.

« Allons, maintenant au galop ! nous en savons assez. Ils n'ont pas été assez fins pour se tenir tranquilles. »

La petite troupe retourna rapidement au château par la grand'-route. Poursuivis par les cris de leurs ennemis, nos cavaliers arrivèrent à la porte du château. Antoine trouva tout le monde alarmé dans la cour. Fink l'attendait à l'entrée.

« Tu avais raison, lui cria Antoine, ils étaient là en embuscade, sans doute déjà depuis plusieurs heures. Ils tenaient peut-être avant tout à se saisir de toi ou bien de nous deux sur la route de Neudorf. De cette manière, le château serait tombé entre leurs mains sans coup férir.

— Quel peut être le nombre de ces hommes ? demanda Fink.

— Nous n'avions pas, comme tu penses, le temps de les compter, répondit Antoine. Une troupe forme sans doute l'avant-garde; il doit y avoir une plus grande colonne au fond de la forêt.

— Nous les avons dépistés, reprit Fink. Maintenant nous devons nous attendre à les voir arriver. Pour nos gens, il vaut mieux que ce soit avant le coucher du soleil que pendant la nuit.

— Ils arrivent, » cria Lenore du haut de la tour.

Les amis coururent sur la plate-forme. Quand Antoine regarda par-dessus les créneaux, le soleil sur son déclin dorait le ciel de rayons éblouissants et donnait à la verdure du bois une teinte bronzée. Du fond de la forêt avançait au trot une troupe de cavaliers composée à peu près d'un demi-escadron. Les cavaliers, armés de pistolets et de sabres, étaient suivis de plus de cent hommes armés de faux. La belle lumière du soir éclairait les figures placées sur la tour. Un scarabée bourdonnait gaiement autour des oreilles d'Antoine, et dans le haut des airs on entendait le chant du soir de l'alouette.

Cependant le danger approchait de plus en plus. Une longue colonne noire tournait la légère courbe de la route. Le scarabée bourdonnait toujours et l'alouette continuait son chant joyeux. Enfin la colonne disparut derrière les premières huttes du village. Ce furent des moments d'un silence absolu. Tous regardaient fixement la place où l'ennemi devait reparaître. Lenore était placée à côté d'Antoine : de sa main gauche elle serrait un fusil, de la droite elle tenait une carnassière dans laquelle sa main, sans qu'elle s'en aperçût, agitait les balles.

Quand la cavalerie ennemie fut arrivée au milieu du village, Fink porta la main à son bonnet et dit d'un air solennel :

« Allons, à vos postes, messieurs ! Toi, Antoine, aie la bonté de conduire en bas le baron. »

Pendant qu'Antoine aidait le pauvre aveugle à descendre, il désigna à son ami Lenore qui, immobile et le visage impassible, regardait avancer l'ennemi.

« Vous aussi, mademoiselle, continua Fink, je vous prie de songer à votre sûreté.

— Je suis ici parfaitement en sûreté, répondit Lenore fièrement et en frappant avec la crosse de son fusil sur le carreau. Vous ne demanderez pas que j'aille enfoncer ma tête dans les coussins du sofa au moment où vous êtes sur le point d'exposer votre vie. »

Fink regarda la belle figure de Lenore avec admiration.

« Je ne vous empêche pas de rester ici. Si vous pouvez vous décider à prendre place sur ce fauteuil, vous y serez en aussi grande sûreté que partout ailleurs dans le château.

— Je serai prudente, répondit Lenore en faisant un geste impératif de la main.

— Et vous, mes amis, dit Fink, adossez-vous contre le mur, gardez-vous bien de sortir l'épaule ou de montrer le bout de votre bonnet. Ne faites pas feu avant que je vous en donne le signal avec ce sifflet, qui s'entendra bien d'ici. Au revoir, ajouta-t-il en jetant sur Lenore un regard rayonnant.

— Au revoir ! » répondit Lenore en levant la main et en suivant Fink des yeux jusqu'à ce que la porte se fermât sur lui.

Fink trouva M. de Rothsattel dans le vestibule. Le pauvre baron était plongé dans un tourbillon de pensées douloureuses ; épuisé par les secousses de cette longue journée, il sentait combien il était hors d'état de se rendre utile, et pourtant le commandement militaire était une prérogative de son rang. Quelques années auparavant, il aurait personnellement tenu tête à tout danger. Combien ses forces étaient brisées, il le sentait à présent qu'il ne pouvait plus ni jouer son rôle ni maîtriser son émotion. Ses mains se portaient avec inquiétude autour de lui comme si elles cherchaient une arme, et un gémissement pénible sortait de sa poitrine.

« Monsieur le baron, lui dit Fink, comme votre état de souffrance doit vous empêcher de traiter avec les ennemis, je vous demande la permission de le faire en votre nom.

— Vous avez plein pouvoir, mon cher Fink, répondit le baron d'une voix rauque ; en effet, l'état de mes yeux ne me fait pas espérer que je puisse vous être d'une grande utilité. Misérable invalide que je suis ! » s'écria-t-il en couvrant sa figure de ses deux mains.

Fink se détourna en haussant les épaules, et ouvrit le châssis de la porte de chêne, destinée à conduire au perron qui n'était pas encore construit.

« Permettez-moi, dit Antoine en regardant par le châssis, de vous mener à un endroit où vous ne serez pas inutilement exposé aux balles.

— Ne vous occupez pas de moi, jeune homme, dit le baron ; ma vie est aujourd'hui d'une moindre importance que celle du plus pauvre journalier armé pour ma défense.

— As-tu encore quelque chose à me recommander? demanda Antoine à Fink en prenant son fusil.

— Rien, mon ami, répondit celui-ci en souriant, si ce n'est de ne pas oublier ta prudence ordinaire si tu te trouvais toi-même dans la mêlée. Bonne chance ! »

Il lui tendit la main, Antoine la saisit, et, après l'avoir secouée, courut dans la cour.

« Maintenant les ennemis examinent votre domaine, dit Fink au baron. En peu d'instants ces messieurs seront ici. Les voici, cavaliers et fantassins. Ils s'arrêtent près de la grange. Une troupe de cavaliers avance, c'est l'état-major. Il y a parmi eux de jolis garçons, quelques beaux chevaux. Il font le tour du château et se tiennent hors de la portée du fusil. Ils sont plus circonspects que je ne pensais. Ils cherchent à entrer. Nous entendrons tout à l'heure résonner le marteau de la porte de derrière. »

Tout demeura tranquille.

« C'est curieux, dit Fink. L'usage de la guerre, il me semble, veut qu'on somme d'abord la garnison de la citadelle de se rendre. Mais voilà les officiers qui tournent le château au galop pour se replier sur leur infanterie. Wohlfart leur aurait-il inspiré tant de terreur qu'ils s'enfuient ainsi ventre à terre ? »

On entendit résonner les sabots des chevaux et le pas pesant de l'infanterie.

« Diable ! s'écria Fink. Tout le corps se range en colonne devant le château comme pour une parade. S'ils comptent prendre d'assaut votre citadelle de ce côté-ci, ils faut qu'ils aient de singulières idées sur la manière d'attaquer une place forte. Ils se rangent en face de nous, à deux cents pas de distance, l'infanterie sur deux rangs au centre, et les cavaliers sur les deux ailes ; tout à fait l'ordre de bataille des Romains. C'est du Jules César tout pur. Voyez, ils ont un tambour qui avance. Le bruit que vous entendez, c'est le roulement de la caisse. Ah ! voilà le chef qui passe sur le front de la troupe. Il approche et s'arrête tout contre la porte. La politesse exige que nous nous informions du désir de ce monsieur. »

Fink poussa le gros verrou de la porte, qui s'ouvrit avec fracas. Il se plaça sur le seuil, son fusil à la main, pour défendre l'entrée. Quand l'officier vit devant lui cette figure élancée et calme en costume de chasseur, il arrêta son cheval et porta la main à son chapeau. Fink rendit le salut par un léger mouvement de tête.

« Je désire parler au propriétaire de ce domaine, cria l'officier.

— Contentez-vous cependant de moi, répondit Fink. Je le représente.

— Eh bien ! dites au propriétaire que nous sommes chargés de mettre à exécution chez lui un ordre du gouvernement.

— Voudriez-vous bien me permettre de vous demander quel est le gouvernement qui a commis la légèreté de vous confier un ordre pour M. le baron de Rothsattel ? A ce que je vois, les idées sur le gouvernement sont un peu embrouillées en ce moment.

— Le comité polonais central est l'autorité à laquelle vous êtes soumis aussi bien que moi, s'écria l'officier.

— C'est très-aimable à vous de donner à un comité central le droit de disposer de votre tête. Vous nous permettrez d'avoir à cet égard une opinion tout opposée.

— Vous voyez que nous avons les moyens de faire respecter les ordres du gouvernement, et je vous conseille de ne pas nous contraindre par votre résistance de recourir à la force.

— Je vous remercie de ce conseil, et je vous serais encore plus obligé si, dans votre zèle, vous ne vouliez pas oublier que la place où vous vous trouvez maintenant n'est pas une écurie publique, mais une propriété particulière, et que les chevaux étrangers ne peuvent y sauter et prendre leurs ébats qu'avec l'autorisation du propriétaire. Je ne pense pas que vous la lui ayez demandée.

— Voilà assez de paroles, monsieur, s'écria le cavalier impatienté ; si vous avez réellement le droit de défendre les intérêts du propriétaire de ce domaine, je vous engage à ouvrir sans retard les portes de ce château et à livrer vos armes.

— Je me trouve malheureusement dans la fâcheuse nécessité ne pouvoir accéder à votre demande. De plus, je dois vous er ainsi que tous ces messieurs en bottes déchirées qui sont derrière vous, de quitter cet endroit au plus vite. Mes jeunes s sont justement en train d'examiner s'ils pourront atteindre taupinières qui sont sous vos pieds. Nous serions fâchés si, s cet exercice, nous devions blesser les orteils nus d'un vos compagnons. Partez, monsieur, » cria-t-il tout à coup en ttant son ton moqueur et avec une si forte expression de co- e et de mépris, que le cheval du cavalier se cabra et que l'of er porta la main aux pistolets qui se trouvaient dans les tes de sa selle.

Pendant cette conversation, les cavaliers et quelques groupes fantassins s'étaient approchés pour saisir quelques paroles. sieurs fois des canons de fusil s'abaissèrent, mais ils furent evés par des cavaliers qui poussèrent leurs chevaux devant rangs des hommes armés. Aux dernières paroles de Fink, une vage figure en vieille jaquette de frise mit son fusil en joue. coup partit, la balle passa près de la figure de Fink, et alla se er dans les planches de la porte. Au même instant un cri uffé retentit au haut de la plate-forme, on vit briller une mme aux créneaux de la tour, et l'agresseur trop pressé ba frappé d'une balle.

Le parlementaire fit faire volte-face à son cheval. Les assail- ts reculèrent et Fink ferma la porte à clef. En se retournant, aperçut Lenore sur le premier palier de l'escalier, son fusil chargé à la main, et ses grands yeux fixés sur lui d'un air t effaré.

« Êtes-vous blessé ? cria-t-elle hors d'elle-même.

— Nullement, mon fidèle camarade, » cria Fink.

Lenore jeta son arme loin d'elle et tomba aux pieds de son re, en cachant son visage entre les genoux du baron. Celui-ci pencha sur elle, prit sa tête entre ses deux mains, et, vaincu r la secousse nerveuse des dernières heures, éclata en sanglots nvulsifs. Lenore embrassa avec un mouvement passionné le rps tremblant de son père et le tint dans ses bras sans profé- r un mot. Ils restèrent ainsi serrés l'un contre l'autre, une istence brisée et une autre dans laquelle une vie ardente se ntrait pleine de flammes.

Fink regarda par la croisée ; les ennemis s'étaient retirés, et s chefs se réunissaient hors de la portée du fusil, sans doute ur délibérer entre eux. En ce moment, Fink s'approcha de nore, et, posant sa main sur le bras de la jeune fille, il lui

dit : « Mademoiselle, je vous remercie d'avoir infligé si résolûment le châtiment dû à ce misérable coquin. Mais maintenant
veuillez, je vous prie, quitter cette place avec monsieur votre
père. Nous nous défendrons mieux si les craintes que vous nous
inspirez ne détournent point nos regards de dessus l'ennemi. »

Quand Fink toucha le bras de Lenore, elle tressaillit, et une
vive rougeur lui monta aux joues et au front.

« Nous nous en allons, répondit-elle les yeux baissés ; viens
mon père. »

Elle prit la main de son père, qui la suivit sans résistance
dans la chambre de la baronne. Là elle chercha avec une force
héroïque à reprendre du calme, elle s'assit près du chevet de la
malade, et ne reparut plus de la soirée devant Fink.

« Nous voilà entre nous, cria Fink aux hommes placés sous
ses ordres ; à présent il faut tirer de près et viser avec sang-
froid. S'ils viennent assaillir ces masses de pierres, ils n'y ga-
gneront que des trous à la tête. »

Il resta ainsi avec ses compagnons, les yeux fixés sur les
rangs des ennemis, parmi lesquels régnait un grand mouvement : quelques détachements se dirigeaient vers le village, les
cavaliers couraient çà et là. Il y avait quelque projet en l'air.
Enfin, une troupe amena de grosses planches et une quantité de
chariots vides. On enleva le dessus des voitures et on rangea les
brancards sur une ligne, en plaçant les timons en arrière et la
partie opposée du côté du château. On cloua ensuite des planches sur les voitures, et on les abrita par des toits attachés en
biais derrière les chariots avec des perches qui dépassaient de
quelques pieds les voitures et pouvaient abriter passablement
cinq ou six hommes.

« Priez M. Wohlfart de vouloir bien se donner la peine de
venir ici, cria Fink à un des chasseurs.

— On a tiré, demanda Antoine en entrant dans le vestibule.
Quelqu'un a-t-il été blessé ?

— Cette porte épaisse et un homme de cette racaille là-bas,
répondit Fink. Sans en attendre l'ordre, nos hommes ont ri-
posté du haut de la tour au premier coup de feu de l'ennemi. .

— Dans la cour on ne voit pas l'ennemi. Tantôt une troupe
de cavaliers est venue à la porte d'entrée. Un d'entre eux s'est
hasardé à approcher tout contre la palissade ; il cherchait à regarder à travers les fentes. Mais, quand je me suis élevé au-
dessus de la palissade, il s'est enfui plein d'épouvante.

— Regarde par là-bas, dit Fink, ils font de petites barricades
par partie de plaisir. Tant que la lumière du soir nous permettra

de voir, nous ne courrons pas grand danger. Mais, pendant la nuit, ils peuvent venir assez près derrière ces chariots couverts.

— Le ciel est serein, dit Antoine, nous aurons une nuit étoilée.

— Je voudrais savoir, dit Fink, ce qui leur fait faire la folie d'attaquer justement le côté le mieux fortifié du château. Je parierais que c'est ta figure placide qui a agi sur eux comme la tête de la Gorgone. Dans toutes les guerres avec les Slaves, on te réclamera pour servir d'épouvantail. »

La nuit était venue quand le marteau cessa de cogner contre les voitures. On entendit un commandement. Les chefs appelèrent quelques hommes aux timons, et six toits mobiles avancèrent avec une grande vitesse jusqu'à environ trente pas de la façade du château.

« Voici le moment, s'écria Fink. Reste ici et défends le rez-de-chaussée. »

Fink monta l'escalier en courant; la longue enfilade des pièces du devant était ouverte, on pouvait voir d'une extrémité de la maison à l'autre. « Veillez à vos têtes, » cria-t-il aux gardes.

Immédiatement après, il se fit une décharge irrégulière vers les fenêtres du premier. La grêle de plomb cassa les carreaux dont les éclats volèrent sur le parquet. Fink saisit son sifflet, un son perçant retentit dans toute la maison; du haut de la tour et des deux étages les assiégés répondirent par un feu bien nourri. Dès ce moment, des coups de feu irréguliers se succédèrent des deux côtés. Les assiégés avaient l'avantage : ils étaient mieux garantis, et l'obscurité des chambres était plus grande que celle qui régnait au dehors.

Dans les courts intervalles de relâche, on entendait la voix puissante de Fink : « Silence, mes amis, couvrez-vous. »

D'un pas léger il arrivait partout, et quelquefois une plaisanterie encourageait tous les défenseurs de la maison. Ces accents faisaient aussi tressaillir Lenore et remplissaient son âme de transports d'enthousiasme. Elle sentait à peine les dangers de sa position, et ne se désespérait pas au milieu des mouvements convulsifs de son père et des gémissements de sa mère ; car les paroles de Fink retentissaient à son oreille comme un présage de triomphe.

La lutte autour des murs de la maison se prolongea pendant une heure. Le gigantesque édifice dressait sa masse sombre à la pâle lueur des étoiles Au dehors, on n'apercevait aucune lumière, aucune figure; de temps en temps un sillon de feu parti

de quelque embrasure annonçait aux assiégeants que la vie régnait au château pour leur perte. Celui qui avançait dans les
chambres découvrait çà et là une sombre figure cachée derrière
l'ombre d'un pilier, pouvait voir briller un œil ardent et s'avancer une tête prête à saisir le côté faible de l'ennemi; de tous
les hommes qui faisaient alors le métier de la guerre, aucun
n'était habitué à ce service homicide. Ils avaient tous été attachés à la charrue, à l'atelier ou à d'autres travaux de la paix.
Une contention inquiète, une attente fébrile s'étaient manifes-
tées tout le jour, même sur les traits des plus forts et des plus
braves.

Antoine vit alors avec une sombre satisfaction le calme qu'il
avait conservé et le courage dont tout le monde était animé. Chacun à son poste remplissait la tâche qui lui était dévolue. Jusque
dans l'œuvre meurtrière de la destruction, on reconnaissait la
force que donne à l'homme l'habitude d'un travail assidu, quel
qu'il soit. Après les premières décharges, tous chargèrent leurs
armes sur le devant du château avec la même tranquillité que
s'il se fût agi pour eux d'une besogne ordinaire et habituelle.
Le valet de ferme n'avait pas l'air plus soucieux que lorsqu'il
regardait derrière ses bœufs le sillon tracé par la charrue, et le
tailleur prenait à la main le canon de son arme avec la même
indifférence que la poignée de son fer à repasser. Seuls, les
hommes placés dans la cour étaient agités, non parce qu'ils
avaient peur, mais parce qu'ils étaient mécontents de leur inaction. Quelquefois, un garçon hardi essayait de se glisser derrière
Antoine dans l'intérieur du château, pour tirer son coup sur
le devant de la maison. Aussi Antoine fut-il obligé d'établir l'a-
gronome à la porte de la cour pour empêcher cette courageuse
désertion.

« Monsieur Wohlfart, laissez-moi tirer une seule fois sur
cette canaille, demanda avec instance un tout jeune homme de
Neudorf.

— Attendez, répondit Antoine tout en chargeant son arme,
votre tour arrivera. Dans une heure vous relèverez les hommes
postés sur le devant. »

Cependant les étoiles montaient toujours de plus en plus. Les
coups de feu devenaient plus rares de part et d'autre. Il semblait
que tous avaient besoin de repos.

« Nos hommes sont pleins d'ardeur, dit Antoine à Fink; mes
gens dans la cour sont difficiles à retenir.

— Tout cela se réduit à des coups en l'air, répondit Fink. Ils
cherchent sans doute à viser; mais la plupart du temps, c'est un

hasard si une balle frappe juste. A part quelques légères blessures, nous n'avons pas eu grand mal, et je crois que les agresseurs, là-bas, n'ont pas payé la farce beaucoup plus cher. »

On entendit le roulement des roues.

« Écoute, ils emmènent leurs chariots de guerre. »

Le feu cessa, et sur toute la ligne les colonnes épaisses disparurent au milieu des ténèbres.

« Fais relever les postes, continua Fink, et, si tu peux, donneleur quelque chose à boire, car, ma foi, ils se sont montrés bien
braves! Puis nous attendrons tranquillement la suite de cette
affaire. »

Antoine, après avoir fait distribuer aux hommes quelques liqueurs fortifiantes, parcourut tout le château, releva les postes
et visita toutes les pièces de la maison, depuis le premier jusqu'à la cave. Quand il approcha des chambres du rez-de-chaussée occupées par les femmes, il entendit de loin un bruit discordant de voix plaintives. En entrant dans la grande salle, il
trouva les murs nus faiblement éclairés par une petite lampe de
cuisine; il y avait par terre de la paille, sur laquelle les femmes
et les enfants étaient blottis par petits groupes à côté de leurs
effets. Les femmes exprimaient leur angoisse par toute espèce
de mouvements passionnés; plusieurs levaient sans cesse les
mains en l'air et invoquaient le secours du ciel; d'autres, tout
étourdies par les terreurs de la nuit, regardaient avec désespoir
devant elles. Ce qui faisait l'impression la moins pénible, c'étaient les enfants, qui, sans s'inquiéter de ce qui se passait autour d'eux, criaient à tue-tête. Au milieu de cette scène de désolation, on voyait trois tout petits bonshommes, la tête appuyée
sur des matelas roulés en paquet, qui dormaient les poings fermés, aussi tranquillement que chez eux dans leurs lits; une
jeune femme assise dans un coin berçait dans ses bras un enfant
endormi, et semblait oublier tout le reste. Enfin, sans quitter
des yeux son enfant, elle approcha doucement d'Antoine et lui
demanda ce que faisait son mari.

Cependant les ennemis avaient allumé de grands feux. Une
partie des assiégeants se tenaient devant les flammes. On voyait
qu'ils portaient des pots devant le feu et qu'ils préparaient leur
souper. Dans le village aussi il se faisait beaucoup de bruit. On y
entendait crier, donner des ordres, et on voyait courir çà et là
sur la route des gens avec des torches.

« Tout cela n'annonce pas une grande tranquillité, » dit Antoine.

Au même instant, le marteau de la porte de derrière retentit.

avec force. Fink et Antoine se regardèrent et s'élancèrent aussitôt dans la cour.

« Rothsattel et Perdrix, murmura une voix, improvisant un
mot d'ordre.

— C'est le forestier, » cria Antoine.

Il ôta le verrou et livra passage à l'homme des bois.

« Fermez la porte, dit le forestier, on me suit à la piste. Bonsoir, messieurs ; je viens vous demander si vous avez besoin de
moi.

— Entrez vite, dit Antoine, et racontez-nous ce que vous
avez.

— Dans la forêt, tout est tranquille comme dans une église,
s'écria le forestier. Les troupeaux paissent sur la lisière du bois,
près du ruisseau bordé d'aunes, sous la garde du berger et de
ses chiens. Le métayer a toujours l'œil au guet. Je me suis glissé
dans l'obscurité jusqu'au village, et je viens vous avertir de vous
tenir sur vos gardes. Comme les misérables n'ont pas réussi dans
leur attaque à main armée, ils veulent maintenant recourir à l'incendie. Ils ont rassemblé tout le goudron et toute la graisse de
voiture du village ; ils ont été chercher dans les fermes tous les
copeaux de sapin, et, partout où ils ont trouvé une lampe avec de
l'huile, ils l'ont répandue sur des fagots secs.

— Est-ce qu'ils voudraient mettre le feu à la porte de la cour ?
demanda Fink

Le forestier fit une grimace.

« Oh! non, ce n'est pas la porte de la cour. Ils en ont une peur
affreuse. N'avez-vous pas dans la cour un caisson d'artillerie et un
obusier ?

— De l'artillerie? crièrent les amis étonnés.

— Oui, de l'artillerie, répéta le forestier. Ils ont vu à travers
les meurtrières de la palissade des voitures bleues et un affût.

— Ce sont les voitures de pommes de terre de Charles, s'écria
Antoine, et la pompe à incendie.

— C'est sans doute cette pompe qu'ils auront prise pour l'obusier, répondit le forestier. En venant ici j'ai regardé par derrière dans la cour du cabaret, pour voir si je n'y découvrirais pas
quelqu'un de connaissance. Rébecca étant venue dans la cour
avec des seaux d'eau, je sifflai doucement et je l'appelai derrière
l'écurie.

« Vous voilà donc aussi, vieux Suédois? dit la petite égril-
larde. Prenez garde qu'ils ne vous tirent une balle dans la tête.
Je n'ai pas le temps de m'occuper de vous, il faut que je serve
ces messieurs qui veulent prendre du café.

— Pourquoi pas plutôt du Champagne? demandai-je. Ils sont sans doute bien aimables, ces messieurs, ma belle enfant, car c'est en leur contant fleurettes qu'on prend les femmes.

— Vous êtes vous-même un méchant plaisant, dit-elle en riant, dépêchez-vous de vous sauver.

— Ils ne te feront rien? repris-je en lui pinçant un peu les joues.

— Cela ne vous regarde pas, vieux sorcier, s'écria de nouveau le petit serpent; si je crie, tout le monde qui est dans la salle viendra à mon secours. Je ne veux rien avoir à démêler avec vous.

— Ne sois donc pas si méchante, mon enfant, dis-je à mon tour; sois une bonne fille, remplis-moi cette bouteille et apporte-la-moi ici. Dans de mauvais temps il faut faire quelque chose pour ses amis. »

« Le lutin m'arracha alors la bouteille des mains et dit :

» Attendez, mais tenez-vous tranquille; » et sur ce, elle partit avec ses seaux. Un instant après, elle revint et me rapporta la bouteille toute pleine d'eau-de-vie de cumin. Au fond, cette petite Rébecca est une bonne fille. Et en me donnant la bouteille, elle cria encore :

« Si vous allez voir les jeunes messieurs au château, dites-leur que les hommes qui sont dans la salle ont terriblement peur de leur artillerie, et qu'ils nous ont demandé s'il est vrai qu'il y a un canon au château. Je leur ai répondu que je savais bien qu'il devait y avoir au château une grosse pièce de campagne. »

« Après avoir pris ces renseignements, je suis reparti, et, en me glissant par le fossé, j'ai passé à côté d'hommes armés de faux et placés en vedette derrière notre cour. Quand j'eus plus de cent pas d'avance sur eux, je m'enfuis à toutes jambes, poursuivi de leurs imprécations. Voilà tout ce que je sais.

— Cette idée d'incendie est une chose bien fâcheuse, dit Fink car, s'ils connaissent bien le métier d'incendiaires, ils pourront nous enfumer comme des blaireaux.

— Le seuil est en pierre et la grosse porte est très-élevée au-dessus du sol, dit le forestier.

— Je ne crains pas les flammes, mais la fumée et la clarté, répondit Fink. Si elles illuminent les fenêtres, nos tireurs toucheront encore moins bien le but. Il est heureux pour nous que ces messieurs perchés sur leurs selles anglaises, qui commandent l'ennemi, n'aient guère jusqu'ici pris d'autres places fortes que celles qui étaient défendues par un cotillon. Plaçons tout notre

monde sur le front du château, et ne gardons derrière que les
gardes indispensables. Ayons confiance dans le mensonge officieux
de Rébecca. »

On distribua de nouvelles cartouches et on répartit autrement
la milice du château. On plaça plus d'hommes dans la tour, au
rez-de-chaussée et au premier, ainsi que sur la plate-forme. Le
forgeron reçut le commandement du rez-de-chaussée, Antoine
celui du premier. Quant au forestier, il demeura en réserve avec
une petite troupe. Et il en était temps, car on entendit de nouveau
un bruyant bourdonnement, les cris des chefs, les pas des
hommes qui approchaient et le roulement des voitures.

« Ménagez vos balles, cria Fink, et ne tirez que sur ceux qui se
presseront contre la porte. »

Les chariots surmontés de toits de planches avancèrent de
nouveau. On entendit un commandement en polonais, auquel
succéda un feu roulant de l'ennemi, dirigé cette fois exclusi-
vement contre la porte d'entrée et les croisées du voisinage. Les
balles vinrent frapper avec fracas contre la porte et les murs.
Plus d'une se fraya un chemin par les embrasures des fenêtres et
alla se loger au plafond au-dessus des têtes des défenseurs.

Fink cria au forestier :

« Mon vieux, il vous faut tenter un coup de main. Allons
rangez vos hommes près de la porte de derrière, ouvrez-la
tournez doucement autour de la maison, et prenez en flanc les
ennemis placés derrière les trois chariots qui se sont trop approchés de nous. Fondez sur ces imprudents; si vous visez
bien, vous pouvez tous les exterminer. Les chariots ne sont pas
couverts, et vous avez tout le temps de rentrer avant qu'il
leur arrive du secours par derrière. Agissez avec prudence et
avec promptitude. Quand il faudra déboucher derrière le mur
je vous donnerai le signal avec mon sifflet. »

Le forestier rassembla ses hommes et courut dans la cour.
Fink alla joindre Antoine au premier. Le feu de l'ennemi aug-
mentait toujours de vigueur.

« Cette fois-ci, cela devient excessivement sérieux, dit Antoine.
Nos hommes aussi commencent à s'enflammer.

— Voilà le danger qui approche, » cria Fink en montrant, par
une lucarne, une haute masse informe qui avançait lentement.

C'était une large voiture de paille chargée à une extrême
hauteur; guidée par une main invisible, elle arriva juste contre
le milieu du château.

« Mes amis, c'est un brûlot! on voit briller au-dessus les
bottes de paille toutes préparées. Leur intention est bien claire,

ils appuient contre le timon et poussent la voiture auprès de la porte. C'est le moment de bien viser. Aucun des misérables qui poussent la voiture ne doit échapper. »

Il monta précipitamment l'escalier qui conduisait à la tour, et cria aux hommes postés sur la plate-forme :

« Tout maintenant dépend de vous ; dès que vous verrez les gens qui font avancer la voiture, vous ferez feu. Tirez sur chaque tête, sur chaque jambe que vous pourrez découvrir. Il faut tuer tous ceux qui poussent cette voiture. »

La voiture approcha lentement. Fink leva le double canon de son fusil et pressa la crosse contre sa joue. Il visa deux fois, et toujours mécontent il s'arrêta. Le chariot était tellement chargé qu'il devenait impossible de distinguer les figures qui le faisaient mouvoir. Il y eut de part et d'autre un moment de grande indécision ; le feu des ennemis cessa également ; tous les regards étaient fixés sur la paisible voiture qui devait mettre un terme mortel au combat. Enfin on aperçut le dos des derniers agresseurs qui poussaient l'extrémité du timon. Le fusil de Fink lança un double éclair ; aussitôt deux cris perçants se firent entendre. La voiture s'arrêta, les hommes qui se tenaient derrière se pressèrent les uns contre les autres, on distingua sur le sol deux ombres noires. Fink rechargea son arme, un sourire féroce erra sur ses lèvres. Les ennemis répondirent à ces coups de feu en faisant une forte décharge contre la tour. Un des hommes postés sur la tour, frappé à la poitrine, laissa échapper son arme qui tomba par-dessus le mur et roula à terre avec fracas. Fink jeta à peine un regard sur l'homme tombé à ses pieds et mit une seconde balle dans le canon de son fusil. Quelques figures sortirent précipitamment de l'obscurité et approchèrent de la voiture. On entendit une forte voix les encourager, et la machine se mit de nouveau en mouvement.

« Ces braves gens, murmura Fink, sont tous voués à la mort. »

On distingua mieux les hommes qui poussaient au timon. Fink visa de nouveau et les balles meurtrières volèrent coup sur coup de la tour contre le timon de la voiture. Il y eut encore des gémissements, mais la voiture avança toujours. Elle n'était plus qu'à trente pas de la porte. Soudain un coup de sifflet prolongé retentit dans l'obscurité : il partit des fenêtres du premier une forte décharge, et il s'éleva du côté gauche de la maison des cris bruyants. Le forestier avança tout à coup et fondit à la tête de plusieurs ombres noires contre le toit de planches le plus proche de l'angle du château. On en vint un instant aux mains ; quelques

coups de feu furent tirés. Les ennemis surpris se débandèrent.
Pour la troisième fois, le double éclair du haut de la tour frappa
le timon du brûlot. Saisis d'une terreur panique, les hommes
cachés derrière les ombres de la voiture firent volte-face et
cherchèrent leur salut dans les ténèbres de la nuit. Mais bien
mal leur en prit. Privés de défense, les malheureux furent at-
teints par les balles parties du haut de la tour et des fenêtres du
premier. Les gens du château reconnurent que plus d'un fuyard
s'affaissait et tombait à terre. Des cris de colère se firent entendre
par derrière ; une ligne noire avança au pas de charge pour recueillir les fugitifs.

C'est alors que commença un feu général des masses contre la
maison. L'ennemi se retira avec la même rapidité avec laquelle
il s'était avancé. Il enleva les morts et retira les chariots de la
portée du fusil. Le brûlot seul demeurait encore à quelques pas
de la porte. Le feu cessa, et un silence fatal succéda au combat
meurtrier.

Antoine rencontra Fink dans le vestibule du premier. Le forestier vint les rejoindre immédiatement après. Chacun des amis
chercha en silence à reconnaître à la faible lueur vacillante si
aucun d'eux n'était blessé.

« C'est parfait, forestier, s'écria Fink. Demandez à voir le baron
et faites-lui votre rapport.

— Et priez Mlle Lenore de vous procurer les moyens de faire
un pansement. Nous avons éprouvé des pertes, dit Antoine tristement, et il montra dans le vestibule deux hommes appuyés
contre le mur, qui poussaient des gémissements.

— En voici encore une troisième, répondit Fink montrant un
corps que deux hommes descendaient lentement par l'escalier
de la tour. Je crains que cet homme ne soit mort ; il était à mes
pieds comme un morceau de bois.

— Qui est-ce ? demanda Antoine en frissonnant.

— Borowski, le tailleur, répondit un des porteurs à demi-
voix.

— Quelle terrible nuit ! s'écria Antoine en se détournant.

— Il ne faut pas y penser maintenant, dit Fink ; la vie n'a de
prix qu'autant qu'on a la force d'âme nécessaire pour en sortir
au moment opportun. Ce qu'il y a de plus heureux pour nous,
c'est que nous ayons pu écarter du château cette grande torche
incendiaire ; les coquins pourraient bien encore réussir à y mettre
le feu ; mais à l'endroit où elle se trouve, elle ne causera pas
beaucoup de mal. »

En ce moment, une lueur brillante passa par les meurtrières

de la tour. Tout le monde se précipita aux croisées. Il s'éleva derrière la voiture une flamme éclatante, et la lourde masse sauta avec fracas contre le mur du château. Un seul homme apparut alors derrière le brûlot; une douzaine de fusils furent aussitôt braqués contre lui.

« Arrêtez, cria Fink d'une voix pénétrante, épargnez-le, c'est un brave; le mal est fait.

— Merci, monsieur; au revoir, » cria une voix d'en bas, et le malheureux échappé à la mort s'élança dans les ténèbres.

En un clin d'œil le chariot se trouva embrasé; de la paille et des fagots dont il était chargé montèrent en serpentant des flammes jaunes, et des gerbes de feu blanches s'élevèrent en pétillant dans toutes les directions. Soudain une lueur subite éclaira tout le château, et de grands tourbillons de fumée passèrent par les fenêtres brisées.

« C'est de la poudre, cria Fink. Paix, paix, mes amis! Nous repousserons l'ennemi s'il nous attaque de nouveau. Toi, Antoine, vois si tu peux maîtriser le feu.

— De l'eau! crièrent les gens. Voilà toute la croisée en feu! »

De nouveaux ordres des chefs retentirent au dehors. Un roulement du tambour se fit entendre, et l'ennemi approcha du château en formant une chaîne de tirailleurs. Le feu des assiégeants commença de nouveau pour empêcher d'éteindre l'incendie. On puisait de l'eau dans la tonne de la cour, on la montait et on la jetait sur la flamme de la croisée. Cette tâche était dangereuse, car la façade du château était éclairée, et les tirailleurs, avançant toujours avec plus de hardiesse, tiraient sur chaque figure qui apparaissait. Les défenseurs regardèrent la flamme avec inquiétude, et ne répondirent que faiblement au feu de leurs adversaires. Les gardes de la cour regardèrent aussi moins devant eux que derrière. Le désordre devint général, le moment du plus grand danger était arrivé. Tout semblait perdu.

Un homme cria du haut de la tour:

« Ils apportent des échelles du village, ils ont des cognées à la main.

— Ils veulent franchir la palissade, ils brisent les fenêtres du rez-de-chaussée, » crièrent confusément des voix épouvantées.

Le forestier se précipita dans la cour. Fink amena avec lui quelques hommes et se dirigea du côté où approchait la troupe avec des échelles. Au milieu des cris poussés de toutes parts, la voix retentissante de Fink ne pouvait plus se faire entendre.

A ce moment, quelques hommes se précipitèrent avec des per-

ches contre la porte du vestibule. « Faites de la place, cria un
homme de forte carrure. Il y a là de la besogne de forgeron. »

Cet homme ouvrit le verrou de la porte. L'entrée était entièrement obstruée par la voiture embrasée. Malgré la fumée et les
flammes, le forgeron remua avec une lourde perche le bois en-
flammé du chariot.

« Aidez-moi, poltrons, cria-t-il avec violence.

— Il a raison, s'écria Antoine, en avant! »

On apporta des planches et des timons; les hommes avancèrent
sans se laisser arrêter par la fumée, et cherchèrent à soulever la
masse embrasée. Ils furent forcés plusieurs fois de reculer, mais
le forgeron les ramena toujours à la charge. Enfin, il réussit à
jeter à terre quelques gerbes enflammées. On vit le sombre ciel à
travers la flamme au-dessus de la porte. Un courant d'air rendit
la fumée moins épaisse et moins étouffante.

« Maintenant nous tenons le tout, » cria-t-il, et les tisons em-
brasés volèrent l'un après l'autre sur le sol, où ils se consumèrent
sans causer le moindre mal. Le chariot fut déchargé au plus vite,
il en tomba des lits de plume et des fagots de bois.

Antoine fit fermer la porte à moitié, parce que les balles ennemies passaient à travers les flammes du chariot; les travailleurs
durent faire manœuvrer de côté leurs leviers. Les ridelles tombèrent carbonisées; avec des cris joyeux les travailleurs firent
jouer leurs leviers et éloignèrent les débris du chariot à quelques
pas de l'entrée. La porte fut fermée immédiatement après, et les
hommes, noirs comme des diables et les habits brûlés, se féli-
citèrent hautement du succès de leur travail.

« Une pareille nuit fait de solides amitiés, » dit le forgeron
joyeux; et dans la joie de son cœur, il prit la main d'Antoine,
qui était un peu moins noircie que la sienne. Cependant les cognées des assiégeants brisaient plusieurs fenêtres cloisonnées du
rez-de-chaussée; les planches détachées craquaient et la voix de
Fink retentit : « Renversez-les avec les crosses de vos fusils. »
Antoine et le forgeron se précipitèrent aux croisées par lesquelles
les assiégeants cherchaient à pénétrer dans le château. Quand ils
arrivèrent, la tâche la plus dangereuse y était également terminée. Fink vint au-devant d'eux, tenant à la main la cognée sanglante d'un insurgé. Il jeta la cognée loin de lui, et cria à la
troupe d'Antoine : « Bouchez les ouvertures des fenêtres avec
d'autres planches. J'espère que voilà la fin de la boucherie. »

Après quelques décharges du dehors et quelques coups de feu
isolés du haut de la tour, le silence se rétablit dans le château
et dans la plaine. Une lueur rougeâtre se reflétait encore sur les

murs; mais elle devint toujours plus pâle et plus terne. Le vent s'éleva au dehors et chassa la fumée qui sortait des fenêtres en tourbillons et s'élevait du milieu des débris qui brûlaient devant la porte. L'air pur de la nuit remplit de nouveau le corridor et le vestibule, et la lumière des étoiles brilla tranquillement sur les figures des défenseurs, sur leurs joues décolorées et leurs yeux caves.

Les forces des combattants étaient épuisées, dans le château aussi bien que parmi les assaillants dispersés dans les champs.

« Quelle heure est-il? demanda Fink en s'approchant d'Antoine, qui observait les mouvements de l'ennemi à travers les meurtrières du vestibule.

— Minuit passé, » répondit Antoine.

Ils montèrent à la tour et regardèrent autour d'eux. La campagne était déserte. « Les bonnes gens sont allés se coucher, dit Fink, les feux là-bas s'éteignent; on entend encore quelques voix par-ci par-là du côté du village; les ombres là-bas indiquent seules que nous sommes gardés. Ils ont placé autour du château une chaîne de postes qui nous servent de gardes de nuit; nous avons devant nous quelques heures de trêve. Et comme demain, à la pointe du jour, nous ne pourrons guère dormir à notre aise, il faut que nos hommes profitent des moments de repos qui leur sont laissés; ne fais poser que les sentinelles nécessaires, et qu'on relève les postes au bout de deux heures. A moins d'un avis contraire, j'irai aussi me coucher. Fais-moi appeler dès que vous entendrez le moindre bruit. Je sais, mon bon Tony, que tu veilleras parfaitement aux postes de nuit. »

A ces mots, Fink alla dans sa chambre, où il se jeta sur son lit et s'endormit au bout de quelques instants. Antoine courut au corps de garde, distribua les postes avec le forestier, et fixa l'ordre dans lequel ils devaient être relevés.

« Je puis me passer de dormir, dit le vieux forestier, d'abord à cause de mon âge et ensuite comme chasseur; si vous voulez, je commanderai les postes de nuit, et je veillerai à ce que tout soit en ordre. »

Antoine jeta encore un coup d'œil sur la cour et sur les écuries. Tout y était tranquille; les chevaux seuls piétinaient et frappaient le sol de leurs sabots. Il ouvrit doucement la porte des chambres des femmes; car c'était dans la deuxième pièce qu'on avait déposé les blessés. Il vit Lenore assise sur un tabouret à côté d'une couche de paille, ayant à ses pieds deux des femmes étrangères. Il se pencha sur la couche des blessés, dont la figure terne et les cheveux en désordre contrastaient singulièrement avec les coussins blancs dont Lenore avait dépouillé son propre lit.

« Comment vont-ils? demanda Antoine à voix basse.

— Nous avons essayé de panser les blessures, répondit Lenore. Le forestier m'a dit que tous les deux pourront être guéris.

— Alors, continua Antoine, abandonnez le soin des blessés à ces femmes, et profitez aussi vous-même de ces heures de repos.

— Ne parlez pas de repos, dit Lenore en se levant; vous êtes ici dans une chambre mortuaire. »

Elle le prit par la main, le conduisit dans l'autre coin, et enlevant un manteau foncé de dessus un corps étendu par terre :

« Il est mort! dit-elle d'une voix étouffée; il a expiré au moment où je le soulevais dans mes bras. Son sang est attaché à ma robe, et ce n'est pas le seul qui a été répandu aujourd'hui. C'est moi, cria-t-elle avec une expression passionnée, et en serrant la main d'Antoine convulsivement; c'est moi qui ai donné le signal de verser le sang; j'ignore comment je supporterai cette malédiction, et je ne sais pas comment je vivrai à partir de ce jour. Si j'ai encore une place à occuper dans ce monde, c'est dans cette chambre; laissez-moi, Wohlfart, et ne vous inquiétez pas de moi. »

Et se détournant, elle se rassit sur le tabouret, près du grabat. Antoine étendit le manteau sur l'homme mort et quitta la chambre en silence.

Il alla au corps de garde et prit son arme.

« Forestier, dit-il, je monte à la tour.

— Chacun a sa manière à lui, dit le vieillard en grognant. L'autre agit plus raisonnablement, il repose. Mais il commence à faire frais là-haut, il ne faut pas qu'il reste sans manteau. »

Il envoya un manteau à Antoine, et ordonna à l'homme qui le lui porta de rester auprès du jeune intendant. Celui-ci se couvrit de ce chaud vêtement et engagea le paysan à s'étendre par terre pour dormir. Il resta assis, la tête appuyée contre le mur par-dessus lequel Lenore s'était penchée pour tirer son coup de fusil. Ses pensées s'envolèrent au delà de la plaine et du sombre présent dans un avenir incertain. Ses yeux errèrent sur le cercle des gardes ennemies, et au delà de l'enceinte plus sombre des pins, où il se trouvait retenu et attaché à une vie qui lui semblait alors aussi peu la sienne que s'il la lisait dans un livre. Son regard fatigué considérait ses propres aventures commes celles d'un autre; il lisait alors au fond de son âme les sentiments que l'activité dévorante du jour ne lui avait pas laissé le temps d'approfondir. Il voyait passer devant lui son existence passée : la figure de la châtelaine sur le balcon de son château, la belle jeune fille sur sa barque, au milieu de ses cygnes; l'éclat des bougies dans la salle de bal; le triste instant où la baronne lui remit ses parures; tous les moments où l'œil de Lenore avait cherché ses regards avec tant d'affection : il voyait devant lui tous ces temps et il reconnaissait parfaitement le charme dont ils l'avaient fasciné. Ce qui avait enchaîné son imagination, faussé son jugement et flatté son amour-propre, lui paraissait maintenant comme une illusion.

La vanité s'était plu à nourrir en lui une erreur à laquelle il s'était abandonné dans sa première jeunesse. Depuis longtemps s'était évanoui l'éclat brillant qui avait présenté au pauvre fils du contrôleur la vie de la noble famille de Rothsattel comme une vie forte, noble et digne d'envie. Un autre sentiment plus pur s'était élevé à la place de ses premières impressions, une amitié plus tendre pour la seule personne qui s'était maintenue forte quand toutes les autres autour d'elle avaient fléchi. Et aujourd'hui, elle aussi, se dégageait de lui. Il sentait que c'était un fait accompli et qui devait devenir chaque jour plus irrévocable. Il le sentait maintenant sans douleur, comme une chose naturelle et qui devait être. Il sentait encore que cela le délivrait des liens qui jusqu'ici l'avaient attaché au château. Il releva la tête et porta ses regards au loin au delà des bois. Il se reprochait de ne pas éprouver plus de douleur de cette perte, et le moment d'après il se reprochait même de la sentir. Au fond de son âme avait sommeillé un vague désir qu'il avait à peine osé s'avouer; il avait espéré s'assurer un jour la possession de la belle jeune fille, objet de tous ses rêves, et appartenir pour toujours à la famille pour laquelle il se dévouait maintenant. S'il avait eu ce sentiment dans certains moments de faiblesse, il le condamnait alors. Il n'avait pas toujours été noble et généreux. En regardant Lenore, des pensées intéressées et personnelles s'étaient élevées dans son âme. C'était mal de sa part. Aussi n'était-ce que justice s'il se trouvait à présent seul au milieu d'étrangers, dans des rapports qui le blessaient, parce qu'ils n'étaient pas nettement définis, et dans une position dont il ne pouvait sortir par sa volonté, ni présentement, ni peut-être dans un avenir assez éloigné.

Et cependant il se sentait libre. « Je ferai mon devoir et je ne songerai qu'à son bonheur, » dit-il tout haut. Son bonheur! il songea à Fink et aux manières de son ami, qui lui imposaient toujours, ce qui ne laissait pas de le contrarier. Fink saurait-il répondre à l'amour de Lenore? et ces liens auraient-ils le pouvoir de l'enchaîner? « Pauvre Lenore! » dit-il en soupirant.

Antoine demeura ainsi plongé dans ses réflexions jusqu'à ce que la lueur brillante passât de l'extrémité nord de l'horizon à l'est, et qu'il s'élevât au ciel une teinte blafarde, annonçant le lever du soleil.

Il regarda encore une fois le paysage autour de lui. Il pouvait déjà compter les sentinelles des villageois, qui étaient postées deux par deux autour du château. Par-ci par-là une pique en forme de faucille brillait d'un éclat plus vif.

Il se pencha et réveilla l'homme qui s'était endormi sur le sol inondé du sang de son camarade frappé à mort. Il redescendit ensuite au corps de garde et se jeta sur la paille, que le forestier secoua et étendit avec soin. Il s'endormit juste au moment où l'alouette s'élevait au-dessus de la terre humide de rosée pour annoncer par ses chants joyeux l'approche du jour.

V

Au bout d'une heure, le forestier éveilla Antoine, qui fut tout ébahi de se trouver couché au corps de garde, au milieu d'étrangers.

« C'est presque un péché de troubler votre sommeil, dit l'honnête vieillard. Tout est tranquille au dehors; la cavalerie ennemie est partie dans la direction de Rosmin.

— Partie? cria Antoine. En ce cas, nous sommes libres.

— Il reste encore l'infanterie, dit le forestier. Ils ont juste le double d'hommes et ils nous tiennent cernés. J'ai encore à vous dire qu'il n'y a pas d'eau dans la grande tonne. Nos gens en ont bu la moitié, le reste a servi pour éteindre le feu. Moi, je ne tiens pas à boire; mais le château est rempli d'hommes qui ne pourront pas rester toute une journée sans prendre une gorgée d'eau. »

Antoine s'élança de sa couche.

« C'est là un mauvais réveil, mon brave.

— Le puits est hors de service, continua le vieillard. Mais si nous envoyions une des femmes chercher de l'eau au ruisseau? Les gardes ne feraient pas grand mal aux femmes; peut-être ne les empêcheraient-ils pas de puiser quelques seaux d'eau.

— Quelques seaux, dit Antoine, ne nous seront pas d'un grand secours.

— Cela vous ragaillardira cependant un peu, répondit le forestier. Il faudra bien les partager. Si Rébecca était là, elle nous procurerait de l'eau; mais nous sommes forcés d'avoir recours à une autre femme. Vous savez que ces sacripants ne sont pas méchants envers les jeunes filles qui ne s'effarouchent pas de leurs plaisanteries. Si vous voulez, je tenterai l'aventure avec une de vos péronnelles. »

Le forestier appela de la cuisine: « Suska! » La jeune Polonaise monta du souterrain.

« Écoute, Suska, dit le forestier d'un air réfléchi, quand M. le baron s'éveillera, il demandera de l'eau fraîche; il n'y en a pas au château. Nous avons assez de bière et d'eau-de-vie pour boire; mais qui peut se laver les mains avec de la bière? Prends vite les seaux et cours au ruisseau chercher de l'eau. Tu t'arrangeras bien avec tes voisins les militaires. Mais ne te mets pas trop à jaser avec eux; autrement le baron ferait un fameux tapage.... Écoute, demande donc par la même occasion à ces hommes pourquoi ils restent toujours là avec leurs piques. Leurs cavaliers sont déjà partis. Nous ne nous opposons pas à ce qu'ils s'en aillent aussi. »

Suska prit les seaux sans réplique; le forestier ouvrit la porte de la maison, et la petite se dirigea tranquillement vers le ruisseau. Antoine la suivit des yeux avec une certaine anxiété. Elle arriva sans obstacle, et sans s'inquiéter du poste, qui était à environ vingt pas de là et qui la regardait avec curiosité. Enfin un des hommes armés de faux s'avança vers Suska, qui posa les seaux par terre et croisa les bras. Tous les deux commencèrent à causer paisiblement. Le Polonais finit par prendre les seaux; les plongea dans le ruisseau et les rendit pleins à la jeune fille. La petite les rapporta sans le moindre encombre.

Le forestier ouvrit de nouveau la porte et dit en souriant:

« Bravo, Suska! Qu'est-ce que le garde t'a dit?

— Des bêtises, répondit-elle en rougissant. Il m'a dit que je devais ouvrir la porte à lui et à ses camarades, quand ils reviendront devant le château.

— Passe pour cela, dit le forestier d'un air fin. Ainsi, ils veulent donner un nouvel assaut au château?

— Certainement, dit la petite. Les cavaliers sont allés au-devant des troupes de Rosmin; quand ils reviendront, tous doivent marcher de nouveau sur le château.

— Nous tâcherons qu'ils n'y entrent pas, répondit le forestier. Personne ne sera admis que ton bon ami là-bas. Tu le lui as bien promis, n'est-ce pas, s'il vient seul et pendant la nuit ?

— Non, répondit Suska irritée, mais je ne pouvais pourtant pas me fâcher.

— Peut-être pourrons-nous renouveler l'expérience, dit le forestier à Antoine d'un air interrogateur.

— J'en doute, répondit celui-ci; un des officiers s'approcha du factionnaire; le pauvre diable sera rudement secoué pour sa trop grande complaisance. Allons, partageons notre petite provision. La moitié du premier seau pour la famille du baron, l'autre pour nous autres; le second seau servira à faire la soupe du matin pour les femmes et les enfants. »

Il versa lui-même l'eau dans les différents vases et préposa le forgeron à leur garde.

« C'est là, dit-il au forestier, la plus grande peine que nous ayons eue à subir pendant le siége. Je ne sais pas encore comment nous passerons le jour.

— Bien des choses sont possibles, » répondit le forestier.

Il s'annonçait une belle journée de printemps; le soleil montait sans nuages derrière la cour de la ferme; bientôt ses doux rayons réchauffèrent l'air humide autour des murs du château. Les gens cherchèrent le coin de la cour échauffé par le soleil; les hommes s'assirent avec leurs femmes et leurs enfants par petits groupes; tous étaient pleins de confiance. Antoine se plaça au milieu d'eux.

« Il faut patienter jusqu'à midi, peut-être jusqu'après le dîner. C'est alors qu'arriveront nos soldats.

— Si les gens de là-bas ne remuent pas plus qu'à présent, nous pouvons rester tranquilles, répondit le forgeron; ils sont immobiles comme des poteaux en terre.

— Ils ont perdu hier leur courage, dit un autre avec mépris. C'était un feu de paille; le forgeron leur a enlevé leurs bottes de dessus la voiture.

— Les voilà aux abois ! » cria un troisième.

Le forgeron croisa les bras en souriant fièrement, et sa femme le regarda d'un air satisfait.

A ce moment, tout s'anima au premier. Le baron sonna et demanda un rapport. Antoine monta pour lui raconter ainsi qu'aux dames ce qui était arrivé. Puis il entra dans la chambre de Fink pour éveiller son ami encore plongé dans un profond sommeil.

« Bonjour, Tony, dit Fink en s'étendant avec plaisir. Je descends à l'instant. Si par ton crédit tu pouvais me procurer un peu d'eau, je te serais très-reconnaissant.

— Je vais aller te chercher une bouteille de vin, répondit Antoine. C'est avec cela qu'il faudra te laver aujourd'hui.

— Fi donc! s'écria Fink. En sommes-nous là? J'espère que ce n'est pas du vin rouge?

— Il ne nous en reste en tout que peu de bouteilles, continua Antoine.

— Tu es un oiseau de mauvais augure, dit Fink en cherchant ses bottes. Vous devez avoir d'autant plus de bière dans vos caves....

— Juste autant qu'il en faut pour donner une fois à boire à tous nos hommes. Un petit baril d'eau-de-vie est à présent notre plus grand trésor. »

Fink siffla l'air de la marche du feld-maréchal Dessau.

« Tu vois bien, mon garçon, que ta tendresse pour les femmes et les enfants était un peu sentimentale. Je te vois en esprit devant moi, les manches retroussées, tuant la vache maigre, et la mettant par morceaux dans la bouche du peuple affamé. Toi au milieu avec cinquante bouches béantes autour de toi! Coupe bien vite une douzaine de verges de bouleau; car d'ici à peu d'heures tu entendras s'élever vers le ciel des cris d'enfants mourant de faim, et, malgré ton humanité, tu seras obligé de fouetter toute la bande. Du reste, je pense qu'hier nous ne nous sommes pas trop mal comportés. Me voici reposé; maintenant, que les choses aillent comme elles voudront! Voyons ce que fait l'ennemi. »

Les amis montèrent à la tour. Antoine rapporta ce qu'il avait appris; Fink examina avec soin la chaîne des postes, et suivit, à l'aide du télescope, la ligne de la route jusqu'à l'endroit où elle se trouvait enveloppée par la sombre forêt.

« Notre position est trop paisible pour être fort rassurante, dit-il enfin en refermant le télescope.

— Ils veulent nous affamer, dit Antoine sérieusement.

— Je les crois bien capables de cette intention, et ils ne calculent pas mal; car, entre nous soit dit, je doute fort que nous puissions espérer d'être secourus à temps.

— Nous pouvons compter sur Charles, dit Antoine.

— Sur mon cheval bai aussi, reprit Fink; mais il est bien possible que mon pauvre *Blackfoot* (pied noir) ait déjà en ce moment le malheur de porter le corps de quelque insurgé. Charles n'est-il pas tombé au pouvoir d'une des bandes qui courent certainement tout le pays? Et puis, a-t-il trouvé les troupes régulières? Ces troupes ont-elles eu envie de marcher à notre secours? Enfin, auront-elles l'esprit d'arriver à temps? et en dernier lieu, seront-elles assez fortes pour disperser la bande qui leur barre le chemin jusqu'à nous? Ce sont là, mon garçon, des questions que l'on peut bien poser, et j'aurais plus tôt fait de manger toutes les mûres qu'il y a au monde, que d'y donner une réponse satisfaisante. Nous pourrions tenter une sortie.

— Sans doute elle serait sanglante, répondit Antoine.

— Bah! dit Fink. Mais, ce qui est bien plus fâcheux, c'est qu'elle ne servirait à rien. Nous culbuterions peut être une bande; une heure après, il en viendrait une autre. Il n'y a qu'une troupe victorieuse qui puisse nous sauver! Tant que nous défendrons chez nous notre droit de propriété, nous sommes forts; en rase campagne, suivis de femmes et d'enfants, une douzaine de cavaliers suffirait pour nous terrasser.

— Il faut donc attendre, dit Antoine d'un air sombre.

— Cela s'appelle parler; toute la sagesse consiste à ne poser ni à soi ni aux autres des questions insolubles. L'affaire menace de traîner en longueur. »

Les amis finirent par descendre.... Plusieurs heures se succédèrent dans une inaction lourde comme du plomb. Tantôt Antoine, tantôt Fink braquait le télescope sur les abords de la forêt. Ils ne virent rien d'extraordinaire. Des patrouilles d'ennemis allaient et venaient; des bandes de paysans armés marchaient vers le village, puis étaient envoyées dans d'autres directions; on passait en revue régulièrement les différents postes. Les assiégeants étaient occupés à visiter et à désarmer les villages des environs, pour attaquer ensuite le château avec toutes leurs forces réunies. Les Allemands étaient cernés entre leurs murs comme une bête fauve dans son terrier, et les chasseurs attendaient avec une assurance parfaite le moment où la faim, le feu ou bien le manque d'eau, forcerait les malheureuses victimes à sortir.

Cependant Fink essaya d'occuper son monde. Il commanda aux hommes de nettoyer leurs fusils et leurs armes. Ensuite il les fit avancer, et distribua de la poudre et du plomb. On fondit des balles et on fit des cartouches. Antoine ordonna aux femmes de balayer la maison et la cour, autant que l'on pouvait le faire sans eau. Cela eut le bon effet de tenir les assiégés en haleine pendant quelques heures.

Le soleil continuait à s'élever, et l'air apportait du village voisin le léger tintement de la cloche.

« Le premier repas a été assez maigre, dit Antoine à ses camarades; les pommes de terre ont été rôties dans les cendres;

l n'y a plus ni viande ni lard ; la cuisinière ne peut plus se ser-
'ir de farine, car nous manquons d'eau.

— Tant que nous aurons la vache dans l'écurie, répondit Fink,
ious possédons toujours un trésor que nous pouvons présenter
lu peuple affamé. Il reste encore les souris du château, et en
lernier lieu nos bottes. Celui qui a été condamné dans ce pays à
nanger quelquefois du bifteck ne peut pas regarder le cuir des
)ottes comme un mets très-coriace. »

Le forestier interrompit la conversation en disant :

« Un seul cavalier arrive de la cour de la ferme au château,
lerrière lui marche une femme : je parierais presque que c'est
Rébecca. »

Le cavalier approcha de la porte du vestibule en agitant un
nouchoir blanc ; il s'arrêta à côté des débris carbonisés du cha-
:iot, et porta ses regards vers les croisées du premier. C'était le
)arlementaire de la veille.

« N'ayons pas l'impolitesse de faire attendre ce monsieur, » dit
Fink en tirant le verrou ; et il se tint sans armes sur le seuil de
la porte.

Le Polonais salua en silence, et Fink souleva son bonnet.

« Je vous ai annoncé hier soir, dit enfin le cavalier, que j'au-
:ais le plaisir de vous revoir.

— Eh ! répondit Fink, c'est vous, monsieur, qui nous avez
)ccasionné cette fumée. Cela a été dommage pour le chariot.

— Vous avez empêché hier vos gens de faire feu sur moi, dit
le Polonais en allemand fortement accentué, et je voudrais vous
lémoigner ma reconnaissance. Il y a, m'a-t-on dit, des dames
lans cette maison ; voici une fille qui vous apporte du lait. Nous
savons qu'il n'y a pas d'eau au château, et je ne voudrais pas que
notre querelle imposât des privations à ces dames.

— Coquin ! murmura le forestier entre ses dents.

— Si vous me permettez de vous offrir en échange de votre
lait quelques bouteilles de vin de notre cave, j'accepterai votre
cadeau avec reconnaissance, répondit Fink. Je suppose que vous
n'avez pas non plus de ce liquide en abondance au cabaret.

— Soit, » dit le Polonais en souriant.

Rébecca courut avec sa cruche vers la porte de la cour et remit
le lait au forestier, qui lui donna en grommelant les bouteilles
de vin en échange. Mais le Polonais continua :

« Quand même vous seriez pourvus de vin, il ne peut pas remplacer l'eau. Votre garnison est nombreuse, et nous savons que
vous avez beaucoup de femmes et d'enfants dans votre maison.

— Je ne regarderai pas comme un malheur, répondit Fink,

que les femmes et les enfants boivent pendant quelques jours
du vin avec nous, jusqu'à ce que vous nous rendiez le service
que je vous ai déjà demandé hier, de quitter ce château et le puits
là-bas en face.

— Ne l'espérez pas, monsieur, dit le Polonais sérieusement.
Nous emploierons tous les moyens pour vous désarmer, et sa-
chant maintenant que vous n'avez pas d'artillerie, nous pourrons,
quand il nous plaira, entrer de force dans ce château. Mais vous
vous êtes défendus en braves, et nous désirons ne pas aller plus
loin qu'il n'est nécessaire.

— C'est prudent et sage, répondit Fink.

— C'est pourquoi je viens vous faire une proposition qui ne
pourra pas blesser votre amour-propre. Il ne faut pas compter
qu'il vous arrive du secours. Il se trouve entre vos troupes et
ce village un fort détachement des nôtres; dans peu de jours les
deux armées en viendront aux mains à quelques lieues d'ici, et
vos chefs sont dans l'impossibilité de détacher des corps isolés.
Je ne vous dis rien de nouveau, car vous savez cela aussi bien
que nous-mêmes. Je vous assure donc sur l'honneur une libre
sortie à vous et à toutes les personnes qui sont dans ce château, si vous déposez vos armes et si vous nous livrez le domaine. Nous sommes prêts à vous faire escorter, vous et vos
dames, partout où vous voudrez, jusqu'aux limites du territoire
dont nous sommes maîtres. »

Fink répondit d'un air plus sérieux que celui qu'il avait eu
jusqu'alors :

« Puis-je savoir de quelle bouche sort la parole d'honneur que
vous venez de me donner tout à l'heure?

— Je suis le colonel Zlotowski, répondit le cavalier en s'inclinant légèrement.

— Votre proposition, répondit Fink, nous oblige à vous faire
des remerciments. Je ne doute nullement de la franchise de
votre offre, et je veux croire aussi que votre influence sur les
hommes que vous commandez est assez grande pour que ces
conditions soient observées. Mais comme je ne suis pas le propriétaire de ce château, il faudra que je communique d'abord vos
propositions à qui de droit.

— J'attendrai, » répondit le Polonais; et s'éloignant de trente
pas, il s'arrêta en face de la porte.

Fink ferma la porte et dit à Antoine :

« Allons vite chez le baron! Quelle est ton opinion?

— Il faut aller jusqu'au bout, » répondit Antoine.

Ils trouvèrent le baron dans sa chambre, la tête appuyée sur ses mains, la figure bouleversée, offrant l'image de la douleur et d'une agitation nerveuse. Fink lui exposa l'offre du Polonais et lui demanda de décider.

Le baron répondit :

« Jusqu'ici j'ai peut-être plus souffert qu'aucun des braves qui ont risqué leur vie pour la défense de cette propriété. C'est une terrible situation de rester inactif quand l'honneur ordonne de se mettre au premier rang. Mais c'est justement pour cela que je n'ai pas le droit de rien vous prescrire. Celui qui n'est pas en état de combattre n'a pas non plus le droit de fixer le moment où le combat doit cesser. Oui, j'ai à peine le droit de vous dire mon opinion, parce que je crains qu'elle ne soit décisive pour la noblesse de vos sentiments. D'ailleurs, dans mon infortune, je ne connais même pas les gens qui me défendent, je ne puis juger ni de leurs dispositions ni de leur énergie. Je remets tout entre vos mains et vous abandonne avec une entière confiance le soin de décider de mon sort et de celui des miens. Que le ciel vous récompense de tout ce que vous faites pour moi! Pour l'amour de Dieu, ne songez pas à moi, le sacrifice serait trop grand, ajouta le baron avec chaleur en élevant vers le ciel ses mains jointes et ses yeux éteints; ne songez qu'à la cause que nous défendons.

— Puisque vous nous accordez une si haute confiance, dit Fink avec une noble assurance, nous sommes décidés à défendre votre château tant qu'il restera encore le moindre espoir d'être secourus. Cependant des circonstances graves peuvent se présenter; nos gens peuvent refuser de continuer la lutte, ou bien les ennemis peuvent forcer l'entrée du château.

— Ma femme et ma fille vous prient comme moi de ne pas songer à elles en ce moment. Allez, messieurs, s'écria le baron en étendant les bras, l'honneur d'un vieux soldat est dans vos mains.»

Les deux amis s'inclinèrent profondément devant le pauvre aveugle et sortirent de la chambre.

« Ces gens ont cependant de l'honneur, » dit Fink en faisant un signe affirmatif de la tête.

Il ouvrit la porte, l'officier approcha.

« Le baron de Rothsattel vous remercie de votre offre, mais est résolu de défendre jusqu'à la dernière extrémité son château et la propriété de ceux qui se sont confiés à lui. Nous n'acceptons pas votre proposition.

— Vous en subirez donc toutes les conséquences, reprit le cavalier, et sur vous pèsera la responsabilité de tout ce qui arrivera maintenant.

— J'accepte la responsabilité, dit Fink. Mais j'ai une prière à vous faire. Indépendamment des femmes et des enfants des villageois, il y a encore dans ce château deux dames, la femme et la fille du baron de Rothsattel. Si contre toute attente le hasard vous fournissait l'occasion de pénétrer dans le château, je recommanderais les personnes sans défense à votre généreuse protection.

— Je suis Polonais, » s'écria fièrement le cavalier en se dressant sur son cheval.

Il fit un salut avec son chapeau et retourna au petit galop vers la cour de la ferme.

« Le drôle a l'air hardi, dit Fink en se tournant du côté des hommes accourus du corps de garde. Mais, mes amis, quand il faut choisir entre les promesses d'un ennemi ou bien ce petit tube de fer, je suis d'avis qu'il vaut toujours mieux se fier à l'arme qu'on tient dans sa main; et, en disant ces mots, il brandissait son fusil en l'air. Le Polonais s'engage à nous laisser partir librement, parce qu'il sait que dans une couple d'heures sa bande fuira devant nos soldats. Ce serait pour lui une bonne aubaine! Trente fusils! Et si les cavaliers venaient et s'ils ne nous trouvaient pas dans la maison au secours de laquelle nous les avons appelés, et qu'ils vissent cette racaille avec ses faucilles, ils lanceraient de terribles imprécations, et la honte retomberait à tout jamais sur nos têtes.

— Mais s'il avait dit la vérité? » demanda un des hommes avec une certaine hésitation.

Fink saisit l'homme familièrement par son habit :

« Mon ami, je crois qu'il a de bonnes intentions; mais, dites-moi, jusqu'où va l'obéissance chez ce peuple? A peine aurions-nous passé la lisière du bois, qu'une autre bande tomberait sur nous: les femmes seraient maltraitées devant vos yeux, et vos effets vous seraient enlevés. Aussi je suis d'avis que nous ferons beaucoup mieux de leur montrer les dents. »

Les auditeurs accédèrent vivement à cette proposition, et ils portèrent quelques vivat à MM. Fink et Wohlfart.

« Nous vous remercions, dit Fink, et maintenant allons tous à nos postes; car il se pourrait qu'ils revinssent bientôt chercher plaies et bosses. Cela nous fait gagner au moins une heure, dit-il en s'adressant à Antoine. D'ailleurs, je ne crois pas qu'ils nous attaquent de jour; mais il vaut mieux pour nos gens qu'on les pose en sentinelle que de les laisser s'assembler et causer entre eux. Il est déjà fâcheux qu'ils aient entendu ces débats. »

Le service régulier établi dès lors par Fink ne put empêcher la petite garnison, à mesure que le soleil avançait dans sa course, de se laisser aller à l'abattement. Les paroles du Polonais avaient été entendues de beaucoup de personnes; il y avait même des femmes qui, poussées par la curiosité, avaient ouvert leur porte et étaient entrées jusque dans le vestibule.

Insensiblement la crainte se glissa dans tous les cœurs. Ce fut dans la chambre des femmes qu'elle se manifesta d'abord. Tout à coup quelques-unes éprouvèrent un grand désir de boire de l'eau; elles se plaignirent de la soif, d'abord timidement, puis plus haut; enfin elles se groupèrent à la porte de la cuisine et se mirent à gémir et à sangloter. Bientôt après tous les enfants crièrent pour avoir de l'eau; et beaucoup qui, dans d'autres circonstances, n'auraient pas songé à boire, se sentirent excessivement malheureux.

Antoine fit monter de la cave les dernières bouteilles de vin, coupa le dernier pain, trempa quelques morceaux dans le vin et les distribua, en assurant que c'était le meilleur moyen de se préserver contre la soif, et qu'en mettant le pain trempé dans sa bouche, on ne pouvait plus avaler d'eau de la journée, quand même on serait payé pour en boire. Cela fit oublier le mal pendant quelques instants, mais la peur sut se frayer un autre passage pour éclater. Plusieurs demandèrent ce qu'ils perdraient en livrant un vieux fusil en échange de la liberté et du droit d'aller où ils voudraient. Cette opinion fut préalablement combattue par le forestier, qui se plaça au milieu du corps de garde et répondit résolûment :

« Je vous dirai, Gottheb, Fitzner, et vous, gros Bökel, que remettre un fusil n'est qu'une bagatelle ; mais il y aurait à cela un petit inconvénient : c'est que celui qui aurait une si infâme pensée serait un lâche coquin à qui je cracherais à la figure toutes les fois que je le rencontrerais. »

Aussitôt Fitzner et Bökel donnèrent raison au forestier et déclarèrent qu'ils en feraient autant à qui que ce fût. Ce danger se trouvait donc aussi écarté. Mais les sentinelles relevées s'entretenaient avec inquiétude. On comparait les forces du château avec celles de l'ennemi. Enfin la faiblesse de la palissade de la cour devint le principal sujet de critique des peureux. Il était évident que c'était là qu'aurait lieu la première attaque, et même les hommes courageux admettaient que la palissade n'offrirait qu'une faible résistance. Le vaillant et fidèle forgeron secouait les planches de la main et goûtait peu la manière dont elles avaient été établies. Ces accès de crainte étaient moins dangereux pendant le jour; car la majeure partie des

hommes resta l'arme au bras, attendant l'ennemi d'un moment à l'autre. Mais quand le soleil commença à décroître sans
qu'il y eût la moindre attaque et sans que la sentinelle de la
tour annonçât du secours, l'inaction et la lassitude de l'attente
rendirent le désespoir général.

Le dîner fut insuffisant : des pommes de terre cuites sous la
cendre et un peu de sel. Naturellement, après avoir mangé, les
malheureux eurent encore soif; les femmes revinrent trouver
Antoine et lui dirent en se lamentant que le moyen qu'il leur
avait indiqué n'avait pas servi longtemps. Les hommes aussi
étaient tourmentés par la faim et la soif; leurs plaintes volaient
d'un pilier à l'autre du corps de garde. Antoine avait donné à
chacun une double ration d'eau-de-vie; mais cela ne contenta
pas tout le monde. Les hommes ne se révoltèrent pas, car ils
avaient un trop bon naturel; mais en sentant faiblir leurs forces
ils se découragèrent. Fink regarda avec un sourire de mépris
ces symptômes d'un état auquel son esprit et son corps de fer
ne comprenaient rien. Mais Antoine, que tout le monde venait
assaillir de demandes et de plaintes, sentait tout l'embarras de
cette situation.

Il fallait recourir à un moyen extrême pour couper le mal dans
sa racine, sinon tout était perdu. C'est avec ce sentiment qu'il
descendit dans la cour, résolu de sacrifier la vache.

Il se plaça devant la pauvre bête, et, lui caressant le cou, dit
en soupirant :

« Ma pauvre Lise, il faut mourir. »

En la traînant hors de l'étable, par la corde, son regard tomba
sur la tonne vide et il lui vint une heureuse pensée.

L'élévation du sol au-dessus de l'eau du ruisseau n'était que
de quelques pieds; toute la contrée abondait en sources : il était
vraisemblable qu'on trouverait de l'eau à une faible profondeur.
C'était chose facile pour la garnison de creuser un puits. En jetant la terre enlevée contre la palissade, la solidité de celle-ci se
trouverait considérablement augmentée; et la chose essentielle,
c'est que le travail mettait tous les bras oisifs en mouvement,
et pouvait être continué des heures et même des journées entières. Il savait par d'anciens essais que l'eau autour du château
était bourbeuse, et que, en temps ordinaire, on ne pouvait pas
s'en servir. Mais cela importait peu aujourd'hui. Antoine regarda
le soleil; il n'y avait pas une minute à perdre.

Il appela dans la cour l'agronome, et quand celui-ci eut ap-
prouvé l'idée d'Antoine, il mit à contribution tous les bras
disponibles du château, y compris ceux des femmes et des en-

fants les plus forts. Les ouvriers allèrent chercher leurs outils, et, au bout de peu d'instants, dix hommes armés de pelles et de pioches étaient occupés à creuser un grand trou au milieu de la cour. Les femmes et les enfants, sous la direction de l'agronome, durent tasser la terre contre la palissade. Antoine chargea ensuite deux hommes et quelques femmes de tuer la pauvre vache, que l'on montra encore une fois au peuple avant de l'immoler à la dure nécessité du moment.

Tout le monde déploya la plus grande activité. Le trou du puits, beaucoup plus large à l'orifice qu'il ne le fallait pour un conduit régulier, arrivait à une respectable profondeur, et le talus s'élevait contre la palissade comme par le secours merveilleux des génies.

Les hommes travaillaient avec une ardeur qu'ils n'avaient jamais eue; leurs bêches volaient comme à l'envi; de petits bonshommes aux pieds nus sautaient par-dessus la terre, les sabots et les souliers y laissaient des traces profondes. Chacun voulait mettre la main à l'œuvre; il y avait plus de bras qu'il n'en fallait dans un si petit espace. Toute anxiété avait disparu, et de joyeuses plaisanteries s'échangeaient de tous côtés.

Fink, étant survenu, dit à Antoine :

« Tu sais convertir les païens et tu t'entends à sauver les âmes de ta commune.

— La commune travaille, » répondit Antoine avec plus de satisfaction qu'il n'en avait éprouvé dans les dernières vingt-quatre heures.

Le trou du puits devint de plus en plus profond. Bientôt il fallut y descendre à l'aide d'une courte échelle. Le sol commença à s'humecter; les hommes travaillèrent bientôt après dans la vase; il fallut la monter dans des baquets. Tous se pressèrent pour les porter. Les seaux volèrent de main en main. Comme des enfants, ils saluaient par des éclats de rire bruyant chaque tache de boue dont les habits des impatients étaient éclaboussés. Le rempart s'élevait déjà de plusieurs pieds au-dessus de la palissade, et, comme on manquait de gazon, on enfonça du bois et des pierres avec tant de force dans le talus intérieur, que la terre se raffermit comme du mortier; à peine Antoine put-il garder libre la petite poterne latérale.

Cependant il se fit un mouvement dans le poste ennemi campé près du ruisseau. Des cavaliers galopèrent le long de la chaîne des postes en regardant avec inquiétude la nouvelle fortification; quelques-uns osèrent approcher, mais le forestier les fit fuir en élevant son fusil par-dessus le rempart. Ce fut au mi-

lieu de ces travaux que s'écoulèrent les heures; le soleil baissait toujours, et la lueur rouge du soir brillait au ciel. Nos
ouvriers n'y firent pas attention; dans le puits, les hommes
se trouvèrent jusqu'à la ceinture dans l'eau. Elle était jaune
et sale, mais tout le monde regardait fixement le fond comme
s'il en jaillissait de l'or liquide. Enfin, quand les ombres de la
nuit s'appesantirent sur l'orifice du puits, Antoine ordonna aux
ouvriers d'en sortir. On apporta un grand drap blanc; on le
mit au-dessus de la grande cuve, on puisa l'eau dans des seaux
et on la fit passer par le drap.

« Il faut d'abord abreuver mes chevaux, cria un garçon de
ferme, et il attira vers lui les seaux pour les bêtes altérées.

— Quand la boisson aura déposé, elle sera aussi claire que l'eau
du ruisseau, » dit le forgeron tout joyeux; et les ouvriers ne
se lassèrent point de puiser de l'eau pour en goûter, et chacun
confirma avec bonheur l'opinion d'un homme aussi considéré
que l'était le forgeron.

Cependant Antoine courut sur le rempart; arrivé à la hauteur
du premier étage, il y fit enfoncer des pieux solides et clouer,
en guise de parapet, de fortes planches enlevées aux chariots.
Quand la nuit couvrit le château de son voile, l'ouvrage se
trouva terminé.

Les femmes furent infatigables à faire filtrer l'eau au-dessus
de la cuve; de gros morceaux de viande furent transportés à la
cuisine; un grand feu petilla dans l'âtre, et la douce perspective
d'un souper fortifiant pénétra dans l'âme de tous les assiégés.

Soudain, on entendit de nouveau dans la campagne le roulement du tambour ennemi. En même temps le son strident du
sifflet retentit à travers les murs du château. Un instant les
hommes assemblés dans la cour furent saisis d'un effroi invo-
lontaire; car pendant les dernières heures ils avaient presque
oublié l'ennemi. Mais se recueillant aussitôt, tous coururent au
corps de garde et saisirent leurs armes. Le rez-de-chaussée fut
occupé par une double garnison; le forestier courut avec un
fort détachement vers la cour, et monta sur le nouveau rempart.

« Le dénoûment approche, dit Fink tout bas à Antoine.
Pendant ces dernières heures, de fortes bandes sont entrées
dans le village; aux lueurs du soleil couchant, il est venu une
troupe de cavaliers. Nous ne pourrons pas résister une seconde
nuit. Ils attaqueront en même temps de tous les côtés, et avec
des échelles ils escaladeront le château. Et ils en sont persua-
dés, car chaque bande qui arrive du village est pourvue de co-

gnées et d'échelles. Subissons avec calme la destinée à laquelle nous ne pouvons échapper; si nous succombons comme des hommes courageux et non pas comme de lâches poltrons, tu en auras tout le mérite. J'étais chez le baron; les femmes et lui sont préparés, elles se réuniront dans sa chambre. S'il te reste encore quelque souffle de vie dans le gosier quand un des chefs de la bande passera par-dessus ton corps, tu lui recommanderas les femmes. Maintenant, adieu, Antoine, à la grâce de Dieu! Moi je prends le côté de la cour, toi celui de la façade.

— Il me semble impossible, cria Antoine, que nous succombions; je n'ai jamais éprouvé de plus joyeuses espérances qu'à cette heure.

— Tu espères du secours? demanda Fink en haussant les épaules, et il montra par la fenêtre les troupes ennemies: si ce secours ne nous vient que dans une heure, il arrivera trop tard. Depuis que le canon de Rébecca a disparu, nous sommes au pouvoir de l'ennemi, dès qu'il voudra sérieusement tenter l'assaut. Et il le tentera; il ne faut pas se faire de vaines illusions. Mon cher, donne-moi ta main. Adieu! »

Il serra fortement la main d'Antoine, et un fier sourire éclaira de nouveau sa figure.

Tous deux restèrent ainsi à côté l'un de l'autre, se regardant affectueusement et avec une certaine inquiétude, comme s'ils ne devaient plus se revoir.

« Adieu! » cria enfin Fink, et il prit son fusil en dégageant sa main de celle de son ami; mais, sans bouger, il demeura comme cloué à la place qu'il occupait, et prêta l'oreille.

Au milieu du roulement des tambours de l'ennemi et du bruit des assaillants qui approchaient, de joyeuses fanfares retentirent dans les airs; un tambour de la ligne y répondit par la générale. Enfin, on eût dit une forte décharge, avec des hourras dans le lointain.

« Ils viennent! cria-t-on de tous les coins du château; nos soldats arrivent! »

Le forestier se précipita dans le vestibule.

« Les bonnets rouges! cria-t-il; ils longent le ruisseau et arrivent en foule, tandis que l'infanterie débouche·par derrière du côté du village.

— Allons, descendons tous dans la cour, cria Fink. Préparons-nous à une sortie. En avant, mes amis! »

On enleva la barricade établie devant la porte. Tous les hommes furent en un clin d'œil hors de la redoute. A peine Antoine put-il décider l'agronome et quelques garçons de ferme à rester pour la garde du château. Le forestier passa les hommes en revue et rangea toute la troupe. Fink examina où en était le combat. La colonne d'infanterie avançait dans le village ; les coups de mousquet continus trahissaient l'animosité de la lutte. Mais le feu approchait lentement, les ennemis pliaient ; déjà quelques fuyards sortaient de la cour de la ferme. Cependant un détachement de hussards passa le ruisseau en face du château ; ils poussèrent devant eux de petits groupes d'assiégeants. Fink fit tourner le château à ses hommes, et les mit en ordre de bataille du côté du village.

« Patience, cria-t-il, et, si je vous mène en avant, n'oubliez pas votre cri de guerre ; autrement vous serez débordés et enfoncés comme les ennemis au milieu de cette obscurité. »

Ce ne fut qu'avec la plus grande peine que les impatients purent être maintenus dans les rangs.

Du côté du ruisseau, un seul cavalier vint droit à eux en criant de loin :

« Hourra ! Rothsattel !

— Sturm ! » répondirent une foule de voix.

Antoine s'élança des rangs et courut au-devant du fidèle hussard.

« Nous tenons l'ennemi, cria Charles. Il occupe la route de Rosmin ; mais moi j'ai conduit mes hommes par des détours à travers les bois. »

On aperçut confusément aux dernières maisons du village une troupe de cavaliers. Le corps ennemi fit halte et se porta contre la ferme. La lutte recommença ; les chefs ramenèrent leurs hommes dans la mêlée.

« Voici le moment ! » cria Fink.

Ses soldats traversèrent le champ au pas de charge, se rangèrent le long de la route, près de la première grange, et, prenant l'ennemi en flanc, ils déchargèrent sur lui vingt-cinq coups de fusil. Cette décharge mit la confusion dans les rangs serrés des Polonais, qui se débandèrent et se jetèrent en fuyant dans la plaine.

La trompette retentit de nouveau derrière l'ennemi rangé près du château. Les hussards fondirent au galop sur une troupe qui tenait encore ; Charles rejoignit les hussards et disparut dans la mêlée. Ce mouvement força l'ennemi de se replier et d'entrer en rase campagne.

Mais les cavaliers polonais débouchèrent en ce moment du village. A leur tête était le parlementaire qui, avec de grands cris, excitait les siens à attaquer les hussards.

« Rothsattel! » cria une jeune voix fraîche tout à côté d'Antoine.

Et, en tête d'une compagnie de hussards, un officier élancé se porta au-devant de la cavalerie polonaise. Fink ajusta de sa carabine le colonel polonais.

« Je vous remercie, » cria celui-ci en chancelant sur son cheval.

Et, rassemblant ses dernières orces, il déchargea son pistolet sur le chef des hussards, qui avançait de son côté.

Le hussard, frappé à la poitrine, tomba de cheval, tandis que le cheval du Polonais emporta son cavalier blessé mortellement.

Au bout de quelques minutes, les abords du château étaient déblayés. La nuit couvrit la fuite de l'ennemi. Les arbres de la forêt offrirent un abri protecteur aux enfants du pays. Les vainqueurs poursuivirent par petits détachements l'arrière-garde des assiégeants.

Devant le château, Antoine, agenouillé, tenait dans ses mains la tête du hussard renversé. Pleins de larmes, ses yeux allèrent du mourant à son ami, qui, avec un douloureux intérêt, se tenait près de là entouré d'un groupe d'officiers. Les cris de victoire avaient cessé; les villageois, plongés dans un morne silence, entouraient l'officier mourant. Enfin plusieurs le soulevèrent et le portèrent sur leurs bras au château.

Dans le vestibule, près de l'escalier, le baron attendait avec sa fille pour saluer ses hôtes comme des amis et des sauveurs. Quand Lenore aperçut le blessé, elle se précipita au milieu des porteurs, qui déposèrent en silence le corps aux pieds du baron. Lenore tomba à la renverse en poussant un grand cri.

« Qui est-ce? » dit le pauvre père aveugle en gémissant et en étendant ses mains de tous côtés.

Personne ne lui répondit. Tous reculèrent frappés de stupeur.

« Mon père! murmura le blessé en vomissant des flots de sang.

— Mon fils! mon fils! » cria le baron hors de lui, et ses genoux fléchirent.

Le jeune lieutenant n'avait pu rester dans sa garnison; il s'était senti entraîné vers l'armée qui se réunissait tout près du pays où demeuraient ses parents. Il avait obtenu la permission de se joindre à un régiment qui n'était pas le sien, et d'accompagner l'escadron envoyé au secours de son père. Il avait voulu surprendre ses parents, et il leur apportait maintenant du secours, mais en même temps sa poitrine sanglante et la mort pour leurs cœurs.

Un silence lugubre régnait alors dans l'ancien château slave. La tempête avait cessé de gronder. Les arbres en fleurs avaient répandu leurs blanches corolles, qui formaient sur le sol, à la pâle lueur des étoiles, comme un blanc linceul.

Qu'êtes-vous devenus, beaux rêves d'un pauvre aveugle qui a commis fautes sur fautes et tant souffert pour réaliser ses brillants projets? Écoute, malheureux père, retiens ton haleine! L'ouragan ne siffle plus dans le château ni dans les cimes des arbres, et cependant tu n'entends plus le seul son de voix qui te guidait toujours quand tu bâtissais tes châteaux en l'air au milieu de tes parchemins; tu n'entends plus battre le cœur de ton fils unique, du premier héritier du majorat des Rothsattel!

SIXIÈME PARTIE.

1

De tristes jours vinrent luire sur le château, des jours durs à supporter pour tous ceux qui habitaient dans ses murs. La douleur tourmentait la famille du baron comme un ver rongeur. Depuis l'heure de deuil où l'on avait apporté dans la maison du père son fils mourant, le baron ne quittait plus la chambre. Le peu de force qui lui restait avait été brisé : le mal était plutôt dans son âme que dans son corps ; il restait des journées entières en silence à regarder fixement devant lui, et ni les prières de Lenore ni la présence de sa femme ne pouvaient le distraire.

Lorsqu'on alla annoncer à la baronne la nouvelle du terrible malheur, Antoine craignit que le faible lien qui retenait son corps à la vie ne se brisât, et pendant plusieurs semaines Lenore ne quitta pas son chevet. Mais, à l'étonnement de tous, le contraire arriva. L'état de son mari occupa bientôt tellement ses soins, qu'elle parut oublier sa propre douleur et sa faiblesse. Elle se montra plus forte qu'elle ne l'avait été jusque-là ; occupée tout entière du soin de son mari, elle prit sur elle de se tenir des heures entières auprès de son fauteuil. Le médecin, néanmoins, regardait bien quelquefois Antoine en secouant la tête et disait qu'il ne fallait pas beaucoup se fier à ce mieux subit.

Lenore, dans les premières semaines qui suivirent la mort de son frère, n'était presque visible pour personne. Quand elle se montrait par hasard hors de la chambre des malades, elle ne faisait que répondre à des questions qu'on lui faisait sur leur santé, ou prier Antoine d'aller chercher le médecin.

Le vilain printemps qui venait de finir fut suivi d'un été orageux. La propriété n'avait plus rien à craindre des fureurs de la guerre civile, mais le lourd fardeau du temps pesait péniblement sur toute la maison.

Dans cette solitude, au milieu des bois, retentissait chaque jour le bruit du tambour ou le signal de la trompette. Il y avait dans le village et le château des garnisons qu'on relevait souvent. Antoine avait beaucoup à faire pour loger les hommes et les chevaux et pourvoir à leurs besoins. Bientôt les faibles ressources du château furent épuisées : sans Fink, qui paya son fermage à l'avance, il eût été impossible de suffire aux dépenses. Les travaux de la ferme aussi étaient encore troublés. Plus d'un arpent était foulé aux pieds des hommes et des chevaux; l'obligation de fournir des voitures n'en laissait plus pour les travaux : les paysans eux-mêmes devenaient plus sauvages dans ces temps de trouble et perdaient le goût d'occupations régulières. En somme, cependant, l'ordre fut maintenu et les travaux de l'année furent exécutés d'après le plan fait au printemps.

L'établissement des prés alla encore mieux. Tous les travailleurs que Fink avait amenés ne demeurèrent pas, mais ils furent remplacés par d'autres qui firent leurs preuves. Le nombre des vestes grises et des chapeaux noirs augmenta chaque jour, et l'on parla dans tous les environs de la garde de M. de Fink comme d'une brave compagnie à laquelle il ne faisait pas bon s'attaquer. Fink lui-même était souvent absent : il s'était lié avec beaucoup d'officiers, avait retrouvé d'anciennes connaissances, parcourait le pays, et suivait avec zèle les opérations de la guerre. Il avait pris part comme volontaire à la bataille livrée aux insurgés à quelques milles de la propriété. Sa défense du château avait fait de lui aux environs un personnage redoutable, aussi haï du parti ennemi qu'admiré du sien.

Quelques semaines après la délivrance du château, Lenore se dirigeait vers la porte de la cour, devant laquelle Antoine causait avec le forestier. Ses yeux se portaient au delà de la cour, où il y avait maintenant une pompe, et par-dessus la haie que l'on avait dégagée de la terre; elle regardait la campagne, qui brillait de toute la verdure de l'été naissant. Enfin elle dit avec un soupir :

« Voici l'été revenu, Wohlfart, et nous ne nous en apercevons pas. »

Antoine examina avec sollicitude son pâle visage.

« Dehors, dans la forêt, tout est beau maintenant : j'étais hier chez le forestier; depuis la dernière pluie, les arbres et les fleurs sont en pleine verdure. Si vous pouviez seulement vous décider une fois à sortir ! »

Lenore secoua la tête d'un signe négatif.

« Pourquoi s'occuper de moi ? dit-elle amèrement.

— Avant tout, écoutez une nouvelle que le forestier est venu m'apporter, continua Antoine. L'homme que votre balle a frappé était le misérable Bratzky. Vous ne l'avez point tué. Si vous vous en faisiez un reproche, je puis vous délivrer de cette douleur.

— Dieu soit loué ! s'écria Lenore, et elle joignit les mains.

— Déjà, le soir où le forestier vint au château, il vit le coquin assis au cabaret avec un bras en écharpe. Hier il a été conduit à Rosmin comme prisonnier par les troupes.

— Oui, dit le forestier en s'approchant, une balle ne lui fait rien ; il aspire plus haut. »

Il se passa la main autour du cou et fit la pantomime de la pendaison.

« Cela me pesait jour et nuit, dit Lenore tout bas à Antoine ; je me croyais damnée : dans l'obscurité, des rêves affreux me poursuivaient ; j'étais arrachée à mon sommeil et je criais. Je voyais toujours cet homme devant moi ; comme il fermait le poing et s'affaissait, avec ce sang qui coulait de son épaule ! Oh ! Wohlfart, de quelles choses nous avons été témoins ! »

Elle s'appuyait sur la porte et regardait devant elle avec des yeux secs de larmes. En vain Antoine cherchait à la consoler : elle entendait à peine ses paroles.

Le sabot d'un cheval résonna sur les pierres : on amenait le cheval brun de Fink.

« Où va-t-il à cheval ? demanda Lenore vivement.

— Je ne sais pas, répondit Antoine ; il sort beaucoup maintenant : je suis quelquefois des journées entières sans le voir.

— Que ferait-il chez nous ? dit Lenore : notre malheureuse maison n'est pas un endroit qui lui convienne.

— Si seulement il voulait se tenir sur ses gardes ! dit le forestier ; les Tarow sont furieux contre lui ; ils ont juré de lui envoyer une balle, et il va toujours à cheval seul et pendant la nuit.

— Il est inutile de l'avertir, » dit Antoine.

Cependant, comme il vit au même moment son ami qui sortait de la maison : « Sois enfin raisonnable, Fritz, lui dit-il, ne cours pas ainsi seul, au moins dans les champs de Tarow. »

Fink haussa les épaules.

« Ah ! notre demoiselle est ici. Il y a si longtemps que nous n'avions eu le plaisir de la voir ! le temps nous paraissait bien long sans elle.

— Écoutez les conseils de votre ami, répondit Lenore inquiète, et gardez-vous des méchants.

— A quoi bon? repartit Fink. Il n'y a pas à craindre maintenant le danger d'un combat; et se garer des lâches coquins qui se cachent derrière un arbre, personne dans ce temps-ci ne peut le faire : ce serait s'imposer une trop grande contrainte.

— Si vous ne le faites pas pour vous, pensez à l'angoisse de vos amis, dit Lenore d'une voix suppliante.

— Ai-je encore des amis? demanda Fink en riant. Bien des fois il m'a semblé qu'ils m'étaient infidèles. Mes bons amis appartiennent à la classe des gens qui savent se consoler facilement. Notre respectable Wohlfart mettra un mouchoir blanc dans sa poche et prendra son air solennel, si le jeu tourne mal pour moi, et mon autre compagnon d'armes se consolera encore plus facilement. En avant! cria-t-il en sautant à cheval, et il partit en faisant un petit salut de la tête.

— Il se dirige droit sur Tarow, » dit en secouant la tête le forestier qui l'avait suivi des yeux.

Lenore rentra en silence dans la chambre de ses parents.

La soirée était déjà avancée, et toutes les lumières du château éteintes depuis longtemps; un rideau remuait à une fenêtre, et une femme attendait avec anxiété le bruit des pas du cheval qui devait revenir. Les heures se succédèrent et la fenêtre ne se ferma que le matin, quand un cavalier se fut arrêté devant la porte et eut conduit lui-même son cheval à l'écurie en chantonnant un refrain. Après une nuit de veilles et d'inquiétudes, Lenore enfonça dans les coussins sa tête alourdie.

Ainsi se passèrent des mois. Enfin le baron, appuyé sur un bâton et sur le bras de sa fille, descendit quelquefois pour respirer l'air : alors, il s'asseyait en silence à l'ombre des murs du château, ou il cherchait avec un amer plaisir les bagatelles qui pouvaient lui donner occasion de gronder. A ces heures, les paysans ne reculaient pas devant un grand détour pour l'éviter Antoine, qui ne faisait pas comme eux, était souvent la victime sur laquelle éclatait la mauvaise humeur du baron.

Les rapports d'Antoine avec le malade devinrent bientôt si pénibles qu'il fallait un bien grand degré de patience pour y résister. Chaque jour le baron était obligé d'entendre les paysans, répondre à ses questions pour se justifier : « C'est M. Wohlfart qui l'a ordonné, » ou : « M. l'intendant ne l'a pas voulu. » Il cherchait toutes les occasions de contrecarrer par ses ordres ceux qu'Antoine avait donnés : tout ce qui s'était rassemblé de rancune et d'animosité dans l'âme du malheureux baron se concentrait dans un sentiment de haine contre le pauvre Wohlfart.

Fink s'occupait peu maintenant du baron ; quand il remarquait ses disputes avec Antoine, il fronçait silencieusement les sourcils et disait tout au plus : « Cela devait arriver. » Celui qui se tirait le mieux d'affaire avec le baron était Charles. Celui-ci ne le nommait jamais autrement que mon colonel et faisait résonner militairement ses talons l'un contre l'autre toutes les fois qu'il lui faisait un rapport : le vieillard aveugle l'entendait, et cela lui faisait plaisir. La première marque d'intérêt que le baron donna aux étrangers fut pour son régisseur. Un banc du jardin avait été disjoint par l'ardeur du soleil et menaçait de tomber. Charles vit le banc en passant et le jeta par terre d'un coup de poing.

« Vous ne frappez pas avec votre main droite, au moins, cher Sturm ? demanda le baron.

— C'est comme ça se trouve, mon colonel, répondit Charles.

— Vous ne devriez pas le faire, dit l'aveugle : une blessure comme la vôtre demande des soins. La gangrène s'y met souvent plusieurs années après. Vous n'êtes pas sûr que cela ne doive pas vous arriver plus tard.

— Vivre gaiement, mourir saintement, mon colonel, répondit Charles, voilà mon seul souci ; je ne m'occupe pas de l'avenir.

— C'est un homme très-utile, » dit le baron à sa fille.

Les épis s'épanouissaient sur les gerbes, et leurs teintes vertes faisaient place à un jaune doré : le bruit joyeux de la moisson commença. Quand la première voiture entra dans la grange, Antoine s'y tenait et surveillait le déchargement. Lenore s'approcha de lui !

« Comment est la moisson ?

— Cette année les apparences ne sont pas mauvaises. Du moins Charles est content du nombre des gerbes : il semble plus considérable que nous ne l'avions prévu, répondit Antoine d'un air content.

— Vous avez donc une joie, Wohlfart ? dit Lenore.

— C'est une joie pour tout le monde dans la ferme. Vous le voyez à l'activité des paysans. Le paresseux lui-même travaille avec une double ardeur. Mais si je me réjouis, c'est aussi de votre question. Vous êtes devenue si indifférente pour la ferme et pour tout ce qui regarde la propriété !

— Pas pour vous, dit Lenore les yeux baissés.

— Vous tomberez malade, continua vivement Antoine. Si

j'en avais le droit, je vous gronderais d'avoir depuis longtemps si peu pensé à vous-même. Votre petit cheval est devenu fourbu dans l'écurie ; Charles est obligé de le monter quelquefois pour qu'il ne désapprenne pas à courir.

— Il peut s'en aller aussi comme tout le reste, cria Lenore, je ne le monterai plus. Ayez compassion de moi, Wohlfart, il me semble souvent que je perds l'esprit : tout m'est indifférent au monde.

— Qui vous a rendue si insensible, mademoiselle ? » dit une voix moqueuse derrière elle.

Lenore frissonna. Fink, qui avait été plus d'une semaine absent, s'approcha d'eux.

« Fais en sorte de chasser Blasius, dit-il à Antoine sans s'occuper davantage de Lenore : le drôle est encore ivre ; il frappe si fort sur les chevaux que les pauvres bêtes en sont toutes meurtries. J'avais grande envie de donner satisfaction à ses chevaux et de le châtier devant eux.

— Prends patience jusqu'à la fin de la moisson, répondit Antoine : nous ne pouvons pas le remplacer maintenant.

— N'est-ce pas un homme bon d'ailleurs ? demanda timidement Lenore.

— La bonté est un titre commode qu'on donne à tout ce qui est mauvais, dit Fink. Chez les hommes cela s'appelle bonté, et chez les femmes sensibilité. »

Il regarda Lenore.

« Qu'a fait votre pauvre poney, pour que vous ne le montiez plus ? »

Lenore répondit en rougissant :

« Cela me faisait mal à la tête de le monter.

— Eh ! dit Fink en raillant, vous aviez autrefois le mérite d'être moins délicate ; je ne puis pas dire que cet état larmoyant vous soit favorable ; il ne fera point passer vos maux de tête. »

Lenore se retourna oppressée vers Antoine :

« Les journaux sont-ils arrivés ? Je venais vous les demander pour mon père.

— Le domestique les a portés chez Mme la baronne. »

Lenore se retourna en saluant et rentra au château.

Fink la regarda s'éloigner et dit à Antoine :

« Le noir ne lui va pas : cela lui donne un air tout étrange. C'est un de ces visages qui ne plaisent que quand ils sont relevés par des couleurs vives et brillantes. »

Antoine regarda son ami d'un air sombre :

« Ta conduite envers Lenore a été, je l'avoue, ces derniers

ours, si surprenante que j'en ai souvent éprouvé de la peine. Je
ne sais pas si tu le fais avec intention, mais tu la traites avec
une négligence dont elle n'a pas été seule blessée.

— Tu l'as été aussi, maître Wohlfart? dit Fink, et il regarda
son ami irrité aves de grands yeux. Je ne savais pas que tu
fusses la duègne de cette noble demoiselle.

— Cette moquerie n'est point une réponse, reprit Antoine avec
plus de calme. Je maintiens que tu traites d'une manière plus
qu'indélicate un noble caractère qui, maintenant, a un double
droit à ton respect.

— Aie la bonté de lui témoigner ce respect, et ne t'inquiète
pas de ce que je puis faire, dit Fink sèchement.

— Fink! s'écria Antoine, je ne comprends pas ta conduite; il
est vrai que tu es sans gêne.

— T'en es-tu aperçu? dit Fink en l'interrompant.

— Non pas, répondit Antoine, pour ce qui me regarde personnellement; tu t'es toujours montré à moi comme tu es au
fond du cœur, plein de nobles sentiments et d'égards, mais c'est
justement pour cela que je souffre plus que je ne puis l'exprimer, quand je te vois si changé à l'égard de Lenore.

— Alors, laisse-moi faire, reprit Fink; chacun a sa manière
de dresser les oiseaux. Laisse-moi te dire seulement en passant
que, si ta demoiselle Lenore n'est pas arrachée à cette indolence
maladive, tout ce qu'elle a de mieux ira bientôt au diable. Le
money seul n'y peut rien ni toi non plus, mon pauvre garçon,
avec ta compassion langoureuse. Ainsi laissons aller les choses.
Je vais aujourd'hui à Rosmin; as-tu quelque commission à me
donner? »

Si cette conversation ne mit pas de froid entre les amis, Antoine en garda cependant un pénible souvenir. Il souffrait en
silence des manières impérieuses de son ami, et il observait avec
inquiétude toutes ses rencontres fortuites avec Lenore. Fink ne
la cherchait ni ne l'évitait. Les soirées de famille ne furent pas
reprises au retour de l'automne. Quand Fink était à la propriété,
il dînait dans sa chambre avec Antoine, et ne rencontrait Lenore que dehors. On voyait alors de l'embarras dans la contenance de la jeune fille, et Fink, depuis sa conversation avec
Antoine, ne la traitait plus que comme une étrangère.

Antoine lui-même fut obligé d'examiner sa propre situation.
Quoiqu'il évitât avec grand soin d'entretenir le baron d'aucun
sujet désagréable, il y avait cependant une chose dont il ne pou-

vait tarder plus longtemps à lui parler, c'était la liquidation
des dettes de son fils. En effet, peu de temps après la mort du
lieutenant, il était arrivé au château un grand nombre de
lettres renfermant des notes de fournisseurs. Lenore les avait
données à Antoine, et Antoine les avait toutes envoyées au conseiller Horn, y compris la reconnaissance de Sturm, pour qu'il
les vérifiât et lui indiquât la marche à suivre. Le conseiller venait de répondre à la demande d'Antoine. Il ne lui cachait pas
que la reconnaissance signée par le jeune Rothsattel au chargeur était si défectueuse dans la forme, qu'elle ne serait considérée au tribunal que comme une quittance d'argent reçu. Le
baron n'était pas légalement tenu de payer la dette de son fils.
Les dettes formaient une somme trop considérable pour pouvoir
être acquittées toutes à la fois. Antoine lui-même avait prêté au
jeune prodigue plus de huit cents écus. Quand il tira la reconnaissance d'Eugène de ses papiers, il regarda longtemps le portrait du lieutenant. C'était la somme par laquelle il avait acheté
son entrée dans la famille de Lenore. Et, qu'y avait-il gagné ?
Alors ç'avait été pour lui une question d'honneur d'aider son
noble ami à sortir d'embarras ; maintenant il reconnaissait combien sa malheureuse complaisance avait facilité à l'étourdi les
moyens d'emprunter de l'argent. Il remit d'un air sombre sa
propre créance dans le tiroir.

Ce fut le cœur navré qu'il fit demander une entrevue au baron.
A la première mention de son fils, le baron fut vivement ému,
et, comme Antoine, dans son empressement, appelait le lieutenant par son prénom tout court, le père blessé dans son orgueil l'interrompit avec fureur :

« Je vous engage à vous abstenir de nommer mon fils d'une
manière si familière en ma présence : vivant ou mort, il est
toujours pour vous le baron de Rothsattel. »

Antoine répondit en se contenant avec peine :

« M. Eugène, baron de Rothsattel, a fait pendant sa vie quelque chose comme quatre mille écus de dettes.

— Cela est impossible, interrompit le baron.

— Les copies légalisées des créances et des lettres de change,
ainsi que la simple vue des documents originaux déposés entre
les mains du conseiller de justice Horn, rendent le fait en lui-
même incontestable. Pour la plus forte dette, celle de dix-neuf
cents écus, on saurait d'autant moins révoquer en doute le ver-
sement intégral de toute la somme, que le père du régisseur
Sturm, qui a fait cette avance, est un homme de la plus grande
probité. D'ailleurs, dans une lettre que monsieur votre fils m'a

adressée autrefois à ce sujet, il reconnaît positivement cette
créance.

— Vous aviez donc connaissance de ces dettes, s'écria le baron avec une colère croissante, et vous m'en avez fait mystère?
Est-ce là votre fidélité tant vantée? »

Antoine eut beau expliquer les détails circonstanciés de toute
l'affaire, le baron ne se possédait plus.

« Il y a longtemps que j'ai reconnu, s'écria-t-il avec une colère croissante, que vous agissez en toute chose de votre autorité privée. Vous profitez de mon infirmité pour vous arroger la
disposition de ma fortune. Vous contractez des dettes, et vous en
laissez contracter; vous encaissez de l'argent, et vous me comptez
ce que bon vous semble....

— Ne dites pas un mot de plus, monsieur le baron, cria Antoine d'une voix forte. La pitié que m'inspire votre triste état
m'empêche seule de vous faire la réponse que vous méritez.
Mais pour vous prouver combien je sympathise à votre malheur,
je m'efforcerai d'oublier vos paroles. En ce moment, je ne vous
demande qu'une déclaration formelle : voulez-vous reconnaître
ou non les dettes de feu M. Eugène de Rothsattel? voulez-vous
donner au chargeur Sturm ou à son fils, votre régisseur, une
garantie légale?

— Je ne veux rien faire, cria le baron hors de lui, de ce que
vous demandez d'un ton si absolu.

— Alors il est inutile de vous parler plus longtemps. Je vous
prie, monsieur le baron, de bien peser l'affaire avant de vous
prononcer d'une manière définitive. J'aurai l'honneur de venir
entendre ce soir, de votre bouche, la résolution que vous aurez
prise, et je me plais à croire que d'ici là le sentiment de justice
qui est en vous aura pris le dessus sur une mauvaise humeur que
je ne voudrais pas avoir à subir une seconde fois. »

A ces mots, il quitta le baron et il l'entendit encore renverser
une chaise dans sa colère, et remuer tous les meubles. A peine
Antoine fut-il arrivé dans sa chambre, que Jean, le fidèle serviteur, parut et demanda, au nom du baron, les actes et les livres
de comptes qu'Antoine avait gardés jusqu'alors chez lui.

Antoine remit silencieusement les papiers au domestique con-
sterné.

Il était congédié, congédié de la manière la plus brutale. On
doutait de sa probité. Il n'y avait plus à revenir sur une telle
rupture. Le baron aurait beau changer d'avis, et Antoine savait
que la baronne et Lenore parviendraient sans peine à ramener le
pauvre malade à de meilleurs sentiments, il n'y avait plus moyen

pour lui de demeurer au château. Il devait forcément partir.
Quelles que fussent les obligations qu'il pouvait avoir contractées
envers ces dames, le devoir qu'il avait à remplir vis à-vis de
lui-même était alors plus impérieux que tous les autres. Ce fut
un moment plein d'amertume, et, en se promenant courroucé de
long en large dans sa chambre, il sentait que dans l'offense qui
lui avait été faite, il y avait aussi pour lui-même une punition
méritée.

Si sa conduite avait été désintéressée et irréprochable, les sentiments enthousiastes qui l'avaient fait entrer dans la famille
Rothsattel n'avaient pu établir entre le baron et lui les liens qui
existent entre le maître et le serviteur. Ce n'était pas leur libre
arbitre ni une résolution calme et réfléchie qui les avait mis en
rapport, mais le concours de circonstances imprévues et l'exaltation même de notre jeune héros. Antoine avait pu avoir des
prétentions au-dessus du rôle qu'il avait accepté, et le baron se
sentir dans une position de gêne et d'infériorité.

Il fut interrompu dans ses pensées par Lenore, qui entra précipitamment dans sa chambre.

« Ma mère désire vous parler, s'écria-t-elle. Qu'êtes-vous résolu à faire, Wohlfart?

— Il faut que je parte, dit Antoine froidement. Je ne me serais
jamais imaginé que je pourrais me trouver dans la nécessité de
vous quitter quand votre avenir est si peu assuré. Rien au monde
n'aurait pu me décider à m'éloigner d'ici avant d'avoir remis
l'administration du domaine en des mains plus fortes; mais
malheureusement ce qui pouvait seul me contraindre à vous
quitter est arrivé....

— Partez! cria Lenore hors d'elle-même. Tout croule autour
de nous. Il n'y a plus de remède, et vous ne pouvez nous sauver.
Partez, et détachez-vous de ceux qui doivent périr. »

Quand Antoine entra chez la baronne, il la trouva étendue sur
le sofa.

« Asseyez-vous à côté de moi, monsieur Wohlfart, dit-elle à
voix basse. L'heure est venue de vous faire une communication
que j'ai réservée pour les derniers instants que nous avons à
passer ensemble et où nous devons avoir l'un pour l'autre une
entière franchise. Par suite de son infirmité, le baron est arrivé à
une telle irritabilité qu'il ne comprend plus le noble dévouement
de vos services désintéressés. Votre présence ne fait chaque jour
qu'aggraver son mal. Dans son emportement, il a blessé trop vivement votre délicatesse pour qu'une réconciliation soit possible.
Aujourd'hui, votre présence ici ne serait plus une humiliation

seulement imaginaire, mais réelle. Nous-mêmes, quand vous pourriez oublier l'outrage, nous regarderions le sacrifice qu'il faudrait nous faire comme trop grand pour l'accepter.

— Mon intention est de quitter au plus tôt ce domaine.

— Je ne puis réparer le tort dont mon mari s'est rendu coupable envers vous, mais je désire vous fournir l'occasion de vous venger du baron d'une manière digne de vous. M. de Rothsattel a attaqué votre honneur; la revanche que moi, sa femme, je vous offre, c'est de chercher à sauver son propre honneur. »

Jusqu'ici elle avait parlé tranquillement, sur le ton d'une conversation ordinaire. Mais à ce moment elle s'arrêta avec embarras et eut de la peine à continuer.

« Il y a quelques années, le baron a contracté une obligation, et, dans un moment désespéré, il a manqué à sa parole. Les preuves de ce fait malheureux sont, selon toute probabilité, entre les mains de misérables qui profiteront de ce secret pour le perdre. Si je vous fais part de cette triste affaire à cette heure, c'est pour vous prouver de quelle façon je considère les rapports qui vous unissent à notre maison. »

Elle tira une lettre de dessous le coussin.

« Avec cette lettre, je remets en vos mains la fortune du baron et l'avenir de sa famille. Si quelqu'un peut empêcher ses persécuteurs de se servir contre lui de cette arme fatale, c'est vous, et, s'il est encore possible de rendre un peu de calme à son esprit bouleversé, vous le ferez. »

Elle étendit la main et remit la lettre à Antoine.

Antoine s'approcha de la fenêtre et reconnut avec surprise l'écriture d'Ehrenthal. On voyait qu'une main tremblante et un esprit en désordre avaient conduit la plume. Dans un moment lucide, le pauvre homme, tombé pour ainsi dire en enfance s'était rappelé sa position vis-à-vis du gentilhomme. Craignant de perdre ses capitaux, il lui parlait de créances qui avaient été volées, et il réclamait son argent avec des menaces. Tout cela était entremêlé de doléances et de plaintes sur sa propre faiblesse et sur la méchanceté des hommes.

Ce que cette lettre confuse ne pouvait faire comprendre, se trouvait expliqué par la copie d'une créance, probablement faite sur un brouillon rédigé par le baron de concert avec Ehrenthal; car celui-ci disait dans sa lettre que l'original était de la main du baron, et qu'il se servirait de ce document contre lui.

Antoine plia la lettre et dit:

« Pour les menaces jointes à la copie de la créance, madame

la baronne, vous n'avez point à vous en inquiéter. Le projet ne
porte pas la signature du baron, et, quelque obscure que soit
d'ailleurs la lettre d'Ehrenthal, il n'aurait pas oublié de men-
tionner cette signature si elle existait. En outre, la somme dont
on pourrait réclamer le remboursement sur le billet du baron
n'est pas considérable.

— Et croyez-vous que la lettre dise la vérité ? demanda la baronne.

— Je le crois, dit Antoine ; elle m'explique bien des choses que
jusqu'ici je n'avais pas comprises.

— Je sais qu'il y a quelque chose de vrai dans cette lettre,
dit la baronne, si bas que ses paroles arrivèrent à peine jusqu'à
l'oreille d'Antoine. Comment cette conviction m'est venue peu à
peu, c'est ce que je n'ai point à expliquer ici. » A ces mots, ses
joues se colorèrent d'une légère rougeur. « Et vous, monsieur Wohlfart, voulez-vous vous charger de nous faire rentrer
en possession des papiers volés ? demanda-t-elle en se redres-
sant.

— Je le veux, dit gravement Antoine. Mais mes espérances
sont bien faibles. Jusqu'à présent, le baron n'a aucun droit sur
les créances volées, elles appartiennent à Ehrenthal ; et il faudra,
avant tout, s'entendre avec lui à cet égard. Cela ne sera pas
facile. En outre, je ne me rends pas encore bien compte de toute
l'affaire, et je crains bien que, vous aussi, ne soyez obligée de
me communiquer tout ce que vous pourrez apprendre au sujet
de ce vol.

— J'essayerai de vous écrire, dit la baronne. Indiquez-moi par
des questions précises ce qu'il faut que vous sachiez, et je vous
répondrai aussi bien que je pourrai. Quel que soit le résultat de
vos démarches, je vous en remercie du fond du cœur. Si jusqu'ici
vous nous avez montré un dévouement sans bornes, il vous reste
à nous en donner la plus grande preuve. Quant à la dette que
notre famille a contractée vis-à-vis de vous, nous ne pourrons
jamais nous en acquitter. Mais si la bénédiction d'une mourante
peut jeter une douce lumière sur votre avenir, emportez-la avec
vous. »

Antoine se leva.

« Nous ne nous reverrons plus, dit la malade, je vous dis
adieu dans ce moment solennel. Soyez heureux, Wohlfart, c'est
la dernière fois que je vous vois en ce monde. »

Antoine se pencha plein d'émotion sur la main qu'elle lui tendait, et après un profond salut, il sortit de la chambre.

Oui, la baronne méritait d'être appelée une noble dame. Son

ne était élevée, le jugement qu'elle portait des autres n'était pas d'un esprit faible et étroit. La manière dont elle récompensait le zèle d'Antoine avait quelque chose de distingué et de vraiment noble. A ses yeux, il avait toujours porté une perruque blanche et des boucles d'argent.

Vers le soir, le pas de Fink se fit entendre dans le corridor. Immédiatement après, il entra chez son ami.

« Me diras-tu, Antoine, ce qui se passe dans la maison ? Jean semble vouloir se dérober à tous les regards, comme s'il avait cassé le plus beau vase de porcelaine, et la vieille Babet se lamente et ne fait que se tordre les mains.

— Il me faut quitter cette maison, mon ami, dit Antoine d'un air sombre; j'ai eu aujourd'hui une scène pénible avec le baron. »

Il lui raconta ce qui s'était passé; il redit de sa conversation avec la baronne tout ce qui pouvait se répéter sans indiscrétion, et il termina par ces mots:

« Jamais la position de la famille n'a été aussi désespérée qu'elle l'est en ce moment. Il lui faudrait au moins un capital de vingt mille écus pour la sauver d'une nouvelle crise. »

Fink se jeta sur une chaise.

« Avant tout, j'espère que tu as profité le moins possible de la belle occasion qui t'était fournie de te mettre en colère. Je ne dirai rien de la scène que le baron t'a faite, car il n'a pas la conscience de ses actes. Et, à franchement parler, cet événement ne me surprend pas. Il était à prévoir que pareille chose arriverait. Je m'attendais tout l'été à ce dénoûment des relations sentimentales dans lesquelles tu vivais. Il est clair que, comme factotum et confident de ces dames, tu leur es indispensable. Et je n'ai pas non plus besoin d'ajouter que ton départ subit me contrarie singulièrement et dérange plusieurs de mes projets. Mais avant tout, dis-moi, que comptes-tu faire toi-même?

— Je partirai aussitôt que possible pour la capitale, répondit Antoine. J'aurai encore à m'y occuper quelques mois des affaires du baron de Rothsattel. Mon service au château cesse dès aujourd'hui; aussitôt que la propriété de famille sera vendue, je regarderai comme rompues les obligations morales que j'ai contractées vis-à-vis de cette maison.

— C'est bien, dit Fink, voilà une affaire arrangée. Si tu écris encore le moindre mot pour ces gens, tu ne peux le faire qu'avec une entière indépendance et par sympathie. Un autre point, c'est

que par ses sottises Rothsattel se trouve à la veille d'une nouvelle crise ; car, sans toi, la maison ne pourra pas subsister un
mois. Reste maintenant la question, maître Antoine : Qu'y a-t-il
à faire ici ?

— J'ai réfléchi à cela toute la journée, répondit Antoine, et je
ne le sais pas. Il n'y a qu'une chose possible : c'est que tu te
charges toi-même de la partie de mes affaires dont Charles ne
peut pas se charger.

— Je te remercie, dit Fink, de ta confiance et de cette offre
aimable. Gérer les affaires d'un fou qui n'est pas encore sous cu-
ratelle, c'est se déclarer fou soi-même. Ne t'en fâche pas, mon
ami ; tu as été assez simple pour le faire, moi je ne m'en sens pas
la force. Au bout de huit jours je me trouverais forcément dans
la nécessité désagréable de maltraiter ce pauvre homme. N'as-tu
pas d'autre conseil à me donner ?

— Aucun, que je sache, s'écria Antoine. Si tu ne te mets pas
à la tête de ce domaine avec toute ton énergie, tout ce que nous
avons organisé cette année se trouvera perdu, et notre colonie
allemande périra. La propriété tombera probablement entre les
mains des collatéraux de l'ancien propriétaire, qui ont la principale hypothèque sur le domaine, et le train polonais recommencera de plus belle.

— C'est la vérité, dit Fink.

— Et toi, Fritz, continua Antoine, tes relations avec moi t'ont
entraîné aussi à mettre ton argent dans cette propriété ; toi aussi,
tu risques d'éprouver des pertes.

— C'est juste, dit Fink, tu parles comme un livre. Mais toi, tu
t'en vas et tu me laisses avec ma bande au milieu des invalides.
Sais-tu quelque chose ?.... Attends-moi un peu, je vais d'abord
dire quelques mots à Lenore.

— Que veux-tu faire ? cria Antoine en le retenant.

— Je n'ai nulle envie de faire une déclaration d'amour, répondit Fink en riant ; mon bon, tu peux en être sûr. »

Il sonna le domestique et fit prier Mlle Lenore de vouloir bien
lui accorder un moment d'entretien.

Quand Lenore entra au salon, les yeux rouges de larmes et à
peine maîtresse de ses sens, il alla poliment au-devant d'elle et
la conduisit au sofa.

« Je m'abstiens, dit-il, vis-à-vis de vous, de tout jugement sur
ce qui s'est passé aujourd'hui. Admettons qu'il est plus avantageux
pour votre famille que mon ami aille demeurer dans la capitale
que de rester plus longtemps au château. Ce qui est certain, c'est
que Wohlfart part après-demain. »

Lenore cacha sa figure dans ses mains. Fink continua froidement :

« Mes propres intérêts étant en jeu, je dois songer à trouver
des garanties pour la position qui m'est faite ici. Il y a maintenant
plusieurs mois que je demeure dans ce domaine, et j'y ai mis
quelques fonds. C'est pourquoi je vous prie de vouloir bien vous
charger auprès de monsieur votre père d'une commission dont
je suis sûr que vous vous acquitterez parfaitement. Ayez la bonté
de dire à M. le baron que je suis tout disposé à lui acheter sa
propriété. »

Lenore tressaillit, se leva de son siége, et en se tordant les
mains elle s'écria :

« Pour la seconde fois!

— Veuillez m'écouter tranquillement, continua Fink. Je n'ai
nullement l'intention de jouer vis-à-vis M. le baron de Rothsattel le rôle d'un ange sauveur. Je ne suis ni aussi patient ni
aussi débonnaire que notre cher Antoine, et, surtout en ce
moment, je ne me sens nullement disposé à faire à monsieur
votre père une offre qui pourrait passer pour un abandon ou un
oubli de mes propres intérêts. Regardez-nous l'un et l'autre en
ce moment comme adversaires, et ma proposition telle qu'elle
est comme faite dans mon intérêt personnel. Voici ce que je
propose à monsieur votre père : le domaine, estimé à sa plus
haute valeur, ne vaudrait pas aujourd'hui plus de cent soixante
mille écus. Je vous offre, selon mon appréciation, la somme la
plus élevée qu'on puisse en donner en ce moment. Je me charge
des dettes dont la propriété est grevée; je payerai dans les vingt-
quatre heures vingt mille francs à M. le baron, et aussitôt après
j'entrerai en possession. Je désire que vous restiez au château
jusqu'à Pâques, et, si cela se peut sans inconvénient pour les
deux parties, je voudrais jusque-là être considéré comme votre
hôte. Je serai presque toujours absent, et, par conséquent, peu à
votre charge. »

Lenore regarda avec inquiétude Fink, dont la figure avait en ce
moment l'air dur d'un *yankee*. Elle perdit le reste de contenance
qu'elle avait cherché à se donner; dans le conflit impétueux de
ses sentiments, elle se mit à pleurer.

Fink se renversa tranquillement sur sa chaise, et, sans s'inquiéter de la disposition d'esprit de Lenore, il continua :

« Vous voyez, je vous propose de consentir à une perte; ce que
je veux vous prendre est probablement la moitié de votre patri-
moine; il est tout naturel que vous le perdiez. Le baron a risqué
trop précipitamment sa fortune sur cette propriété. On ne pourra

guère épargner à votre famille le chagrin d'expier ce manque de
précaution : car il est certain que le prix de vente du domaine,
dans l'état où il se trouve actuellement, ne saurait dépasser
l'offre que je viens de vous faire. J'agirais malhonnêtement si je
vous cachais que cette propriété, habilement exploitée, pourra
valoir le double d'ici à quelques années; mais j'ai, d'un autre
côté, la ferme conviction que, si elle demeure entre les mains
de monsieur votre père, elle n'acquerra jamais cette valeur. Si
Antoine était resté ici, ce n'est pas lui, mais les rapports dans
lesquels nous avons vécu jusqu'ici, qui auraient pu vous faire
gagner cette fortune Maintenant, cette dernière espérance vous
échappe. Je ne vous cache pas non plus que Wohlfart vient de
me proposer de prendre au château la place qu'il occupait lui-
même. »

Au milieu de ses sanglots, Lenore fit un mouvement de la main
comme pour repousser cette offre.

« Je suis bien aise, continua Fink, qu'à cet égard nous soyons
du même avis. J'ai décliné cette proposition d'une manière très-
positive et pour toujours. »

Il se tut et examina d'un air scrutateur la jeune fille, dont le
cœur était déchiré par les paroles dures qu'il venait de prononcer.
L'homme à qui elle aurait tout sacrifié pour obtenir un sourire ou un regard affectueux, parlait de son père avec un mépris
mal dissimulé, et son langage était celui d'un égoïste inflexible.
Et cependant, quand le son acerbe de sa voix eut cessé de vi-
brer, il vint à l'esprit de Lenore que l'offre de Fink était encore
une fortune pour elle et pour sa malheureuse famille. Avec l'in-
tuition d'un cœur aimant, elle pressentait qu'il se cachait sous
cette proposition une idée qu'elle ne concevait pas, mais qui
jetait comme un faible rayon d'espérance au milieu de sa douleur profonde. Quelle que fut l'attitude qu'il prit vis-à-vis d'elle,
ce n'était point un sentiment vulgaire qu'exprimaient son ton et
ses manières. Les sanglots comprimés de Lenore éclatèrent en
larmes abondantes. En cherchant à se lever du sofa, elle glissa
par terre. Elle demeura ainsi à côté de la chaise de Fink, offrant
l'image de la souffrance résignée. Enfin, au milieu de ses larmes
elle dit:

« Vous ne me trompez pas; faites de nous ce que vous voudrez. »

Un fier sourire effleura la figure de Fink; il se pencha sur
Lenore, passa son bras autour de la tête de la jeune fille, déposa
un baiser sur sa chevelure et dit:

« Mon camarade, je veux que vous soyez libre et indépendant.»

La tête de Lenore glissa sur la poitrine de Fink. Elle continua
e pleurer tranquillement, tandis qu'il la tenait dans ses bras.
nfin, il lui prit la main et la secoua fortement.

« A partir de ce jour nous vivrons en parfaite intelligence.
ous serez libre, Lenore, libre vis-à-vis de moi et libre de tout
e qui vous oppresse ici. Vous perdez un ami qui a eu pour vous
affection et le dévouement d'un frère, et je suis content qu'il
e sépare de vous. Je ne vous demande pas aujourd'hui : Voulez-
ous lier votre existence à la mienne en devenant ma femme?
ir vous n'avez pas aujourd'hui la liberté nécessaire pour décider
elon votre cœur. Votre orgueil ne doit pas dire non, et, en disant
ui, vous ne devez pas vous en estimer moins. Quand la malé-
iction qui pèse sur votre maison sera écartée, et quand il vous
era loisible de rester auprès de moi ou de me quitter, je viendrai
ous adresser ma demande. Jusque-là, mon camarade, vivons en
ons amis! »

Lenore se leva.

« Et à présent, ne songeons à rien qu'à notre propriété, dit
ink en changeant de ton. Séchez ces larmes, que je n'aime pas
voir dans vos grands beaux yeux, et communiquez la partie
fficielle de ma proposition à monsieur le baron et à madame
otre mère. Je vous prie de vouloir bien me donner une réponse
emain à cette heure, si vous ne pouvez pas me la transmettre
lus tôt. »

Lenore s'avança vers la porte, puis s'arrêta, et, se tournant
ncore une fois du côté de Fink, elle lui tendit la main sans
roférer une parole.

Fink retourna lentement dans la chambre d'Antoine et s'ap-
rocha de son ami, qui, les bras croisés, se tenait à la fenêtre
t contemplait les champs faiblement éclairés par la lune.

« Te rappelles-tu, Antoine, ce que tu m'as raconté de ton
atriotisme le jour de mon arrivée?

— Nous en avons parlé assez souvent depuis, répondit An-
oine d'un air sombre.

— Je l'ai retenu, continua Fink. Cette propriété ne retombera
lus sous le sceptre d'un Bratzky. Je l'achète, si le baron y con-
ent. »

Antoine se tourna avec surprise.

« Et Lenore?

— Elle partagera le sort de ses parents, nous en sommes con-
venus ensemble. »

Il parla à Antoine de la proposition qu'il avait faite à Lenore.

« J'espère que maintenant tout ira bien, s'écria Antoine.

— Attendons la fin, dit Fink. En ce moment le pauvre pêcheur
passe là-bas par le feu du purgatoire. Je suis enchanté de ne pas
être condamné à entendre ses lamentations. »

Le lendemain matin, le domestique apporta une lettre à chacun des amis; elles étaient écrites par Lenore, et son père les
avait signées d'une main tremblante. Dans la lettre adressée
à Antoine, le baron, en termes choisis avec grand soin, lui
demandait pardon de l'avoir offensé dans une crise nerveuse,
et exprimait ses remerciments des services fidèles qu'Antoine
lui avait rendus jusqu'alors. Dans la lettre écrite à Fink, il
acceptait sa proposition et le priait de le délivrer le plus tôt
possible, lui, pauvre invalide, des soucis d'une administration
au-dessus de ses forces. Les deux amis échangèrent en silence
les deux missives.

« C'est donc décidé, s'écria Fink; j'ai parcouru la moitié
du monde et il y avait partout quelque chose qui me déplaisait,
et maintenant je m'enfonce dans cette sablonnière, où il me faudra peut-être allumer toutes les nuits un feu contre les loups
polonais. Mais toi, Antoine, lève la tête et regarde devant toi.
Toi aussi, tu retournes dans un endroit où tu as laissé la meilleure partie de ton cœur. C'est pourquoi, mon ami, récapitulons
encore une fois tes instructions. Tu t'es imposé la tâche de découvrir certains papiers volés. Mais ne perds pas de vue une
autre tâche non moins importante. Fais ce que tu pourras pour
garantir à la famille de Rothsattel le peu de bien qu'elle a
sauvé ici du naufrage. Fais en sorte que l'ancien domaine des
Rothsattel soit vendu à un prix qui couvre les demandes des
créanciers hypothécaires. Il faut que tu partes; je ne t'engage
pas non plus à prolonger ton séjour parmi nous; mais tu sais
qu'en toutes circonstances tu te trouveras chez toi partout où
je demeurerai. Maintenant, j'ai encore une chose à te dire. Je
me passerais avec peine de notre régisseur Charles. Emploie ton
éloquence pour faire rester ici ton fidèle Sancho Pança, au moins
pendant l'hiver.

— Personne encore ne sait que je quitte cette propriété, dit
Antoine en se levant. Il faut que Charles soit le premier à l'apprendre. Je vais le trouver à l'instant même. »

La chambre malpropre dans laquelle M. Bratzky s'était livré
autrefois à ses déprédations, se trouvait, grâce aux soins de
Charles, transformée en un endroit habitable qui n'offrait qu'un
seul inconvénient : c'était d'être trop rempli de toutes sortes de

choses utiles. Charles avait peint la chambre en belle couleur
rose; au mur était pendu le portrait du vieux Blücher dans un
cadre d'or; à côté, on voyait une grande collection d'ustensiles
et d'instruments de paix et de guerre : un fusil, une poire à
poudre, une scie, une cognée, une règle et une équerre. Près de
la fenêtre se trouvait un petit établi pour raboter; on sentait
partout une odeur de colle-forte. Plusieurs rouges-gorges volaient çà et là. Antoine s'était souvent reposé dans la chambre
de Charles, dont la gaieté et le courage l'avaient retrempé dans
les derniers moments, où la vie du château était pour lui le plus
remplie de peines et de difficultés. Quand il regarda ces murs si
connus, il sentit son cœur oppressé en pensant qu'il allait quitter
un homme aussi franc et dévoué que l'était Charles. Il s'appuya
contre l'établi et dit :

« Laisse là tes comptes, mon ami, et parlons sérieusement
ensemble.

— Tudieu! s'écria Charles, il y a quelque chose qui ne va pas.
Je vois à votre figure que toutes les bombes ont éclaté.

— Charles, mon ami, je quitte le château. »

Charles laissa tomber sa plume et regarda silencieusement la
figure sérieuse d'Antoine assis en face de lui.

« Fink se charge de la propriété. Il vient de l'acheter aujourd'hui.

— Hourra! s'écria Charles; si M. de Fink s'en charge.... tout
va bien! Je suis ravi, dit-il en secouant la main d'Antoine, que
les affaires s'arrangent ainsi. Ce printemps, j'avais déjà d'autres
sottes pensées; mais maintenant, tout est en ordre. Et la maison
aussi est sauvée.

— Je l'espère bien, dit Antoine en souriant.

— Mais vous? continua Charles, et sa mine s'allongea.

— Moi, je retourne à la capitale, répondit Antoine; j'ai encore
quelques affaires a y régler pour le baron; ensuite, je chercherai
une place dans une maison de commerce.

— Nous avons travaillé ici ensemble pendant un an, di
Charles affligé; vous avez eu la peine, et un autre aura le
bénéfice.

— Je reprends la vie à laquelle j'ai été habitué. Mais, mon
cher Charles, il ne s'agit pas maintenant de moi, mais de ton
avenir.

— Il est naturel que je vous accompagne.

— Je viens au contraire te prier de renoncer à cette idée. Si
nous pouvions nous mettre tous deux à la tête d'une entreprise,
je ferais tous mes efforts pour te retenir auprès de moi; mais

c'est impossible. Il faut que je cherche une place. Je n'ai jamais
été en état de m'assurer par moi seul une position indépendante.
J'ai perdu une partie du peu de bien que je possédais. Je ne
m'en vais pas d'ici plus riche que j'y suis venu. Il faudrait donc
nous séparer l'un de l'autre quand nous serions rentrés dans
notre pays. »

Charles resta la tête baissée et réfléchit.

« Monsieur Antoine, dit-il, j'ose à peine vous parler d'une
chose à laquelle je n'entends rien. Mais ne m'avez-vous pas dit
quelquefois que mon père a thésaurisé et qu'il a des sacs pleins
d'argent? Qu'en pensez-vous? continua-t-il en hésitant et en
poussant son ébauchoir contre la chaise. Si ce n'était pas trop
peu de ce qu'il y a dans le coffre-fort.... vous le prendriez, et,
si on pouvait en faire quelque chose.... Je sais que c'est bien
téméraire à moi, mais je pourrais peut-être vous rendre quelques
services comme associé. Ce n'est qu'une pensée en l'air, il ne
faut pas vous en formaliser. »

Antoine répondit avec émotion :

« Charles, je reconnais bien à ta proposition le désintéressement qui te distingue; mais ce serait mal à moi de l'accepter.
L'argent appartient à ton père, et, quand même il donnerait
son consentement, ce dont je ne veux pas douter, cela rendrait
ta propre position plus précaire qu'elle ne l'est aujourd'hui. En
tout cas, tu vivras mieux avec les économies de ton père, dans
un état que tu as embrassé par goût, qu'en suivant, par amitié
pour moi, une nouvelle carrière, avec laquelle il faudrait d'abord
te familiariser. C'est pourquoi, mon ami, il vaut mieux nous
séparer. »

Charles tira son mouchoir, et, après avoir toussé et craché, il
demanda d'une voix claire et forte :

« Mais, sans me prendre pour associé, ne voudriez-vous pas
faire usage de notre argent? Vous nous donneriez de bons
intérêts.

— C'est impossible, répondit Antoine.

— S'il en est ainsi, je retournerai auprès de mon père, et je
mettrai ma tête dans quelque grenier à foin de notre pays, s'é-
cria Charles irrité.

— Voilà ce que tu ne feras pas. Tu sais plus qu'un autre quelles
sont les ressources de cette terre. Il serait fâcheux que ces connaissances fussent perdues. Fink a justement besoin d'un homme
comme toi. La maison ne saurait se passer de ton secours d'ici
à l'été prochain. Quand nous sommes venus ici, ce n'était pas
pour prendre du bon temps, mais pour créer quelque chose à

force de nous donner du mal. Mon œuvre est accomplie; toi, tu es au centre de ta sphère d'action. Ce serait faire tort à toi-même et à ton avenir que de partir d'ici en ce moment. »

Charles baissa de nouveau la tête.

« Ce qui me contrariait quelquefois pour toi, c'étaient les faibles émoluments que la position du baron permettait de te donner; cela changera maintenant.

— N'en parlons pas, dit Charles d'un ton fier.

— Il convient d'en parler, dit Antoine, car l'homme fait mal de consacrer tout ce qu'il a de force et d'intelligence à un travail qui ne le récompense pas selon son mérite. Cela jette du malaise dans sa vie, et il court ainsi le danger de douter de son avenir. Tu peux me croire. Je te prie donc de rester ici au moins jusqu'à l'été prochain, où, avec la grande extension que prendront maintenant les travaux, un régisseur habile pourra se remplacer.

— Et alors, demanda Charles, il faudra aussi que je m'en aille?

— Fink te retiendra tant qu'il pourra; mais, si à cette époque tu voulais t'en aller, tu te rappelleras, Charles, ce dont nous avons parlé si souvent dans le cours de cette année. Tu t'es habitué à cette vie au milieu des étrangers, tu as tout ce qu'il faut pour faire un colon sur un sol vierge. Si un devoir supérieur ne t'appelle pas loin d'ici, tu devras rester dans le pays, comme l'ont fait un si grand nombre des nôtres. Quand tu quitteras cette propriété achète quelque bien parmi les étrangers. Ce ne sera pas une vie facile, et tu te seras privé de beaucoup d'agréments; mais nous ne sommes pas dans un temps où un homme énergique puisse vivre en repos et couper paisiblement ses gerbes. Tu as le cœur vaillant, tu n'es pas habitué à jouir, mais à acquérir. En conduisant ta charrue, tu seras ici comme un soldat de l'Allemagne; tu étendras, aux dépens de nos ennemis, le règne de notre langue et de notre civilisation. »

Et des bras il montrait l'Orient.

Charles tendit la main à Antoine et lui dit :

« Je resterai. »

Quand Antoine sortit de la chambre du régisseur, il trouva Lenore devant la porte.

« Je vous attends, s'écria-t-elle vivement. Venez avec moi, Wohlfart; tant que vous êtes ici, vous m'appartenez.

— Si vos paroles étaient moins cordiales, répondit Antoine, je croirais que vous vous réjouissez secrètement de vous voir débarrassée de moi; car, ma chère demoiselle, depuis longtemps je ne vous ai pas vue aussi animée. Vous venez à moi la tête levée et la figure riante. Vous avez quitté jusqu'à votre robe noire.

— Oui, pour reprendre celle que je portais quand nous nous sommes promenés ensemble en traîneau. Dans ce temps-là elle vous faisait plaisir. J'ai de la vanité, continua-t-elle avec un sombre sourire. Je veux que la dernière impression que je vous laisserai soit agréable. Antoine, ami de ma jeunesse, quelle est la destinée qui nous oblige de nous séparer juste en ce moment, le premier moment tranquille que j'aie eu depuis longtemps. La propriété est vendue ; aujourd'hui je commence à renaître. Quelle était ma vie dans ces dernières années ! toujours être tourmentée et humiliée aussi bien par les amis que par les ennemis ; toujours devoir quelque chose, ou de l'argent ou des remerciements, ah ! c'est affreux. Je ne dis pas cela pour vous, Wohlfart. Vous êtes l'ami de ma jeunesse, et, si vous étiez dans le malheur ou dans le besoin, je serais heureuse que vous voulussiez aussi m'appeler et me dire : « Maintenant j'ai besoin « de toi ; arrive, lutin de Lenore. » Je ne veux plus être aussi étourdie, je penserai à tout ce que vous m'avez dit. »

Son œil brillait pendant qu'elle parlait ainsi. Elle se pendit au bras d'Antoine, ce qu'elle n'avait jamais fait, et l'entraîna vers la ferme.

« Venez, Wohlfart, traversons encore pour la dernière fois la ferme qui était à nous. Cette vache avec son étoile blanche nous l'avons achetée ensemble, cria-t-elle, et, pour l'acheter vous m'avez demandé mon avis, cela m'a fait beaucoup de bien. »

Antoine fit un signe de la tête.

« Nous ne nous y entendions pas plus l'un que l'autre, et Charles dut décider en dernier ressort. C'est vous qui avez payé l'argent, c'est moi qui la première lui ai donné du foin, par conséquent elle nous appartient à tous deux. Regardez encore une fois le veau noir. Il a l'air charmant. M. Sturm menace de lui peindre les oreilles en rouge, pour qu'il ressemble tout à fait à un petit diable. »

En parlant ainsi elle se baissait pour caresser le jeune veau. Tout à coup elle se releva et s'écria :

« Je ne sais pourquoi je le câline tant ; il n'est plus à moi, appartient à un autre. »

Mais au fond de son courroux il se cachait de la mutinerie. Elle entraîna Antoine plus loin.

« Venez voir le poney ;.. pauvre petite bête ! Elle s'est fait vieille depuis le jour où je la montais et où je vous suivais dans notre jardin. »

Antoine caressa le poney, qui tournait la tête tantôt de son côté, tantôt du côté de Lenore.

« Savez-vous comment il s'est fait que je vous aie rencontré alors sur le poney? demanda Lenore en se penchant sur le dos du cheval. Ce ne fut point l'effet du hasard. Je vous avais vu assis sous les arbres; aujourd'hui je puis bien vous l'avouer; je m'étais dit : « Ma foi! voilà un joli garçon, regardons-le de plus près. » Voilà comment la chose est arrivée.

— Oui, dit Antoine, et puis sont venues les fraises avec la promenade sur le lac. J'étais là devant vous à me bourrer de fraises, tout en ayant presque envie de pleurer; mais mon cœur était plein de joie en vous trouvant si belle et si majestueuse. Je vous vois encore en robe bouffante et en manches courtes, avec un bracelet à votre beau bras.

— Qu'est devenu le bracelet? demanda Lenore d'un air sérieux en appuyant sa tête sur le cou du cheval. Vous l'avez vendu, méchant homme. »

Des larmes lui roulèrent dans les yeux, et des deux mains elle prit par-dessus le poney la main de son ami.

« Nous n'avons pas pu rester enfants. »

Et passant la main sur les joues d'Antoine, elle lui dit :

« Adieu, ami de mon cœur; adieu, rêves de la jeune fille; adieu, beau printemps de ma vie! il faut que j'apprenne maintenant à marcher dans le monde sans mon protecteur. Vous n'aurez point à rougir de moi. Je serai toujours raisonnable et je m'occuperai sérieusement du ménage. Dès demain je commencerai. A présent, je vais à la cuisine trouver Babet; je sais que cela vous sera agréable; et je serai économe. Je tiendrai de nouveau le livre avec les grandes colonnes de chiffres; je noterai tout. Nous aurons aussi besoin d'économie, Wohlfart. Ah! ma pauvre mère! »

Elle se tordit les mains et redevint très-triste.

« Allons au grand air, dit Antoine; si vous le voulez bien, nous ferons un tour dans le bois.

— Non, je n'irai avec vous ni dans le bois ni à la maison du forestier, mais à la nouvelle métairie. »

Ils traversèrent ainsi tous deux les champs.

« Aujourd'hui, il faut que vous me conduisiez, je ne vous lâche pas.

— Lenore, vous voulez me rendre les adieux bien pénibles.

— Vous sont-ils donc si pénibles? » demanda-t-elle avec un certain plaisir. Et secouant aussitôt après la tête : « Non, Wohl-fart, ils ne le seront point; en secret vous avez souvent désiré être bien loin de moi. »

Antoine la regarda avec surprise.

« Je le sais, dit-elle avec abandon et en lui pressant douce-ment le bras, je le sais très-bien. Même quand nous étions réunis, votre cœur n'était pas toujours auprès de moi. Quelque-fois cela vous arrivait, comme par exemple dans notre pro-menade en traîneau; mais plus souvent encore vos pensées vous transportaient à l'étranger. Quand vous receviez certaines lettres, vous étiez si pressé de les lire! Comment s'appelle donc ce monsieur qui vous écrivait?

— Baumann, répondit Antoine naïvement.

— Vous êtes pris, s'écria Lenore en lui serrant de nouveau la main. Savez-vous que cela m'a rendue pendant quelque temps très-malheureuse? J'étais folle et bien enfant. Nous sommes de-venus raisonnables, Wohlfart; aujourd'hui nous sommes libres, et c'est pourquoi, mon cher ami, nous pouvons nous promener ainsi bras dessus bras dessous. »

Quand ils arrivèrent à la métairie, Lenore dit à la femme du métayer :

« Il nous quitte. Il m'a raconté que c'est vous qui lui avez procuré le premier plaisir au château, en lui cueillant un bou-quet de fleurs. Allez maintenant chercher le dernier. Moi-même je n'ai pas de fleurs actuellement, je ne puis pas en faire venir. C'est ici, derrière la grange, que fleurit tout ce qu'il y a de fleurs au château. »

La métayère fit un petit bouquet, le présenta à Antoine avec une révérence, et dit tristement :

« C'est tout à fait le même que l'année dernière.

— Mais, lui, il s'en va, » s'écria Lenore, et elle se détourna en pressant son mouchoir sur ses yeux.

Antoine secoua cordialement la main du métayer et du ber-ger.

« Pensez à moi, mes braves gens!

— Vous nous avez toujours témoigné de la bonté, dit la mé-tayère.

— Et vous avez songé à la nourriture pour les hommes comme pour les bêtes, dit le berger en ôtant son chapeau; et vous avez mis de l'ordre partout.

— Votre avenir est assuré, dit Antoine. Vous aurez un maître qui aura plus de pouvoir que moi. »

A la fin, Antoine baisa encore le petit garçon à la tête bouclée, lui dit d'aller chercher sa petite tirelire placée dans l'armoire, et y mit un souvenir. L'enfant le retenait par l'habit et ne voulait pas le laisser partir.

En revenant, Antoine dit :

« S'il y a quelque chose qui me rende la séparation moins pénible, c'est l'heureux avenir assuré maintenant à la propriété. Mon pressentiment me dit que tout ce qu'il y a d'incertain dans votre vie aura un heureux dénoûment. »

Lenore marchait en silence à côté d'Antoine; enfin elle lui demanda :

« Puis-je vous parler à cœur ouvert de l'homme qui est aujourd'hui le maître de cette propriété? Je voudrais savoir comment vous êtes devenu son ami.

— Je me suis lié avec Fink pour ne pas avoir enduré une offense qu'il m'avait faite. Nos relations amicales se sont resserrées parce que je lui cédais dans toutes les bagatelles, mais que dans les questions graves j'ai persisté dans ma propre conviction. Il a une haute estime pour l'énergie et l'indépendance du caractère; mais il devient facilement dur et tyrannique en face d'un jugement et d'une volonté faibles.

— Comment une femme pourrait-elle avoir de la fermeté vis-à-vis d'un tel homme ? demanda Lenore avec abattement.

— Oui, répondit Antoine après quelques instants de réflexion, une femme qui se donnerait à lui avec passion aurait certes beaucoup plus de peine ! car tout ce qui ressemble à une boutade ou à un caprice, il le brise avec une âpre sévérité, et il ne ménagerait pas celle qu'il aurait subjuguée. Mais il respectera un caractère qui opposera à sa volonté de la fermeté et de la dignité. Et si jamais je me trouvais à même de donner un conseil à sa future compagne, je lui dirais de se garder de tout ce qui passe chez les femmes pour risqué ou hardi. Ce qui lui plairait chez une étrangère, comme l'autorisation de promptes familiarités, serait ce qu'il estimerait le moins dans sa femme. »

Lenore s'appuya plus fortement contre lui et baissa la tête.

Ils retournèrent ainsi au château dans un profond silence.

L'après-midi, Antoine alla encore une fois avec Charles à travers les champs et les bois. La vie au château lui avait toujours semblé un temps passé à l'étranger, et, aujourd'hui qu'il devait partir, tous les objets l'attachaient et le retenaient, comme s'il eût été dans sa patrie. Partout il revoyait quelque chose dont il s'était occupé dans le cours de l'année. Il retrouvait des traces de son travail aux champs, dans la maison, dans la ferme, parmi les animaux et les ustensiles. Il avait acheté le froment qui couvrait cette pièce de terre ; il avait fait l'acquisition des charrues dont se servait le garçon de ferme qu'il avait arrêté. Ici il avait couvert un toit ; là, il avait réparé un pont qui menaçait ruine. Et comme tout homme qui embrasse une nouvelle carrière, il avait formé des plans à l'aide de ses nouvelles connaissances et étendu sur toutes les parties de la propriété de grands projets et de belles espérances. Il s'était toujours plaint de ne pas être assez préparé à la gestion des affaires dont il s'était chargé si vite ; aujourd'hui qu'il s'en déchargeait, il sentait combien elles lui étaient chères.

Il passa encore une heure avec le bon vieux forestier. Au dehors, la bise d'automne effeuillait les arbres et décolorait la verdure. Autour de la maison du forestier, la forêt était encore verte, et le fier chasseur conservait en face d'elle toute la force d'une verte vieillesse. Quand Antoine lui fit ses adieux sur le seuil de la maison, le forestier dit :

« La première fois que vous avez mis la main sur le loquet de cette porte, je ne croyais pas que ces arbres s'élèveraient si soliment au-dessus de nos têtes, et que je recommencerais encore une fois à vivre avec les hommes. Monsieur Wohlfart, vous avez rendu à un vieillard la mort bien difficile. »

L'heure de la séparation étant venue, Antoine alla prendre cérémonieusement congé du baron ; Lenore fut tout sentiment, et Fink se montra cordial et affectueux comme avec un frère. Quand Antoine se trouva à côté de lui et qu'il regarda Lenore avec émotion, Fink lui dit :

« Sois tranquille, mon ami, ici du moins je tâcherai de me conduire comme toi. »

Fink et Lenore l'accompagnèrent jusqu'à la voiture. Antoine jeta encore un regard sur le château, qui présentait par ce jour nébuleux d'automne, au milieu de la plaine aride, un aspect aussi sombre que le jour de son arrivée. Puis il s'élança dans la voiture après un dernier serrement de main et un dernier adieu. Charles saisit les brides ; près de la grange ils prirent le chemin du village, et le château disparut à leurs regards. Les vilaines cabanes du village, le pont jeté sur le ruisseau, la forêt, tout cela il ne devait pas le revoir de sitôt. Charles s'arrêta à l'extrémité de la forêt, où finissait le domaine, et où le chemin formait un embranchement pour aller à Kunau et à Neudorf. Plusieurs personnes attendaient le voyageur près des limites de la propriété. C'étaient les gens du château, le forestier, le métayer et le berger, et avec eux le forgeron de Kunau, quelques voisins et le fils du bail'y de Neudorf.

Antoine, réjoui à leur vue, s'élança de la voiture et salua encore une fois ses anciens compagnons.

« Mon père, dit le fils du bailli, m'envoie vous offrir ses amitiés. Ses blessures vont mieux, mais il ne peut pas encore sortir de la chambre. »

Le forgeron de Kunau dit encore à Antoine dans un dernier adieu :

« Saluez bien nos compatriotes là-bas dans le pays allemand ; dites-leur de se souvenir de nous. »

Silencieux comme le jour de son arrivée, Antoine se laissait entraîner sur la grande route à côté de son fidèle Charles. Il était maintenant délivré du charme qui l'avait attiré au château, exempt de bien des préjugés, et il se sentait libre comme l'oiseau dans l'air.

Il avait travaillé sans relâche pendant un an, et aujourd'hui il était obligé de se dégager de tout ce qui l'avait occupé dans ce pays. Après avoir quitté la ligne droite de la carrière qu'il s'était tracée pour mettre au service d'étrangers une activité ardente, il allait chercher une nouvelle occupation et un nouvel avenir. Il ne pouvait encore décider si, dans le cours de cette année, il avait assuré ou affaibli ses chances de fortune. Il avait appris à connaître le prix d'une vie régulière, sûre et réfléchie, au sein d'une activité indépendante, et il se sentait maintenant plus loin de ce but qu'il ne l'était un an auparavant.

Il reconnut qu'il avait joué témérairement avec ses forces, et cette pensée ternissait comme un sombre souffle le miroir dans lequel il voyait se refléter les images des derniers temps. Mais il ne se repentait pas de ce qu'il avait fait. Il avait éprouvé des pertes, mais il avait aussi triomphé de beaucoup de difficultés ; il était parvenu à faire fleurir une vie nouvelle sur une terre inculte ; il avait aidé à fonder une nouvelle colonie de son peuple ; il avait frayé aux personnes qu'il aimait la voie d'un avenir assuré ; lui-même se sentait plus mûr, plus habile et plus calme. Et regardant par-dessus les têtes des chevaux qui le ramenaient vers son pays, il se dit en lui-même : « En avant ! je suis libre aujourd'hui, et mon chemin est nettement tracé. »

II

Cependant le génie domestique d'Antoine, le chat jaune se tenait tristement sur son piédestal. Une année de bruit et de fracas s'était écoulée ; le chat ne s'en était pas aperçu. Il était resté la tête basse, dans la chambre vide. Les stores étaient baissés, et aucun rayon de soleil ne venait réchauffer ses petites oreilles. Rien ne remuait dans la chambre que la poussière qui pénétrait par les fenêtres, et qui, après avoir tourbillonné quelque temps autour du chat, retombait ensuite sur sa peau de plâtre, sur le bureau et sur le tapis du parquet.

Ce fut une mauvaise année pour le chat ; il aurait péri dans la solitude, et on n'aurait plus reconnu ses petits yeux rusés ni sa peau lisse sous la couleur terne de la poussière, si de temps à autre quelque visite amicale ne fût venue le ranimer. Pendant les paisibles soirées, la lueur d'une lampe qui passait dorait la moustache du chat ; dans ces moments une douce main caressait sa peau ; on ouvrait les fenêtres pendant un quart d'heure ; le clair de lune pénétrait un peu dans la chambre, et quelques éponges et quelques brosses de jeunes filles empressées nettoyaient rapidement le parquet. Alors le chat faisait entendre son *ron ron ;* mais immédiatement après il se retrouvait dans la solitude et retombait dans sa morne apathie.

Une fraîche nuit qu'il faisait un beau clair de lune, que tout le monde dormait dans la maison de M. Schrœter, et que dans toutes les chambres régnaient la paix et la tranquillité, personne ne songeait qu'il se préparait à revenir, celui qui tout enfant appartenait déjà à la maison, quand son vieux père à la toque de velours le tenait encore sur ses genoux. Personne dans la maison ne se doutait de ce retour, et cependant qui sait combien le désiraient? Mais la grande et antique maison le sait. Cette nuit il y a un remue-ménage partout ; le bois craque, il se fait un bourdonnement dans les galeries et un bruit léger dans toutes les cloisons ; la lune couvre tous les corridors d'une pâle lueur argentée, et dans les recoins les plus secrets on voit trembler une lumière vacillante.

Celui qui verrait le chat jaune cette nuit, serait bien étonné. Il se lèche et se pare, il étend ses petites pattes et lève gaiement sa queue en l'air ; enfin il s'élance du bout du bureau et

court comme un trait par la porte de la chambre dans la cour.
Il marche d'un air de fête à travers les corridors et les couloirs
de la maison. Et partout où il arrive tout s'anime, et tous les
petits génies domestiques que l'on rencontre nécessairement
dans un aussi vieil édifice se remuent et se croisent dans tous
les sens. De petits lutins gris et fantastiques sortent des trous
du poêle et se glissent de dessous les pupitres du comptoir; ils
balayent les escaliers et les corridors, et tournent autour du
vieux Pluton placé en sentinelle près du valet endormi; ils em-
pêchent ainsi le gros chien fatigué de s'endormir; tout en grognant et en poussant de faibles aboiements, il a le regard fixé
sur le travail de ces êtres mystérieux....

Et le chat passe près de la chambre à coucher de Sabine, et
il miaule tout bas d'une manière inintelligible; mais le petit
lutin qui réside dans le creux de la lampe de Sabine ne dort pas;
il secoue la tête et murmure :

« Nous ne voulons pas nous réjouir; d'ailleurs, dans la chambre du négociant, il n'y a aucune bonne volonté pour fêter
l'arrivée du voyageur longtemps éloigné. »

Tous les esprits qui y habitent sont fiers et grondent le chat
à travers le trou de la serrure. Mais le plâtre ne se laisse point
intimider, et il en est de même de tout le reste de la maison.

Et sur la grande balance il y a une nombreuse et gaie compagnie. Tous les esprits qui sont dans la maison, et il y en a beaucoup dans une maison aussi active, se trouvent aujourd'hui assemblés pour une grande fête; et au milieu se tient le chat, brillant et faisant le gros dos : il se lèche de joie, et les plus joyeux
de la bande grimpent jusqu'au fléau de la balance et font de là
des grimaces du côté de la chambre du patron, et même de celle
de Sabine, leur favorite.

Personne ne sait qu'il reviendra; mais la maison s'en aperçoit; elle se fait belle, et elle ouvre ses portes pour recevoir l'ami
qui revient.

Le lendemain vers le soir, Sabine se trouve dans sa *trésorerie*,
devant les armoires ouvertes; elle range le linge bien blanc et
attache des étiquettes de couleur rose autour des divers numé-
ros des serviettes. Naturellement elle ne sait rien et elle ne
pressent rien. Son linge damassé brille aujourd'hui comme de
l'argent et du satin; le couvercle de cristal taillé qu'elle ôte de
dessus l'ancienne coupe de famille résonne gaiement comme une
cloche, et ses oscillations retentissent encore longtemps dans le
bois de la grande armoire.

Toutes les têtes peintes sur les tasses de porcelaine ont au-

jourd'hui l'air excessivement enjoué. Le docteur Martin Lu-
ther et le nécromancien Faust font des grimaces et rient;
même le poëte Gœthe sourit, et on ne saurait dire combien le
vieux Fritz[1] est de bonne humeur. Tout brille et tout reluit
dans les compartiments des armoires; chaque vieille écuelle en
verre fait entendre un léger tintement; mais Sabine ne s'aperçoit de rien; elle, la maîtresse de la maison, si au courant de
tout, ignore absolument ce que savent tous ces petits génies
familiers. Ou bien pressent-elle cependant quelque chose? Tiens!
elle chante. Depuis longtemps aucun son joyeux ne s'était échappé
de ses lèvres; mais aujourd'hui elle se sent le cœur léger, et,
quand elle regarde le brillant arsenal de la verrerie et de l'ar-
genterie rangées dans l'armoire, une partie de cet éclat se re-
flète dans son âme; ses lèvres remuent, et il se fait entendre
doucement dans la petite chambre comme le chant d'un oiseau
des bois, ou comme un doux air d'enfance. Et Sabine va soudain
de l'armoire à la fenêtre, où le portrait de sa mère est suspendu
au-dessus du fauteuil, et elle regarde le portrait avec joie, et
chante en présence de sa mère le même air d'enfance que
celle-ci avait chanté autrefois de son fauteuil à la petite Sabine.

Tout à coup une figure enveloppée se glisse à travers le vestibule. Dans le magasin ouvert se tient Balbus, qui commande à
présent dans le cercle de la grande balance; il regarde furtive-
ment la figure qui passe, et se dit avec surprise : « Voilà quelqu'un qui ressemble un peu à Antoine. » Les garçons du magasin ferment une caisse; le plus âgé se tourne par hasard,
s'arrête un instant dans son travail, et s'écrie : « On dirait
presque que c'est M. Wohlfart. »

Au fond de la cour on entend sauter et aboyer un chien,
et Pluton accourt hors de lui auprès des garçons de magasin;
sa queue frétille, il jappe, lèche leurs mains, et raconte à sa
manière toute l'histoire. Mais les garçons de magasin aussi ne
savent rien, et l'un d'entre eux dit : « C'était un esprit, on ne voit
plus rien. »

Soudain la porte de la chambre de Sabine s'ouvre :

« Est-ce vous, François? » demanda Sabine avec un son de voix
entrecoupé.

Personne ne répond. Elle se retourne, elle regarde d'un
œil curieux et inquiet la figure d'homme placé à la porte. Sa
main tremble, elle saisit le dossier de la chaise et s'y tient

---

1. Diminutif de Frédéric, terme familier pour désigner le grand Frédéric II,
roi de Prusse.

cramponnée ; il court à elle, et dans un mouvement passionné, sans savoir ce qu'il fait, il s'agenouille près de la chaise sur laquelle elle est tombée, et pose sa tête sur la main de Sabine.

C'était Antoine. Tous deux restèrent sans parler. Sabine regardait Antoine agenouillé devant elle comme une douce apparition. Elle posa légèrement sa main, son autre main, sur l'épaule du jeune homme. Et dans la chambre tout continue de briller et de tinter. La lampe jette son reflet éclatant sur les deux enfants de la maison de commerce, et le portrait de la mère de famille, au-dessus du fauteuil, contemple ce groupe d'un air satisfait.

Elle ne lui demanda pas pourquoi il venait et s'il était libre du charme qui l'avait entraîné. En le voyant agenouillé devant elle et en regardant les yeux si francs d'Antoine, qui, pleins d'inquiétude et de tendresse, cherchaient les siens, elle comprit qu'il revenait à la maison, auprès de son frère et auprès d'elle.

« Vous êtes resté bien longtemps à l'étranger, dit-elle d'une voix plaintive, mais avec un sourire de bonheur sur sa figure.

— J'étais toujours ici, s'écria Antoine avec feu. Dans le moment même où je disais adieu à ces murs, je savais que j'abandonnais tout ce qui est pour moi la paix et le bonheur. Maintenant un désir irrésistible m'entraîne vers vous ; il faut que je vous dise ce qui se passe en moi. Je vous ai vénérée comme une image sacrée tant que j'ai vécu auprès de vous. Même loin de vous je vivais par la pensée sous votre égide. Cette pensée m'a protégé dans la solitude, dans une vie agitée, au milieu de grandes tentations. Vous vous êtes placée pour mon salut entre moi et une autre personne. Souvent j'ai vu vos yeux fixés sur les miens comme autrefois, quand je venais chercher du secours auprès de vous contre moi-même ; souvent votre main s'est élevée pour me faire signe et pour me prémunir contre le danger qui me menaçait. Si je ne me suis pas perdu, c'est à vous, Sabine, que je le dois. »

Il se pencha de nouveau sur la main de Sabine, qui le retint et dit à voix basse au-dessus de sa tête :

« Mon ami, mon cher ami, nous avons éprouvé tous deux le même sort ; nous avons rêvé et nous avons lutté, et, grâce à notre fermeté, nous avons triomphé tous deux. Que vous devez avoir souffert, mon ami !

— Non, s'écria Antoine, ce ne fut pas la même peine ni la même force. Je vous ai vue et adorée dans le temps où, avec une paisible fermeté, vous étiez pleine de confiance en vous-même. Comme un homme faible, je n'étais pas maître de mes désirs. Qui sait ce que je serais devenu, si votre souvenir n'avait pas toujours vécu dans mon âme ? Loin de vous, le pouvoir que vous exerciez sur moi a toujours grandi, et ce n'est qu'en pensant à vous que je suis devenu libre.

— Et comment savez-vous s'il n'en a pas été de même chez moi ? demanda Sabine avec un regard affectueux.

— Sabine ! s'écria Antoine, comme entraîné malgré lui.

— Oui, c'est votre honnête figure ! cria-t-elle. Ah ! dans vos traits, je trouve aussi les traces de cette époque. Nous avons entendu parler de vos exploits, quoique dans le cours d'une longue année vous n'ayez eu pour nous que quelques mots de compliments.

— Pouvais-je faire autrement ? » interrompit Antoine avec feu.

Sabine fit un signe d'acquiescement.

« Avec quelle impatience j'attendais les nouvelles qui nous venaient par vos confidents, quand, en sûreté dans l'enceinte de ces murs, je songeais à l'ami exposé à toute espèce d'attaques au milieu d'ennemis acharnés. Wohlfart ! Wohlfart ! je suis bien heureuse de vous revoir.

— Un autre s'est chargé de la propriété et du soin de protéger les infortunés, reprit Antoine.

— Il faut en rendre grâce à la Providence, » dit Sabine en regardant avec l'expression d'un pur bonheur l'ami de retour.

Dans la vie uniforme de la maison, elle avait nourri pendant des années un profond attachement pour Antoine. Depuis qu'il l'avait quittée, elle savait qu'elle l'aimait. C'est avec fermeté et dans le silence qu'elle a concentré de nouveau en elle sa douleur. Ni son amour ni sa résignation ne se sont manifestés dans la vie régulière de la maison. A peine si elle a trahi par un seul mouvement, par un seul regard ce qui se passait en elle ; comme il convient à l'enfant d'une maison de commerce, où le doit et avoir des hommes est inscrit avec une froide exactitude dans le livre de comptes. Maintenant, dans le plaisir de revoir l'ami de son cœur, l'amour longtemps comprimé se fait jour malgré elle. Elle est rayonnante de joie devant Antoine, elle ne songe qu'au bonheur de le revoir, et dans sa joie elle ne s'aperçoit pas que sur les traits pâlis d'Antoine se peint encore le souvenir d'un autre sentiment.

Il l'a retrouvée, mais il va la perdre pour toujours.

Sabine le tient encore par la main, et elle l'entraîne par la galerie vitrée et le vestibule jusque dans le cabinet de travail de son frère.

Que fais-tu, Sabine ? La maison où tu as été élevée est bonne ;

1ais ce n'est point une maison où l'on sent poétiquement et où
on s'émeut vite, où l'on ouvre les bras pour serrer sur son
œur celui qui vient s'y précipiter. C'est une maison simple et
alme, où tout se fait d'une manière froide et prosaïque ! On de-
1ande et on refuse en termes courts et précis. Et cette mai-
1n est en même temps fière et sévère ! Tu aurais dû y pen-
er ! Ton ami ne doit pas s'attendre à ce qu'on lui souhaite
endrement la bienvenue.

Voilà ce que sentit aussi Sabine, et elle hésita un instant
vant d'avancer et d'ouvrir la porte. Mais, cédant à un mouve-
1ent irrésistible, et tenant toujours Antoine par la main, elle l'en-
:aina par-dessus le seuil, et, la figure rayonnante, elle cria à
1n frère :

« Le voici, il revient au milieu de nous. »

Le négociant se leva de son bureau, mais il s'arrêta devant
1 table, et ce qu'il dit d'abord, d'un air glacial et du ton du
ommandement, ce furent ces mots :

« Lâchez la main de ma sœur, monsieur Wohlfart. »

Sabine recula ; Antoine se trouva seul au milieu de la cham-
re, et regarda le négociant avec émotion. Depuis un an, la
gure de M. Schrœter avait bien vieilli ; ses cheveux grison-
aient, ses traits s'étaient ridés davantage.

Il avait fallu une grande lutte pour le changer ainsi.

« Si je suis entré ici au risque de vous contrarier, dit An-
1ine, cela doit vous montrer combien j'avais le désir de vous
evoir, vous et votre maison.. Si j'ai provoqué autrefois votre
1écontentement, ne me le faites pas sentir à cette heure. »

Le négociant s'adressa à sa sœur.

« Laisse-nous, Sabine ; ce que j'ai à dire à M. Wohlfart, je
ésire le lui dire sans témoins. »

Sabine se plaça toute droite devant son frère ; sans prononn-
er un seul mot, et sans se laisser intimider par le froncement
e ses sourcils, elle fixa sur lui un regard calme mais résolu ;
uis elle sortit de la chambre. Le négociant la suivit d'un œil
ombre, et, se tournant vers Antoine, il lui demanda :

« Qu'est-ce qui vous ramène au milieu de nous, Wohlfart ?
l'avez-vous pas trouvé au château ce que rêvait votre jeune et
rdente imagination, et venez-vous maintenant dans la maison
'un bourgeois chercher un bonheur qui ne pouvait autrefois
atisfaire vos prétentions ? J'apprends que votre ami Fink s'est
tabli chez le baron de Rothsattel. Vous a-t-il renvoyé auprès
e nous, parce que vous le gêniez là-bas ? »

Le front d'Antoine se voila.

« Je ne me présente pas devant vous comme un aventurie[r] qui cherche fortune. Vous êtes injuste en exprimant un te[l] soupçon, et il ne me convient pas de le souffrir. Il y eut u[n] temps où vous me jugiez avec plus de bienveillance, et c'est ce temps que je pensais en venant vous voir. J'y pense mainte[nant] nant pour vous pardonner vos paroles outrageantes.

— Vous m'avez dit autrefois, continua le négociant, que dan[s] cette maison vous vous sentiez comme dans votre patrie e[t] votre famille. Et vous aviez ici un chez vous, Wohlfart, aus[si] bien dans le comptoir que dans nos cœurs. Cédant à une im[-] pulsion extérieure, vous nous avez abandonnés, et nous, affli[-] gés et le cœur navré, nous avons été forcés de vous abandonne[r] aussi. Pourquoi revenez-vous? Vous ne sauriez être un étrange[r] pour nous, car nous vous avons aimé, et moi je vous suis per[-] sonnellement très-obligé. Vous ne pouvez plus être l'ancien am[i] que vous étiez pour nous; car vous avez rompu violemment l[e] lien qui nous enchaînait l'un à l'autre. Au moment où je m'[y] attendais le moins, vous m'avez rappelé que ce n'étaient qu[e] de simples relations de commerce qui vous attachaient à mo[n] comptoir. Que désirez-vous maintenant? Voulez-vous de nou[-] veau une place dans ma maison, ou bien voulez-vous, à ce qu'[il] paraît, encore davantage?

— Je ne veux rien, s'écria Antoine vivement affecté, si c[e] n'est me réconcilier avec vous. Je ne veux pas de place dan[s] votre comptoir, ni rien autre chose. A l'heure même où j'[ai] quitté la propriété du baron, j'avais arrêté dans mon esprit qu[e] ma première visite serait pour votre maison, et que la secon[de] serait pour aller chercher une place ailleurs.. Quelles que soie[nt] les pertes que j'ai faites cette année, je n'ai pas encore perd[u] l'estime de moi-même, et, si vous étiez venu au-devant de m[oi] avec le même sentiment affectueux qui m'attirait vers vou[s] je vous aurais dit tout d'abord ce que vous désirez savoir. [Je] sais que je ne puis rester ici; je l'ai déjà senti à l'étrange[r] toutes les fois que je songeais à cette maison. Depuis que [je] suis revenu dans ces murs et que j'ai revu votre sœur, je se[ns] que je ne puis rester ici sans agir mal. »

Le négociant s'approcha de la fenêtre et regarda en silen[ce] dans la nuit. Lorsqu'il se retourna, la dureté de sa figure ava[it] disparu; il examina Antoine d'un air scrutateur.

« Voilà, Wohlfart, dit-il enfin, une noble parole, et j'aime [à] croire aussi une noble pensée. Je vous dirai franchement q[ue] je suis encore fâché que vous nous ayiez quittés. Je vous co[n-] naissais comme un homme d'un certain âge peut en connaîtr[e]

un plus jeune. C'est sous mes yeux que vous vous étiez formé
dans mon comptoir; je pouvais compter sur la pureté de vos
sentiments, je savais qu'il n'y avait aucune pensée déshonnête
dans votre cœur. A présent, mon cher Wohlfart, vous m'êtes
devenu étranger. Pardonnez-moi de vous parler ainsi. Un désir
impétueux vous a fait contracter des relations qui, d'après tout
ce que j'en sais, ne peuvent agir que d'une manière funeste.
Vous avez été chargé de l'administration d'un bien ruiné, dans
un pays où les consciences sont souvent plus larges que chez
nous, et où les rapports de société sont moins solidement établis. Vous avez été le confident d'un banqueroutier qui peut
avoir conservé certaines qualités d'un galant homme, mais qui,
dans de mauvaises affaires avec des hommes sans aveu, a perdu
ce que dans ma maison on appelle l'honneur. Je veux da-
mettre que votre probité s'est refusée à faire dans ce château
quelque chose de contraire à vos principes. Mais, Wohlfart,
je vous répète maintenant ce que je vous ai dit autrefois : des
relations suivies avec des hommes faibles ou pervers mettent
aussi l'homme d'honneur en danger. Peu à peu, et sans qu'il
s'en doute, il accepte ce qu'un autre, dans une position assu-
rée, rejette loin de lui, et la nécessité impérieuse le force de
souscrire à des mesures que, dans d'autres circonstances, il
aurait repoussées sans hésitation. Je suis convaincu que vous
êtes resté ce que le monde appelle un homme d'affaires honorable; mais, pour la pureté rigide de l'honneur commercial,
qui malheureusement passe chez beaucoup de nos confrères
pour du pédantisme, j'ignore si vous l'avez conservée intacte.
Si, à cette heure où je vous revois après une longue séparation, je peux en douter, et si je me trouve obligé de vous le
dire, vous devez penser combien cela me rend cette entrevue
pénible. »

Antoine devint blanc comme le mouchoir qu'il tenait à la main,
et sa lèvre trembla quand il répondit :

« C'en est assez, monsieur Schrœter! si vous me dites en ce
moment tout ce qu'on peut dire de plus amer à un homme, cela
me prouve que j'ai mal fait de remettre le pied dans cette maison. Oui, vous avez raison, pendant tout le cours de l'année
que j'ai passée loin de vous, j'ai toujours eu le sentiment que
le danger dont vous parlez planait autour de moi. Ce qui a pesé
sur moi comme le plus grand malheur, c'était la conviction que
les affaires auxquelles je m'intéressais ne me permettaient pas
de respecter l'homme auquel j'avais voué mon activité. Mais je
puis vous répondre, avec non moins de fierté que vous, que la

pureté de l'homme qui se débat avec angoisse contre la tentation
n'a pas grand prix; et, si`j'ai sauvé quelque chose d'une année
pleine de contrariétés et d'amertumes, c'est précisément l'orgueil d'avoir subi moi-même une épreuve et de ne plus agir
comme un enfant, par instinct et par habitude, mais comme un
homme, d'après des principes. J'ai gagné cette année une assurance que je n'avais pas autrefois; et, comme j'ai appris à me
respecter moi-même, je vous dis maintenant que je ne comprends pas trop votre doute, mais que, depuis que vous l'avez
exprimé, je regarde comme rompu le lien qui, même à l'étranger, m'attachait à vous et à votre famille. Je sors de votre
maison pour n'y plus rentrer. Adieu, monsieur Schrœter. »

Antoine se détourna pour s'en aller. Le négociant l'arrêta, et
sa main s'appuya sur l'épaule du jeune homme.

« N'agissez pas si promptement, Wohlfart, dit le négociant
attendri. L'homme qui a détourné de ma tête le sabre polonais
ne doit pas quitter ma maison avec le courroux et l'amertume
dans le cœur.

— Ne rappelez pas le passé, dit Antoine, c'est inutile en ce
moment; car ce n'est pas moi, mais c'est vous-même qui venez
de m'abreuver de chagrin et de douleur. C'est vous qui avez
détruit le lien qui nous attachait l'un à l'autre.

— Non, Wohlfart, dit le négociant; si je vous ai offensé par
mes paroles plus que je ne le voulais, il faut le pardonner à
mon âge et à un cœur qui pendant des années a été rempli de
grands soucis et qui en a eu pour vous. Nous ne nous revoyons
plus tous deux comme nous nous sommes séparés, et, quand
deux hommes ont quelque chose sur le cœur l'un contre l'autre,
ils doivent se le dire franchement en se revoyant, pour que leurs
rapports soient nettement marqués. Si vous m'étiez moins cher,
je ne vous aurais pas exprimé mes scrupules, et mon accueil
aurait été plus poli. Mais maintenant je vous souhaite la bienvenue. Touchez là. »

Antoine mit sa main dans celle du négociant et lui dit adieu.

Mais le négociant retint la main d'Antoine et dit en souriant :

« Ne me quittez pas si vite; je ne vous laisse pas encore partir. Songez que c'est votre aîné qui vous prie maintenant de rester, ajouta-t-il sérieusement, quand il vit qu'Antoine s'arrêtait
toujours à la porte.

— Puisque vous le désirez, je resterai ici ce soir, monsieur
Schrœter, » dit Antoine avec dignité.

Le négociant le conduisit près du sofa.

« J'ai entendu bien souvent parler de vos aventures. Je voudrais apprendre tout de votre bouche d'une manière plus détaillée. Et vous aussi, je pense, vous vous intéresserez à tout ce qui est arrivé ici pendant votre absence. Parlons-en donc d'abord. »

Il se mit à raconter tout ce qui s'était fait dans la maison de commerce. Ce ne fut point un beau tableau qu'il déroula devant les yeux d'Antoine; mais son récit bannit en partie du cœur d'Antoine le froid qu'y avait amassé la dure réception du patron, et il comprit quelle marque de confiance celui-ci lui donnait par ces paroles. M. Schrœter mentionna bien des choses que le négociant ne communique que rarement à ses amis : toutes les affaires importantes, les petits bénéfices et les grandes pertes de l'année précédente.

Peu à peu la paix et une lueur de satisfaction rentrèrent dans la maison; les bons génies domestiques qui, effrayés par la conversation des deux hommes, s'étaient tous réfugiés dans les trous de souris, sortirent alors bravement la tête par les fentes de la chambre; et ceux qui étaient cachés sous le grand livre secret de la maison commencèrent à s'épancher les uns vis-à-vis des autres.

Insensiblement Antoine se trouva remis au courant des affaires de M. Schrœter; les diverses fluctuations, les hauts et les bas de l'année, repassèrent devant son esprit. Sa joue pâle se colora, son œil éteint rayonna d'un nouvel éclat, et involontairement il se mit à parler des affaires de la maison comme s'il en était encore un membre actif. Alors M. Schrœter lui tendit de nouveau la main avec un sombre sourire; Antoine la lui serra cordialement, et la réconciliation se trouva conclue.

« Et maintenant, mon cher Wohlfart, parlons de vous, continua le négociant. Dans le temps, vous m'avez fait sur vos projets en faveur du baron des ouvertures que je repoussai alors avec impatience; aujourd'hui je vous prie de m'en communiquer tout ce qu'il vous est permis de me dire. »

Antoine raconta ce qui n'était pas un mystère. M. Schrœter écouta avec une grande attention tout ce qu'Antoine lui apprit des affaires du baron et de ses propres travaux. Antoine parla avec réserve, car son orgueil se soulevait en secret contre ces investigations. Mais ce qu'il dit au négociant suffit cependant pour inspirer à ce dernier plus de confiance.

« Permettez-moi de parler aussi de votre avenir, dit enfin le négociant en se levant de sa chaise. D'après ce que vous venez de me dire, je ne vous engagerai pas à rentrer prochainement dans mon comptoir, quoique votre aide m'eût été à présent très-agréable. Mais je vous prie de m'abandonner le soin de vous chercher une position qui vous convienne. Nous examinerons cela ensemble, à tête reposée, et sans trop de précipitation. En attendant, vous resterez avec nous pendant quelques semaines. Votre chambre est vide, rien n'y a été changé. D'ailleurs, d'après ce que vous me dites, vous avez encore des obligations à remplir qui vous occuperont plusieurs mois. Si pendant vos moments de loisir vous voulez m'aider un peu au comptoir, vous m'obligerez beaucoup. Quant à vos rapports avec notre maison, continua-t-il d'un ton plus sérieux, je me confie entièrement à vous. Je sens le besoin de vous en donner la preuve, c'est pourquoi je vous en fais la proposition. »

Antoine regardait en silence devant lui.

« Je ne vous demande rien de difficile, dit le négociant. Vous connaissez la marche de notre maison. Il faut quelquefois chercher longtemps l'occasion de causer ensemble. Pour Sabine et pour vous je désire que vous viviez quelques semaines à l'ancienne manière, et, quand le moment en sera venu, que vous vous sépariez tranquillement. Wohlfart, je le désire aussi particulièrement pour ma sœur, ajouta-t-il d'un air franc et calme.

— En ce cas, dit Antoine, je resterai. »

Cependant Sabine inquiète allait et venait dans sa chambre et prêtait l'oreille pour tâcher d'entendre quelques mots de ce qui se disait dans le cabinet de son frère. Mais aujourd'hui, les pensées tristes avaient beau l'assaillir, elle les écartait toujours. Le feu petillait et elle écoutait le tic-tac de l'horloge; mais le bois de sapin craquait gaiement dans le poêle et faisait un bruit extraordinaire. Sans cesse de petits pétards de joie s'élevaient au milieu de la flamme, et les étincelles volaient à travers les bouches du poêle au milieu de la chambre. Elle ne put ni s'attrister ni se tourmenter, car le tic-tac de l'horloge communiquait de l'agitation à ses pensées et lui disait : « Il est revenu, il est là ! »

La porte s'ouvrit, et la tante entra précipitamment.

« Qu'entends-je? s'écria la tante. Est-il possible? François prétend que Wohlfart est chez ton frère.

— Oui, il y est, dit Sabine les yeux baissés.

— Quelle est encore cette conduite mystérieuse? continua la tante avec un peu de dépit. Pourquoi Traugott ne nous l'amène-t-il pas? Et on n'a encore rien arrangé dans sa chambre. Comment peux-tu rester là si tranquillement, Sabine? Ma foi, je ne te comprends pas.

— J'attends, » dit Sabine à voix basse; mais elle-même saisit ıne de ses mains avec l'autre, et la tint serrée, car sa main remblait.

Soudain des pas d'hommes approchèrent de la chambre; le ıégociant entra avec Antoine, et de la porte il cria :

« Voici notre hôte. »

Et quand Antoine et la tante se saluèrent amicalement, M. Schrœter dit :

« M. Wohlfart restera quelques semaines avec nous, jusqu'à ce [u'il ait trouvé une place comme j'en souhaite une pour lui. »

La tante entendit avec surprise cette résolution, et Sabine renua les tasses pour cacher son trouble. Mais ni l'une ni l'autre ıe se permit aucune remarque, et la conversation animée qui ;'engagea au souper étouffa l'émotion qui agitait toute la société. Chacun avait beaucoup à demander et beaucoup à raconter; car oour tous, l'année qui venait de s'écouler avait été remplie de ;rands événements. Une certaine contrainte était sans doute visible dans le maintien d'Antoine quand il parla de sa vie à .'étranger, de Fink et de la colonie allemande qui s'était établie au château. Sabine écoutait ce récit la tête baissée. Mais M. Schrœter devint toujours plus gai, et, quand Antoine se leva pour se rendre à sa chambre, on lisait presque sur la figure du négociant le sourire bienveillant d'autrefois; il secoua fortement la main d'Antoine et dit en riant :

« Dormez bien et faites attention au rêve que vous ferez la première nuit; car on prétend que ces rêves se réalisent. »

Et quand Antoine se fut éloigné, le négociant entraîna Sabine dans la sombre pièce à côté, la baisa sur le front et lui dit tout bas à l'oreille :

« Il est resté honnête; je l'espère du fond de mon âme! »

Et quand il rentra avec elle dans la chambre éclairée, deux larmes brillaient dans ses yeux, et il se mit à taquiner la tante au sujet de sa secrète prédilection pour Antoine; aussi la bonne tante finit-elle par joindre les mains et par s'écrier :

« Il est bien peu raisonnable aujourd'hui! »

Fatigué et tourmenté, Antoine se jeta sur sa couche; son avenir lui apparaissait privé de joies, et son cœur était oppressé en pensant aux sentiments amers qu'il avait éprouvés dans la soirée et à la lutte qui l'attendait prochainement. Cependant il tomba bientôt dans un paisible sommeil, et dans l'ancienne maison patricienne tout rentra dans le silence. C'était une vieille maison bien sombre avec beaucoup de coins et de recoins cachés. Ce n'était pas un séjour propice à une grande exaltation et à une passion brûlante; mais c'était aussi une bonne maison paisible, qui offrait un abri assuré à tous ceux qui reposaient dans ses murs. Et les petits génies domestiques furent encore cette nuit très-affairés; ils coururent çà et là en chuchotant et en riant; la nouvelle se répéta d'un coin à l'autre que l'enfant de la maison était revenu, et le chat, sur son piédestal, regarda fièrement Antoine endormi, leva solennellement sa jolie queue en l'air et fit entendre tout la nuit son gai *ron ron*.

III

Le lendemain, Antoine se rendit chez Ehrenthal. Le malade ne fut pas visible pour lui, et les femmes le reçurent d'une manière si hostile qu'il jugea plus prudent de ne rien leur dire du sujet de sa visite. Il fit donc signifier à l'avoué d'Ehrenthal, par le conseiller de justice Horn, que vingt mille écus étaient prêts, payables sur-le-champ, pour faire cesser les demandes d'Ehrenthal relativement à cette somme; que, pour les autres réclamations, qu'il avait.... sans raison.... élevées contre le baron, on s'en remettrait à la décision de la justice. L'avoué du créancier refusa d'accepter ce payement. Aussitôt Antoine fit faire près du tribunal les démarches nécessaires pour forcer Ehrenthal à accepter la somme et à renoncer à ses autres prétentions.

Vers le soir, Antoine mit un vieil habit et se rendit du pas précipité d'un homme d'affaires dans la maison de Lœbel Pinkus. Il regarda par la fenêtre dans la petite salle du cabaret. Il trouva le digne Pinkus derrière son comptoir et lui fit une courte question en style de marchand.

« M. T. O. Schrœter fait demander si Schmeie Tinkels est de retour de Brody, ou si on l'attend. Il le fait prier de passer chez lui au plus tôt pour une affaire de commerce. »

Pinkus répondit prudemment que Tinkels n'était pas à la maison, et qu'il ne savait pas quand il devait venir. Quelquefois Tinkels descendait chez lui, d'autres fois il n'y descendait pas; la chose n'était pas sûre. Il ferait du reste la commission s'il voyait la personne.

Le lendemain, le domestique ouvrit la porte d'Antoine, et Schmeie Tinkels entra dans la chambre.

« Soyez le bienvenu, Tinkels, » dit Antoine en allant au-devant de lui, et il regarda avec un sourire silencieux l'homme au cafetan.

Le trafiquant juif fut tout surpris de se trouver devant Antoine. Une ombre passa sur sa figure rusée, et son inquiétude intérieure perça dans le changement rapide de sa physionomie, pendant qu'il cherchait à exprimer sa joie de revoir Antoine.

« Miracle du ciel ! je vous retrouve vivant ! je me suis souvent informé de vous dans la maison de M. Schrœter, et je n'ai jamais pu apprendre où vous étiez allé. J'ai toujours eu du plaisir à traiter avec vous ; nous avons fait ensemble plus d'une bonne affaire.

— Nous avons fait aussi la guerre l'un contre l'autre, Tinkels, repartit Antoine.

— C'était une mauvaise affaire, dit Tinkels en cherchant à détourner la conversation : cela va mal aujourd'hui pour le commerce, l'herbe pousse sur les routes. Ç'a été un mauvais temps pour le pays. L'homme le plus solide, en se mettant au lit, ne savait pas s'il aurait encore le lendemain des jambes pour se lever.

— Vous avez pourtant passé par là, Tinkels, et je pense que le temps n'a pas été mauvais pour vous : asseyez-vous là, j'ai à vous parler.

— A quoi bon s'asseoir ? demanda le juif avec méfiance quand Antoine alla à la porte et en poussa le verrou. Dans les affaires on n'a pas le temps de rester assis. Pardon, pourquoi verrouillez-vous la porte ? On n'a pas besoin de verrou quand on veut traiter une affaire ; personne ne nous dérangera ici.

— Je veux vous dire quelque chose confidentiellement, dit Antoine en se plaçant devant le juif. Vous n'y perdrez pas.

— Parlez, parlez donc, dit Tinkels ; mais laissez la porte ouverte.

— Écoutez-moi, se mit à dire Antoine. Vous vous souvenez de la dernière conversation que nous avons eue quand nous nous sommes rencontrés en voyage ?

— Je ne me souviens de rien, dit Tinkels en secouant la tête et en jetant un regard inquiet du côté de la porte.

— Vous m'avez donné dans le temps un bon conseil, et, quand je comptais en apprendre plus long de vous, vous aviez disparu de la ville.

— Ce sont de vieilles histoires, répondit Tinkels toujours plus contrarié. Je ne me souviens plus de tout cela ; d'ailleurs je suis attendu au marché. Je croyais que vous aviez à me parler d'une affaire ?

— C'est aussi d'une affaire que nous parlons, et ce peut être pour vous une bonne affaire, » dit Antoine avec une expression marquée. Il alla à son bureau et en sortit un rouleau d'argent, qu'il mit sur la table devant Tinkels. « Ces cent écus sont à celui qui me donnera un renseignement dont j'ai besoin. »

Tinkels jeta timidement un regard de côté sur le rouleau et répondit :

« Cent écus sont bons à gagner ; mais je ne puis pas donner de renseignements, je ne sais rien, je ne me souviens de rien. Toutes les fois que je vous vois, vous parlez de choses désagréables, dit-il d'un ton de dépit ; ce n'est pas avantageux pour moi de traiter avec vous : j'en ai toujours retiré de la peine et du chagrin. »

Antoine alla silencieusement à son bureau et y prit un second rouleau qu'il mit à côté du premier.

« Deux cents écus, » dit-il ; et, prenant de la craie, il enferma les rouleaux dans un carré en traçant quatre lignes autour. « Ils sont à vous, si vous me donnez le renseignement qui m'est nécessaire. »

Les regards du Gallicien se portèrent avec une convoitise mal dissimulée sur le bienheureux carré. Antoine restait silencieux à côté, en montrant les rouleaux du doigt. Le juif soutint avec lui-même une courte lutte. Il regarda Antoine, et chercha à sourire et à donner à sa physionomie un air calme et paisible. Il regarda autour de lui dans la chambre avec une indifférence affectée ; mais il était toujours ramené vers l'index d'Antoine et vers le carré tracé sur la table. Aucun des deux ne parla ; ce silence dura quelques instants, et cependant ce fut une conversation animée et éloquente. Les yeux du Gallicien devenaient toujours plus brillants, ses gestes plus inquiets ; il haussa les épaules, fronça les sourcils et se débattit vivement pour se délivrer du charme qui l'enchaînait. Enfin ce charme lui devint insupportable. Il porta ses mains sur les rouleaux.

« D'abord il faut parler, dit Antoine en couvrant l'argent de ses mains.

— Ne soyez pas si dur envers moi, dit Tinkels d'un ton suppliant.

— Écoutez-moi, dit Antoine. Je ne vous demande rien d'injuste, rien de ce qu'un honnête homme refuserait à un autre ; je pourrais peut-être obtenir qu'on vous fît subir un interrogatoire en justice, et en ce cas vos aveux ne me coûteraient rien : mais je sais quelle répugnance vous avez pour les tribunaux ; c'est pourquoi je vous offre de l'argent. Si vous pouviez entendre un autre langage, vous me diriez ce que vous savez en apprenant qu'une famille est tombée dans le malheur, parce que vous ne m'avez pas tout dit dans le temps. Mais ce langage serait inutile auprès de vous.

— Oui, dit Tinkels avec franchise, il serait inutile. Voyons l'argent que vous me destinez. Sont-ce bien deux cents écus? continua-t-il en examinant les rouleaux avec avidité. C'est bon, je sais que le compte y est. Demandez-moi ce que vous voulez savoir.

— Vous m'avez dit, reprit Antoine, qu'Itzig, l'ancien teneur de livres d'Ehrenthal, travaillait à la ruine du baron de Rothsattel.

— Ce que j'ai dit n'est-il pas arrivé? demanda Tinkels.

— Je suis fondé à croire que vous avez dit la vérité. Dans le temps vous avez parlé de deux hommes; vous m'en avez nommé un, quel est l'autre? »

Le juif hésita. Antoine porta la main vers les rouleaux d'argent.

« Laissez-les, dit Tinkels en agitant la main. L'autre, à ce que j'ai appris, s'appelle Hippus. Il est vieux et il a demeuré longtemps chez Lœbel Pinkus.

— Est-il dans les affaires? demanda Antoine.

— Il n'est pas de notre religion ni dans le commerce. C'est un ancien avocat.

— Êtes-vous en rapport d'affaires avec Itzig? continua Antoine.

— Que le bon Dieu me préserve de cet homme! s'écria Tinkels. Le premier jour qu'il est venu à la ville, il a voulu ouvrir l'armoire où se trouvaient mes effets. J'ai eu de la peine à l'empêcher de me prendre mes habits. Il vous enlève tout de votre vivant. Je n'aimerais pas à avoir affaire à un tel homme.

— Tant mieux pour vous, répondit Antoine; maintenant écoutez-moi. On a volé au baron un coffret dans lequel il y avait des papiers importants. Le vol a été commis dans le comptoir d'Ehrenthal. Auriez-vous, par hasard, entendu parler de cette soustraction, ou bien soupçonnez-vous quelqu'un d'en être l'auteur? »

Le Gallicien regarda avec inquiétude autour de lui dans la chambre, et dit enfin d'un air résolu en fermant les yeux :

« Je n'en sais rien.

— C'est justement ce que je veux apprendre de vous, et l'argent est pour celui qui me donnera des renseignements à cet égard.

— S'il me faut parler, dit le Gallicien, je parlerai. J'ai appris que l'homme qui porte le nom d'Hippus a crié étant ivre :

« Maintenant nous tenons *Rothschwanz* [1]. Il est perdu. Nous avons
« ses papiers. »

— Et vous ne savez rien de plus? demanda Antoine dans une
grande inquiétude.

— Rien, dit le Gallicien; il y a longtemps de cela, et je n'ai
compris que peu de chose à leur conversation.

—Vos renseignements ne valent pas les deux cents écus qui
sont là sur la table, répondit Antoine après une pause. Ce que
vous m'avez dit est bien peu de chose; mais pour vous montrer
que je tiens à avoir de vous des éclaircissements plus précis,
je vous donne la moitié de la somme; vous aurez le reste dès
que vous m'aurez fourni quelques indices sur le coffret volé
ou sur les papiers dérobés. Cela ne vous est peut-être pas impossible.

— Ce n'est pas possible, dit le Gallicien d'un air positif, en
pesant dans la main le rouleau qu'il avait reçu et en couvant
l'autre des yeux. Ce qu'Itzig fait, il ne le fait pas de manière
qu'un autre puisse contrôler sa conduite; d'ailleurs, je ne suis
qu'un étranger dans la ville, et je ne fais pas d'affaires avec les
fripons.

— Essayez toujours, répondit Antoine. Dès que vous appren-
drez quelque chose, vous viendrez me le dire. Cet argent, je le
mets de côté pour vous. Je n'ai pas besoin de vous recommander la plus grande prudence, ni de vous engager à éviter tout
ce qui pourrait éveiller les soupçons d'Itzig ou de ses affidés. Ne
dites à personne que vous me connaissez.

— Soyez donc tranquille, je ne suis pas un enfant, répondit
Tinkels; mais je crains bien de ne pouvoir guère vous servir
dans cette affaire. »

Le Gallicien s'éloigna après avoir fourré le rouleau d'argent
dans la poche de son cafetan.

Antoine avait appris le nom de celui qui était peut-être l'auteur du vol; cela lui donnait la possibilité de rattacher à ce nom
d'autres perquisitions. Mais la difficulté de recouvrer, sans l'assistance de la justice, les documents qui manquaient, devenait
toujours plus grande. Dans ces circonstances, il prit une résolution qui fut plutôt celle d'un négociant que d'un chargé d'affaires.
La démarche était hardie; mais elle offrait la possibilité de faire
rentrer les papiers dans les mains du baron, en peu de temps et
sans bruit.

---

1. *Rothschwanz* (rouge queue), pour Rothsattel. Cela veut dire : L'oiseau
est pris.

Il voulut se mettre en rapport avec Itzig lui-même, et, vis-à-vis de cet homme rusé et peu consciencieux, chercher à tirer autant que possible parti du peu de renseignements qu'il venait de recueillir. Il sentait déjà combien cette démarche était incertaine et quelle pénible lutte il aurait à soutenir contre Itzig. S'il avait su tous les projets que l'esprit inventif de ce vil agent avait conçus, il aurait encore hésité davantage à faire cette démarche.

Le commis rusé d'Itzig ouvrit la porte à Antoine, qui se trouva bientôt en face de son ancien camarade de classe. L'agent était informé du retour de Wohlfart, et avait eu le temps de se préparer à cette visite. Pendant un moment les deux hommes se considérèrent, s'efforçant l'un et l'autre de lire dans la figure et le maintien de son adversaire, et se préparant au combat qui allait s'engager.

Un contact de plusieurs années avec les hommes et la connaissance approfondie des affaires les avaient habitués tous les deux à garder leur calme et leur sang-froid, et à cacher le but qu'ils poursuivaient. Tous deux étaient également prompts à la réflexion et prudents dans leurs paroles, et tous deux montraient dans leur langage et dans leur geste les formes que les relations commerciales donnent à l'homme d'affaires. Tous deux étaient aujourd'hui dans une grande surexcitation qui colorait la joue d'Antoine et qui couvrait les pommettes de Veitel d'un vif incarnat; mais au regard pénétrant et au maintien sévère de Wohlfart, Itzig opposa un air inquiet et rusé, et un mélange de défi et de soumission. Tous deux reconnurent au premier abord qu'ils avaient affaire chacun à un adversaire dangereux et difficile à vaincre : aussi rassemblèrent-ils toutes leurs forces. La lutte commença. Itzig l'engagea à sa manière.

« Je suis charmé de vous voir chez moi, monsieur Wohlfart, dit-il avec une amabilité outrée. Il y a longtemps que je n'ai eu le plaisir de vous rencontrer; cependant je me suis toujours beaucoup intéressé à vous : nous avons été ensemble à l'école, nous sommes arrivés dans cette ville le même jour, et nous nous sommes poussés tous deux dans le monde. On m'avait dit que vous étiez allé en Amérique. Le monde dit tant de choses! J'espère que vous resterez maintenant ici; peut-être rentrerez-vous au comptoir de M. Schrœter, qui, à ce qu'on assure, vous a vu partir avec chagrin! »

Pendant que ces paroles lui coulaient des lèvres, ses yeux cherchaient à lire sur la figure d'Antoine les idées qui occupaient son visiteur.

Il avait montré le défaut de sa cuirasse en faisant semblant de ne pas savoir exactement où Antoine avait demeuré dans les derniers temps; car, en évitant de prononcer le nom de Rothsattel, il donna à Antoine la ferme conviction qu'il avait des motifs pour ne prononcer ce nom qu'avec une circonspection extraordinaire.

Antoine profita de cette faute de Veitel aussi froidement que si celui-ci n'avait rien dit.

« Je viens, monsieur Itzig, pour vous entretenir au sujet d'une affaire importante. Vous savez tout ce qui concerne la propriété du baron Rothsattel, qui doit être vendue prochainement aux enchères publiques.

— Cette affaire m'est vaguement connue, répondit Veitel en s'appuyant d'un air résolu contre le coin du sofa. J'en ai entendu parler beaucoup, mais d'une manière peu précise.

— Quand vous travailliez au comptoir d'Ehrenthal, vous avez dû connaître les affaires que votre patron a eues pendant plusieurs années avec le baron, et qui concernaient les intérêts de la propriété. Tout cela a passé nécessairement sous vos yeux. Comme la maladie d'Ehrenthal me met dans l'impossibilité de le consulter à ce sujet, je vous prierai de vouloir bien me donner quelques éclaircissements.

— Ce que j'ai pu apprendre, étant teneur de livres au comptoir d'Ehrenthal, dit Itzig, je l'ai appris sous le sceau du secret et je ne puis le communiquer à personne. Je m'étonne que vous me demandiez pareille chose, » ajouta-t-il d'un air rusé.

Antoine répondit avec calme :

« Je ne demande rien qui puisse blesser le sentiment honorable que vous exprimez; je voudrais seulement savoir dans quelles mains se trouvent aujourd'hui les hypothèques dont la terre du baron de Rothsattel est grevée.

— Vous pourrez savoir cela facilement en consultant le grand livre hypothécaire, dit Veitel avec une indifférence bien jouée.

— Vous savez sans doute, reprit Antoine d'une manière agressive, que, pendant ces derniers mois, plusieurs hypothèques ont passé d'une main dans une autre; les possesseurs actuels ne sont pas inscrits sur le livre. On doit supposer que ces actes ont été achetés pour rendre à un amateur l'achat du domaine ou plus facile, ou plus difficile, aux enchères publiques. »

Jusque-là la conversation n'avait été qu'une préparation ordinaire à une lutte sérieuse, comme les premiers coups aux échecs ou bien comme le commencement d'une course. L'impatience d'Itzig fit faire un grand pas à la question.

« Êtes-vous chargé d'acheter le domaine? demanda-t-il tout à coup.

— Admettez que j'aie été chargé de cette commission, répondit Antoine, et que je désire m'assurer votre coopération ; êtes-vous en état de me procurer des renseignements dans le plus bref délai, et voulez-vous vous charger des transactions nécessaires pour l'achat des hypothèques? »

Itzig se mit à réfléchir. Antoine n'intervenait peut-être que pour assurer au baron ou à son ami Fink la propriété aux enchères publiques. En ce cas, il courait le danger de manquer le but secret de ses longs efforts et de ses machinations dangereuses. Si Fink couvrait le baron de sa fortune, Itzig perdait la propriété. Alors il était obligé de suivre une autre route pour tirer de l'argent de M. de Rothsattel. Pendant que dans son trouble il faisait ces réflexions, il remarqua qu'Antoine le regardait d'un air investigateur. Avec la perspicacité que donne la mauvaise conscience, il en conclut qu'Antoine avait deviné quelque chose de ses projets et qu'il voulait en savoir plus long de lui. La proposition qu'il venait de lui faire n'était probablement qu'une feinte. Il s'empressa donc, avec une grande volubilité, de promettre sa coopération, et témoigna l'espoir qu'il parviendrait à découvrir, en temps utile, les possesseurs actuels des hypothèques.

Antoine s'aperçut que le coquin l'avait compris et qu'il se tenait sur ses gardes. Aussi changea-t-il de tactique.

« Connaissez-vous un certain Hippus? » demanda-t-il soudain en fixant les yeux sur son adversaire.

Les paupières d'Itzig palpitèrent un instant, et une légère rougeur reparut sur ses joues. Avec une certaine hésitation, comme s'il cherchait le nom dans sa mémoire, il répondit :

« Oui, je le connais; c'est un homme dégradé et tombé dans la misère. »

Antoine s'aperçut qu'il avait frappé juste.

« Vous vous rappelez peut-être qu'on a volé il y a dix-huit mois un coffret appartenant au baron, et qui renfermait des papiers et des documents d'une grande importance pour M. de Rothsattel. »

Itzig demeura tranquille, ses yeux seulement allaient avec inquiétude d'un objet à l'autre. Aucun étranger n'aurait vu dans ces mouvements l'indice d'une mauvaise conscience; mais Antoine reconnut dans les traits de son ancien camarade de classe d'Ostrau le même jeu de physionomie qu'il avait remarqué chez Veitel, quand on l'accusait d'avoir dérobé une plume ou une feuille de papier. Itzig savait ce que les actes étaient devenus et il était instruit du vol.

Enfin, il répondit d'un ton d'indifférence :

« J'ai entendu parler de ce coffret ; c'était peu de temps avant ma sortie de la maison d'Ehrenthal.

— C'est bien, continua Antoine. Les papiers volés ne pouvaient être d'aucune valeur pour le voleur ; mais on peut présumer que ces papiers sont tombés d'une manière quelconque dans les mains d'une personne tierce de cette ville.

— Ce n'est pas impossible, répondit Itzig ; mais je ne regarde pas comme vraisemblable qu'une personne conserve si longtemps des papiers sans valeur.

— Je sais, continua Antoine, que ces papiers existent, et je sais même qu'on doit s'en servir pour soutirer de l'argent au baron. »

Itzig s'agita sur sa chaise ; il regarda à terre devant lui, et les taches de sa joue devinrent plus rouges ; mais il se tut, et Antoine fit une pause. Tous deux restèrent en face l'un de l'autre à réfléchir. Enfin Veitel, ne pouvant garder plus longtemps le silence, fit de nécessité vertu, et se forçant de regarder son adversaire, il lui demanda d'une voix rauque :

« Pourquoi me faites-vous toutes ces questions ?

— Je ne vous laisserai pas ignorer ce que je veux, dit Antoine. Je sais que les papiers sont dans la ville ; je suis certain qu'avec votre habileté il vous sera facile d'en découvrir le détenteur. Vous obtiendrez de cet Hippus les éclaircissements dont vous pourriez avoir encore besoin.

— Pourquoi de cet homme ? demanda vivement Veitel.

— Il a tenu devant témoins des propos qui démontrent qu'il connaît parfaitement le contenu de ces papiers. »

Itzig serra les dents, et on n'entendit qu'un murmure comprimé, qui, traduit en paroles, aurait signifié : « Le misérable ivrogne ! »

Antoine continua :

« Le baron a déjà racheté les droits qu'Ehrenthal avait sur les créances volées, en déposant au tribunal la somme réclamée. Le coffret et son contenu sont la propriété du baron. Si par votre entremise ces papiers peuvent être recouvrés et remis entre les mains de M. de Rothsattel ou de son mandataire, le baron, qui tient moins à poursuivre le voleur qu'à rentrer en possession des papiers, récompenserait généreusement celui qui lui ferait ravoir ces pièces. »

Cette proposition ne laissait pas d'être très-séduisante pour Itzig ; car le crime commis de connivence avec Hippus lui pesait

normément, et il se voyait avec une répugnance toujours croissante accolé à cet ivrogne déchu. Si le baron trouvait de l'argent
pour se relever, et si lui-même il devait renoncer à l'espoir
d'acquérir la propriété si ardemment convoitée, le moment était
venu où pour une bonne somme il pouvait restituer au baron le
fatal coffret. Mais, d'un autre côté, l'affaire proposée était bien
hasardée, si après la remise des pièces Antoine songeait encore à
poursuivre le voleur. Aussi Itzig demanda-t-il :

« Si le baron tient tant à recouvrer le coffret, comment se fait-il
donc que ni Ehrenthal, ni le baron lui-même, n'aient fait aucune
démarche quand ce précieux coffret disparut ? Je n'ai pas appris
que la police en ait été informée et qu'on se soit livré à aucune
investigation. »

Cette audace révolta Antoine. Il répondit avec irritation:

« Le vol fut accompagné de circonstances qui devaient rendre
une enquête pénible pour Ehrenthal. Ce coffret disparut de son
comptoir qu'il avait fermé ; peut-être cette circonstance empêcha-
t-elle une enquête. »

Itzig repartit :

« Si je ne me trompe, Ehrenthal aurait dit alors à ses amis que
l'enquête n'avait pas eu lieu par égard pour le baron. »

Antoine sentit profondément le coup que venait de lui porter
Itzig. Il pensa à Lenore, à toutes les humiliations que la famille
avait éprouvées dans les derniers temps, et ne conserva son calme
qu'avec peine en disant: « Peut-être le baron avait-il aussi ses
motifs pour étouffer l'affaire. »

Veitel recouvra alors toute son assurance. Il reconnut au dépit
mal comprimé d'Antoine combien celui-ci sentait vivement la
nécessité de ménager le baron. La proposition était faite sérieusement, et M. de Rothsattel avait peur du voleur. Reprenant
aussitôt tout son sang-froid, Itzig, avec son adresse et son habileté, glissa comme une anguille entre les doigts de son adversaire,
et dit tranquillement :

« Autant que je connais Hippus, c'est un homme peu sûr, qui
s'enivre souvent. S'il a dit quelque chose pendant son ivresse, je
crains bien que cela ne vous serve pas beaucoup pour rentrer en
possession des pièces que vous cherchez. Vous a-t-il donné des
indications précises sur lesquelles nous puissions baser nos
offres ? »

Antoine eut alors besoin de bien se tenir sur ses gardes.

« Il a fait devant témoins des dépositions qui prouvent qu'il
connaît les pièces, qu'il sait où elles se trouvent et qu'il a l'intention de s'en servir dans un but quelconque.

— Peut-être cela suffit-il à un homme de loi; mais celane suffit pas à un homme d'affaires pour traiter avec lui, continua Veitel. Savez-vous exactement ce qu'il a dit? »

Antoine, parant le coup qu'on lui portait, frappa son adversaire en disant :

« Les propos tenus par Hippus sont connus de moi et de plusieurs autres personnes. »

Itzig, voyant qu'il se trouvait sur un terrain glissant, l'abandonna et demanda :

« Quelle somme le baron veut-il donner pour retrouver ces papiers? Je veux dire, ajouta-t-il en revenant sur ses pas, est-ce une affaire qui vaille la peine qu'on lui consacre son temps et ses soins? J'ai en ce moment-ci beaucoup d'autres choses sur les bras. Vous ne demandez pas que pour quelques pièces d'or je perde mon temps à découvrir une chose de si peu d'importance et si difficile à saisir que des papiers qu'un autre a intérêt à cacher. »

Il y a plusieurs années, quand les deux hommes placés aujourd'hui comme adversaires en face l'un de l'autre se rendaient à la capitale, c'était Veitel qui était à la recherche de papiers dont il croyait alors, dans son ignorance des affaires, que devait dépendre le bonheur de son avenir. Dans ce temps il s'était montré disposé à acheter la propriété du baron pour Antoine. Aujourd'hui, c'était au contraire Wohfart qui était à la recherche de documents secrets et qui demandait à Veitel le domaine du baron. La science était venue à Veitel. Il avait trouvé des recettes mystérieuses, il retenait entre ses mains et pour lui-même le domaine du baron. Les destinées approchaient du dénoûment. Tous deux songèrent dans le même moment au jour où ils avaient fait route ensemble pour la capitale.

Antoine répondit :

« J'ai plein pouvoir pour m'entendre avec vous sur la somme; mais je vous fais observer que l'affaire presse. C'est pourquoi je vous prie de me déclarer avant toutes choses si vous êtes disposé à remettre les documents au baron de Rothsattel et à prendre activement nos intérêts dans le rachat des hypothèques.

— Je prendrai des renseignements et je réfléchirai si je puis vous servir, » répondit Veitel froidement.

Antoine demanda du même ton :

« Combien de temps vous faut-il pour prendre une résolution?

— Trois jours, répondit l'agent.

— Je ne puis vous accorder que vingt-quatre heures, dit Antoine d'une manière positive; si d'ici là vous ne me donnez pas une réponse précise, j'aurai recours, comme fondé de pouvoir du baron, aux moyens les plus extrêmes pour rentrer en possession des pièces, ou pour mieux me convaincre de leur destruction. Tout ce que je sais sur le vol de ces papiers et sur l'endroit où ils sont cachés en ce moment, je le mettrai à profit pour découvrir les coupables. »

Il tira sa montre, et indiquant le cadran, il ajouta:

« Demain, à la même heure, je viendrai chercher votre réponse. »

Ainsi se termina l'entrevue fatale.

Quand Antoine ferma la porte derrière lui, la résolution d'Itzig était prise. Il jeta encore un regard de crainte et de haine sur son ancien camarade d'école, devenu alors son ennemi le plus dangereux. Il savait actuellement combien Antoine agissait dans l'intérêt du baron. Il pressentait vaguement qu'Antoine avait commencé à entrer en rapport avec la famille du baron à partir du jour où la fille de M. de Rothsattel avait promené Wohlfart en bateau sur l'étang, tandis qu'Itzig regardait ce spectacle au milieu de la poussière de la grande route. Il commençait à croire qu'Antoine tendait à la possession du même domaine par une tout autre voie que lui. Cette pensée réveilla l'orgueil de son âme égoïste et le raffermit dans ses projets.

« Il y a encore huit jours, murmura-t-il, d'ici à mes fiançailles avec Rosalie. Le lendemain, je trouverai les créances dans quelque coin du comptoir d'Ehrenthal; alors Rothsattel et ses amis accepteront les conditions que je leur poserai. Par la seule menace d'en référer au tribunal et de faire connaître la conduite du baron aux hommes de loi, je force Wohlfart à passer par où je voudrai. Huit jours encore; je le tiendrai jusque-là en échec, et après cela j'aurai gagné. »

Quand, au bout de vingt-quatre heures, Antoine revint à la demeure d'Itzig, il trouva la porte fermée. Il y retourna deux fois dans la même soirée, mais il ne trouva personne. Le lendemain le rusé commis d'Itzig le reçut et répondit:

« M. Itzig est parti pour un voyage; il se peut qu'il revienne dans une heure comme il se peut aussi qu'il ne soit visible que dans quelques jours. »

A la loquacité du commis, Antoine reconnut qu'on lui avait soufflé son rôle.

De chez Itzig, Antoine alla trouver un agent qui passait pour être le membre le plus habile de la police secrète, extrêmement adroit à découvrir les trames les mieux ourdies. Il le consulta, après lui avoir communiqué avec réserve les faits relatifs au vol du coffret et de son contenu. Il exprima le soupçon que le vol avait été commis par l'avocat Hippus, de connivence avec Itzig, et il ne cacha pas les avis incomplets que le respectable M. Tinkels lui avait donnés.

L'agent de police écouta le rapport d'Antoine avec une grande attention et dit enfin :

« Parmi ces données insuffisantes, le nom d'Hippus est l'indice le plus intéressant. C'est un individu très-dangereux, mais sur qui je n'ai jamais pu bien mettre la main. Il a été souvent puni pour des manœuvres frauduleuses et de petites friponneries, et il est placé sous la surveillance de la police. Quant à l'autre personne que vous m'avez citée, je n'ai pas sur elle les mêmes droits. D'ailleurs les indices que vous me donnez sont si vagues, qu'une poursuite judiciaire paraît à peine praticable. De plus, le vol, qui aurait été commis il y a plus d'un an, n'a pas même été dénoncé officiellement à la police.

— Me conseillez-vous, demanda Antoine, d'après ce que vous savez d'Hippus, d'aller le trouver et de tenter d'obtenir à l'amiable les pièces disparues ? »

L'agent de police répondit en haussant les épaules : « Pour moi, je ne vous donnerais pas un tel conseil ; je crois même que cette démarche ne serait couronnée d'aucun succès : car si cet homme suspect a par hasard disposé de ces documents au profit d'un tiers, il en est nécessairement dessaisi. Et qu'il trahisse son complice, c'est ce qu'on ne saurait admettre.

— Ainsi, dans ces circonstances, vous êtes tout à fait hors d'état de nous aider à recouvrer ces papiers ? demanda Antoine.

— Comme la première condition de mon concours est que le vol soit dénoncé et que les objets volés soient désignés aussi exactement que possible, je ne puis pas encore vous prêter un secours direct dans vos investigations. Mais puisque vous m'avez désigné comme principal coupable M. Hippus, à qui je m'intéresse très-particulièrement, je ferai tout ce qui est en mon pouvoir pour arriver au résultat désiré. Aujourd'hui même je pratiquerai chez lui une perquisition domiciliaire, mais je puis vous prédire que nous ne trouverons rien. Je suis même tout disposé à faire une autre visite domiciliaire quelques jours après, au risque d'exposer ma réputation d'habileté aux yeux du brave Hippus : car le stratagème qui consiste à rassurer les voleurs par une première perquisition superficielle peut être efficace lorsqu'on a affaire à des novices ; mais avec un homme aussi adroit que Hippus, ce moyen ne me vaudrait que son mépris. Il est

certain que nous ne trouverons pas plus la seconde fois que la
première.

— Et quel avantage peut résulter pour moi de cette recherche? demanda Antoine résigné.

— Un plus grand que vous ne croyez. Puisque vous êtes déjà
entré en rapport avec Itzig, notre action directe facilitera vos
démarches ; car une visite domiciliaire inquiète d'ordinaire les
personnes suspectées. Sans savoir au juste de quel œil Hippus
regardera mon intervention, je ne crois pas me tromper en disant
qu'elle lui causera un certain déplaisir. Cela pourra vous aider
dans vos efforts. J'aurai soin, en outre, que la première visite
domiciliaire soit faite d'une manière maladroite et bien osten-
sible. Heureusement il a aujourd'hui un domicile fixe; pendant
quelque temps nous ne l'avons pas molesté ; cela l'a rassuré.
J'apprends encore qu'il se fait vieux et infirme. Tout cela pourra
nous aplanir les voies pour prendre cet homme d'une manière
quelconque. »

Force fut à Antoine de se contenter de cet ultimatum.

IV

Par une sombre soirée de novembre, le brouillard s'était ap-
pesanti sur la ville ; il remplissait les vieilles rues et les places,
et pénétrait dans les maisons par les portes ouvertes. Il enve-
loppait les lanternes des rues, dont la lumière vacillait dans une
boule de vapeur rougeâtre et n'éclairait pas le sol à trois pas de
distance; il flottait sur la rivière et s'y déroulait en masses
épaisses. Une traînée de formes grises à longs voiles s'étendait
au-dessus des eaux noires et des vieux pilotis, passait au-dessous
des ponts : c'était une bande fantastique de vapeurs pestilentielles.
Elles grimpaient le long des marches des escaliers, s'attachaient
aux piliers de bois des galeries et s'agitaient violemment dans
tous les sens. Parfois il se formait des jours entre les sombres
vapeurs du brouillard, et on apercevait alors l'eau trouble qui
passait comme un noir fleuve des enfers à côté des demeures des
hommes.

Les rues étaient désertes; çà et là on voyait une figure appa-
raître près d'une lanterne, et s'évanouir immédiatement après au
milieu des ténèbres. Parmi ces rares apparitions, on aurait pu
distinguer un petit homme rabougri, qui, d'un pas mal assuré,

avançait avec peine et se glissait sous les lanternes aussi vite que le lui permettaient ses pieds chancelants. Il pénétra par le vestibule dans la cour où était le comptoir d'Itzig, et leva ses yeux vers les fenêtres de l'agent d'affaires. Les rideaux étaient baissés, mais à travers les fentes on voyait passer une ligne de lumière; le petit homme essaya de se tenir debout, regarda fixement la lumière, leva le poing et le secoua d'un air menaçant. Puis il monta l'escalier et sonna avec force deux ou trois fois. Enfin, on entendit un pas léger, la porte s'ouvrit, le petit homme entra comme une ombre et traversa l'antichambre, que Veitel Itzig ferma derrière lui. Itzig était encore plus pâle que de coutume, et ses yeux observèrent avec trouble la figure de l'hôte fâcheux qui venait le déranger si tard. Si Hippus n'avait jamais offert le type d'une mâle beauté, il avait aujourd'hui surtout un air repoussant. Ses joues étaient caves, sur sa vilaine figure il y avait un mélange de peur et de défi, et par-dessus les verres ternes de ses lunettes ses yeux erraient malicieusement sur son ancien disciple. Il était certainement encore ivre; mais une angoisse fébrile avait jeté l'alarme dans ses esprits et avait paralysé momentanément l'effet de l'alcool.

« Ils sont à mes trousses, cria-t-il en faisant en l'air avec ses mains des gestes pleins d'inquiétude. Ils me cherchent!

— Qui est-ce qui vous chercherait? demanda Itzig, qui savait fort bien de quoi il était question.

— Et qui donc, coquin, si ce n'est la police? cria le vieillard. C'est toi qui me causes tous ces embarras. Je ne puis plus retourner chez moi. Il faut que tu me caches.

— Nous n'en sommes pas encore là, répondit Veitel avec tout le sang-froid dont il pouvait disposer. D'où savez-vous que les agents de police sont sur vos talons?

— Les enfants dans la rue en parlent entre eux, s'écria Hippus. C'est dans la rue que je l'ai entendu dire, au moment où j'allais grimper dans mon taudis. C'est un hasard qu'ils ne m'aient pas trouvé dans ma chambre. Ils sont là devant la porte de ma maison, dans l'escalier, et ils attendent mon retour. Il faut que tu me caches, je veux de l'argent pour passer la frontière; je ne saurais rester ici plus longtemps. Il faut que tu m'aides à partir.

— A partir! s'écria Veitel d'un air sombre; où veux-tu aller?

— Je veux aller où la police ne me rattrapera pas; je veux passer la frontière, aller en Amérique....

— Et si moi je ne veux pas? dit Itzig d'un air méchant et décidé.

— Es-tu encore assez novice, vaurien, pour ne pas savoir ce que je ferai, si tu ne me tires pas d'embarras ? Au tribunal criminel ils auront des oreilles pour entendre ce que je sais sur ton compte.

— Vous ne serez pas assez méchant pour trahir un vieil ami, dit Itzig d'un ton de voix qu'il s'efforçait en vain de rendre ferme. Regardez l'affaire avec plus de calme ; quel danger y a-t-il en définitive pour vous s'ils vous arrêtent ? Qui peut prouver quelque chose contre vous ? Faute de preuves, il faudra bien qu'ils vous relâchent.

— Vraiment ! dit le vieillard exaspéré. Crois-tu que j'irai en prison pour un faquin comme toi ? Tu t'imagines bonnement que je me laisserai incarcérer au pain et à l'eau, tandis que toi tu mangerais de l'oie rôtie et que tu te moquerais du vieil imbécile d'Hippus ! Je ne veux pas aller en prison, je veux partir, et, jusqu'à ce que je puisse partir, il faut que tu me caches.

— Vous ne pouvez pas rester ici, répondit Veitel d'un air sombre. Il n'y a de sûreté ici ni pour vous ni pour moi ; Jacob vous trahira, et les gens de la maison s'apercevront que vous êtes ici.

— C'est ton affaire de me caser comme tu pourras, dit Hippus, mais j'exige que tu me tires de là ; sinon....

— Taisez-vous, interrompit Veitel, et écoutez-moi : quand même je voudrais vous donner de l'argent pour vous faire prendre le chemin de fer jusqu'à Hambourg et vous aider à vous embarquer, je ne puis cependant pas le faire tout de suite ni en mon nom. Il faut que pendant la nuit vous soyez transporté à quelques lieues de la ville, jusqu'à une petite station du chemin de fer. Je ne puis pas louer pour vous une voiture ; cela vous trahirait, et, dans l'état où vous vous trouvez, vous êtes trop faible pour faire la course à pied. Il faut que je cherche une occasion pour vous faire quitter la ville. En attendant, je vous conduirai dans un autre endroit, où la police ne soupçonne pas que j'aille moi-même, car je crains qu'elle ne vienne vous chercher chez moi. Si vous ne rentrez pas chez vous, elle vous cherchera peut-être dès cette nuit. Je veux tâcher de vous procurer une voiture et de découvrir un endroit où vous puissiez vous cacher. En attendant mon retour, restez dans la chambre du fond. »

Il ouvrit la porte. Hippus s'y glissa comme une chauve-souris poursuivie. Veitel voulut fermer la porte derrière lui ; mais le vieillard, irrité, passa son corps entre la porte et cria plein de rage : « Je ne veux pas rester dans l'obscurité comme un rat ; laisse-moi de la lumière, Satan, cria-t-il tout haut, je veux de la lumière.

— On verra d'en bas qu'il y a de la lumière dans la chambre. Cela vous trahira.

— Je ne veux pas rester dans les ténèbres, » cria de nouveau Hippus.

En partant, Veitel prit la lampe et la porta dans la seconde pièce ; ensuite il ferma la porte et courut dans la rue.

Il approcha avec précaution de la maison de Lœbel Pinkus. Tout y était tranquille ; du vestibule il regarda par la petite fenêtre du guichet dans le cabaret, où Pinkus et quelques habitués étaient assis avec toute la quiétude d'une bonne conscience.

Il monta à la chambre qu'il avait occupée autrefois, sortit d'un coin caché quelques vieilles clefs rouillées, entra avec circonspection dans la salle où couchaient les voyageurs, et vit avec plaisir qu'elle était vide et non éclairée. Il courut à la galerie, s'y arrêta un instant et regarda les masses mouvantes de brouillard et les eaux sombres. Le moment était favorable ; il fallait se presser d'en profiter, car un courant d'air irrégulier passait par-dessus l'eau ; on remarquait déjà une grande agitation dans le ciel couvert des ombres de la nuit ; les sombres nuages se déchiraient en passant sur la rivière ; en peu de temps le vent allait aussi balayer les ombres au-dessus d'elle, faire ressortir les contours des maisons et rendre la clarté aux lanternes qui brillaient au coin de la rue comme des points rouges.

Itzig courut au bout de la galerie et mit une clef dans la porte qui cachait l'entrée de l'escalier conduisant à la rivière. La porte s'ouvrit en criant sur ses gonds ; il descendit jusqu'au bord et examina la hauteur de l'eau. Elle avait un son sourd et venait se briser avec impétuosité contre les dernières marches de l'escalier. Le passage, praticable presque toute l'année le long des maisons, se trouvait en ce moment inondé. Mais on n'avait qu'à faire quelques pas dans l'eau pour arriver de cet escalier à celui de la maison d'à côté. Veitel regarda fixement la rivière et mit son pied dans l'eau froide comme la glace, pour tâter jusqu'où il fallait descendre pour arriver au fond. Telle était sa sollicitude pour le vieil Hippus qu'il ne prit pas garde au froid, il ne le sentit même pas. L'eau lui alla jusqu'au genou. Il jeta encore un regard sur les maisons du voisinage ; il n'y avait tout autour que ténèbres, vapeurs et un silence de mort. L'eau et le vent murmuraient d'une manière plaintive.

Cependant Hippus essayait de s'orienter et de se caser dans la chambre où il était enfermé. Après avoir lancé contre Veitel d'horribles imprécations, il exerça son esprit troublé à examiner cette chambre. Soudain se recueillant, il approcha d'une armoire, tourna la clef et chercha quelque liquide qui pût le fortifier et rafraîchir sa langue collée à son palais. Il trouva une bouteille de rhum, en remplit un grand verre à bière et l'avala presque d'un trait, malgré la force de cette liqueur. Une sueur froide coula aussitôt sur le front du malheureux; il tira les débris d'un mouchoir de poche et s'essuya la figure; puis, d'un pas chancelant et avec une croissante assurance, il se promena de long en large dans la chambre en poussant des exclamations.

« C'est un gueux, un lâche et misérable poltron, un sordide trafiquant : si je voulais lui vendre un vieux mouchoir, il l'achèterait, c'est dans sa nature, c'est un être méprisable ; et il veut me braver, il veut me loger en prison, tandis que lui resterait sur son canapé, près d'une bouteille de rhum? Le coquin! » A ces mots il prit la bouteille vide et la jeta avec fureur contre le sofa; la bouteille vola en éclats contre le bois du dossier. « Qu'était-il? continua Hippus avec une colère croissante. Un mauvais petit trafiquant. Grâce à moi, il est devenu ce qu'il est; je lui ai appris à siffler, le benêt! Il faut qu'il danse quand je le siffle; il n'est bon que comme un appeau pour attirer les oiseaux. Moi, je suis l'oiseleur. Je suis ton oiseleur, vil coquin. »

Il essaya alors de chanter. « Gai, gai! réjouissons-nous! » Et il leva les jambes et essaya de gambader dans la chambre. Une sueur froide lui coula encore du front, il tira de nouveau le chiffon, s'essuya la figure et remit avec soin le lambeau dans sa poche. « Il ne reviendra pas, cria-t-il tout à coup. Il me laisse là, ils me trouveront ici. »

Il courut à la porte et la secoua fortement. « Il m'a enfermé, un juif m'a mis sous clef! cria Hippus piteusement, et il se tordit les mains. Je suis condamné à mourir de faim et de soif dans cette prison. Oh! oh! il a mal agi envers moi, il s'est conduit comme un misérable envers son bienfaiteur; c'est un fils ingrat et perverti, un profond scélérat! » Et il se mit à sangloter. « Je l'ai soigné quand il a été malade; je lui ai appris des tours de toute espèce; j'ai fait de lui un homme, et c'est ainsi qu'il récompense son vieil ami! »

Le pauvre avocat pleura tout haut et se tordit les mains. Tout à coup il s'arrêta devant la glace sur laquelle tombait la lumière. Plein d'effroi, il regarda la figure que la glace reflétait. Son regard devint toujours plus furieux, le feu de ses yeux toujours plus ardent. Du miroir, son œil passa au cadre; il redressa ses lunettes dérangées et remua la tête en l'examinant. Il lui semblait que cette glace ne lui était pas inconnue. Le hasard avait-il apporté un meuble de son ancienne vie brillante dans la friperie secrète de Pinkus et de là dans la maison d'Itzig, ou bien l'ivrogne n'était-il trompé que par une ressemblance? Toujours est-il que le souvenir de sa destinée le remplit de rage. « C'est ma glace, cria-t-il tout haut, c'est ma propre glace que le coquin a dans sa chambre! » Se démenant comme un fou, dans sa démence furieuse, il saisit une chaise et la poussa avec ses pieds contre la glace. Brisée en mille morceaux, elle tomba à terre; mais, ivre-mort, Hippus poussait toujours la chaise contre le cadre en criant sans cesse :

« Cette glace était autrefois dans ma chambre; le coquin me l'a volée, il m'a pris mon bien! Que le diable l'emporte! »

Dans ce moment Veitel entra précipitamment. Il avait entendu de l'antichambre un bruit épouvantable, et il s'attendait aux choses les plus affreuses. Quand l'avocat vit entrer Veitel, il s'élança sur lui en tenant la chaise en l'air et en criant: « Tu m'as plongé dans la misère, tu me le payeras! » En même temps il dirigea un coup contre la tête d'Itzig. Celui-ci saisit la chaise, la jeta de côté, et empoigna le vieillard avec une force irrésistible. Hippus, tout en se défendant contre Itzig comme un chat furieux, appela toutes les malédictions possibles sur la tête de son bourreau, qui le poussa avec force dans un coin du sofa et lui dit tout bas en le tenant serré fortement :

« Vieil insensé, si vous ne vous taisez pas, c'en est fait de vous! »

Hippus vit dans les yeux d'Itzig, braqués sur les siens, qu'il devait s'attendre aux plus mauvais traitements de la part de son ancien disciple irrité. Aussitôt sa fureur l'abandonna; épuisé, il s'affaissa, et gémit tout bas en tremblant de tout son corps :

« Il veut me tuer!

— Non pas! fou ivre que vous êtes, si vous vous tenez tranquille! Quel démon vous pousse à saccager ma chambre?

— Il veut me tuer, gémit le vieillard, parce que j'ai retrouvé ma glace.

— Vous êtes fou, cria Veitel en le secouant; rassemblez vos forces, vous ne pouvez pas rester ici. Il faut que vous partiez. J'ai une cachette pour vous!

— Je n'irai pas avec toi, dit le vieillard en gémissant, tu veux m'assassiner. »

Veitel poussa un horrible juron, prit le chapeau râpé d'Hippus, le lui enfonça sur la tête, saisit le vieillard par la nuque et cria :

« Il faut que vous me suiviez, ou c'en est fait de vous. La police viendra vous chercher ici pour vous arrêter si vous tardez encore un instant. Venez, ou bien vous me forcerez à vous faire du mal ! »

La force du vieillard était brisée. Il chancela ; Veitel le prit sous le bras et entraîna le malheureux qui n'opposait aucune résistance. Après l'avoir tiré hors de l'appartement, il lui fit descendre l'escalier, guettant avec anxiété s'il ne rencontrerait personne. Tout était calme. L'avocat reprit un peu ses esprits au grand air, et Veitel lui dit tout bas à l'oreille :

« Soyez tranquille, suivez-moi, je vais vous expédier.

— Il veut m'expédier ! » murmura l'avocat machinalement, et il avança en courant à côté d'Itzig.

Quand ils arrivèrent près de l'auberge, Veitel marcha avec plus de précaution ; il entraîna son compagnon dans le sombre vestibule et dit tout bas :

« Prenez ma main et montez doucement avec moi l'escalier. »

Ils entrèrent ainsi dans la grande salle, qu'ils trouvèrent encore vide comme elle l'était auparavant. Veitel se sentit allégé d'un grand poids.

« A côté de la maison, il y a une cachette où il faut entrer.

— Il faut y entrer, répéta le vieillard.

— Suivez-moi, » cria Veitel, et il entraîna l'avocat sur la galerie, et de là en bas de l'escalier couvert.

Le vieillard descendit les marches en chancelant, et se cramponna à l'habit de son guide, qui était presque obligé de le porter. C'est ainsi que de marche en marche ils arrivèrent jusqu'à la dernière, au-dessus de laquelle coulait le torrent. Veitel marcha devant et entra dans l'eau jusqu'au genou, en s'efforçant d'entraîner avec lui le vieillard.

Hippus, sentant l'eau mouiller son pied, s'arrêta et cria tout haut :

« De l'eau !

— Silence ! murmura Veitel avec colère. Ne prononcez pas un mot.

— De l'eau ! cria encore le vieillard. Au secours ! il veut m'assassiner ! »

Veitel saisit Hippus et lui mit la main sur la bouche pour étouffer ses cris ; mais l'effroi de la mort avait ranimé encore une fois les esprits de l'avocat ; il leva le pied, remonta une marche, et se cramponna de toute sa force à la balustrade en criant :

« Au secours!

— Misérable fou! » grommela Veitel rendu furieux par cette résistance opiniâtre; et d'un coup il enfonça à Hippus son vieux chapeau sur la tête, le saisit lui-même avec toute sa force par la cravate, et le précipita dans la rivière. L'eau rejaillit; on entendit la chute d'un corps et un bouillonnement sourd. Puis le silence se rétablit.

Au milieu des voiles d'un gris de plomb qui flottaient sur la rivière, on aperçut encore une masse sombre que le cours de l'eau emportait. Bientôt elle eut disparu. Les ombres fantastiques du brouillard la couvrirent, et les flots passèrent par-dessus. L'eau se brisa avec un son plaintif contre les poteaux et les marches de l'escalier, et le vent de la nuit fit entendre son sifflement monotone.

L'assassin demeura quelques instants immobile dans les ténèbres, appuyé contre les pilotis; puis il monta lentement et toucha le drap de ses vêtements pour voir jusqu'où il était trempé. Il songea à les sécher cette nuit même auprès du feu de son poêle. Il vit le feu allumé et lui même assis à côté en robe de chambre, comme il faisait d'habitude quand il réfléchissait à ses affaires. S'il avait jamais dans sa vie joui d'un repos agréable, c'était dans les moments où, fatigué des courses et des soucis du jour, il mettait du bois dans le poêle et se chauffait jusqu'à ce que ses yeux se fermassent involontairement. Il sentait aujourd'hui encore tout le poids de la journée, et cela lui aurait fait du bien de s'endormir près d'un bon feu. Il resta quelque temps à rêvasser dans un état intermédiaire entre la veille et le sommeil. Il éprouvait intérieurement comme une sourde oppression, une douleur qui l'empêchait de respirer et qui lui serrait la poitrine comme avec des crampons de fer. Il songea alors à la masse qu'il venait de jeter dans l'eau; il la voyait encore plonger dans le courant; il entendait le murmure des vagues, et il se rappelait le chapeau qu'il avait enfoncé sur la tête d'Hippus : car c'était le dernier objet qui lui eût apparu, et il l'avait frappé par sa forme bizarre. Il voyait distinctement le vieux chapeau usé, avec le bord à moitié arraché, et deux grosses taches d'huile sur le dessus. C'était un affreux chapeau. En y pensant, il s'aperçut qu'il pouvait sourire s'il voulait. Cependant il ne rit pas. Pendant que son esprit à moitié engourdi voltigeait autour de la plaie qui lui faisait mal intérieurement, il était remonté. Quand il tourna la porte de l'escalier, il regarda encore une fois le sombre passage par lequel, peu d'instants auparavant, deux hommes étaient descendus, tandis qu'il n'en remontait plus qu'un seul.

Il baissa ses regards sur la surface grise de l'eau, et il sentit de nouveau une sourde oppression. Il traversa la grande salle et descendit l'escalier en toute hâte; dans le vestibule il rencontra un des étrangers qui habitaient dans ce caravansérai. Tous deux passèrent rapidement à côté l'un de l'autre sans s'adresser la parole.

Cette rencontre donna un autre cours aux pensées d'Itzig. Était-il en sûreté? Un brouillard épais couvrait toujours les rues. Personne ne l'avait vu entrer dans la maison avec l'avocat; personne ne l'avait reconnu en sortant. Quand on trouverait Hippus dans l'eau, ce serait alors que commencerait l'enquête. N'aurait-il rien à craindre?

L'assassin pensait à tout cela aussi tranquillement que s'il le lisait dans un livre. Au milieu de ces réflexions, il se demanda tout à coup s'il avait son étui à cigares sur lui et pourquoi il ne fumait pas. Tout en creusant cette idée assez longtemps, il arriva chez lui. Il ouvrit la porte. La dernière fois qu'il l'avait ouverte, il se faisait un bruit effroyable dans la seconde pièce. Il s'arrêta et prêta l'oreille comme pour s'assurer s'il n'entendait pas le même bruit. Il voulait absolument l'entendre. Il n'y a que peu d'instants encore il l'avait entendu. Oh! que n'eût-il pas donné pour que ces derniers instants n'eussent pas existé? Il sentit de nouveau la sourde douleur, mais toujours de plus en plus forte. Il entra dans la chambre; la lampe brûlait encore, les tessons de la bouteille de rhum étaient encore épars autour du sofa, le mercure de la glace brillait par terre comme des pièces d'argent.

Veitel, épuisé, s'assit sur une chaise et regarda fixement les débris de sa glace. Il lui vint dans l'idée que, dans son enfance, sa mère lui avait raconté une histoire dans laquelle il tombe des pièces d'argent sur le plancher de la chambre d'un pauvre homme. Il voyait sa bonne mère assise au foyer, et lui-même à côté d'elle tout petit garçon. Il se voyait encore regardant à terre, et attendant avec curiosité si les pièces blanches ne tomberaient pas aussi devant lui. Maintenant, sa chambre avait le même air que s'il y était tombé une pluie d'écus d'argent. Il éprouva encore quelque chose du transport inquiet qu'il avait éprouvé quand, enfant, sa mère lui raconta cette histoire; et, au milieu de ce souvenir, il sentit de nouveau intérieurement la sourde oppression, sans qu'il pût dire d'où elle lui venait.

Il se leva pesamment, s'accroupit par terre, et ramassa les éclats de verre. Il remit ces éclats dans le coin d'une armoire; quant au cadre du miroir, il l'enleva de dessus le mur et le plaça à l'envers dans un coin. Puis il prit la lampe et le verre qu'il avait l'habitude de remplir d'eau pour la nuit; mais, en prenant le verre, il fut saisi d'un frisson de fièvre et le remit à sa place; car celui qui n'était plus avait bu dans ce verre. Il mit la lampe devant son lit et se déshabilla. Il cacha son pantalon dans l'armoire; il en sortit un autre et frotta les bouts contre ses bottes pour les salir, puis il éteignit la lampe; et quand la mèche flamba encore une fois avant de s'éteindre, il lui vint à l'esprit, comme une chose indifférente, que le monde compare la flamme d'une lumière avec la vie d'un homme. Il avait éteint une lampe. Et il sentit encore de la douleur à la poitrine, mais faiblement; sa force était épuisée, ses nerfs étaient détendus, il s'endormit. L'assassin dormit!

Mais à son réveil, que lui serviront les ruses avec lesquelles son esprit bouleversé recherche, comme dans un accès de folie, toutes les petites images qu'il peut découvrir au milieu des ténèbres, pour éviter une seule pensée qui l'oppresse et l'étouffe? A son réveil il sentira dans un demi-sommeil le repos le quitter, et l'angoisse et le désespoir entrer dans son âme; il sentira encore en rêve combien l'oubli est doux et combien la pensée est terrible; il se débattra contre le réveil, mais en se débattant il sentira la douleur plus forte, plus navrante. Enfin, forcé d'ouvrir les yeux à la lumière, plein de désespoir, il verra devant lui un présent horrible et un avenir épouvantable.

Il essayera de voiler, pour ne plus l'apercevoir, la figure du spectre; il rassemblera tous les motifs possibles pour pallier la monstruosité de son forfait. Il pensera combien Hippüs était vieux, cassé, misérable et méchant; il cherchera à se prouver qu'un hasard seul a amené la catastrophe, un mouvement fébrile de son bras, causé par une fureur subite; malheureux hasard, qui a fait que le vieillard n'a pas pu s'appuyer fermement sur ses pieds! Ensuite il lui viendra tout à coup à l'esprit qu'il pourrait bien être suspecté et accusé. Une angoisse brûlante colorera sa figure livide, le pas du serviteur dans l'escalier le remplira d'effroi; il prendra le bruit d'une barre de fer sur les pavés de la cour pour le bruit des armes de ceux que la justice envoie contre lui. Son esprit travaillera sans cesse, pendant que troublé il courra en long et en large dans sa chambre; il repassera dans sa tête chacun de ses actes de la veille; il se rappellera chacun de ses gestes, chacune

les paroles qu'il aura prononcées; et pour chaque particula-
rité il cherchera à se prouver qu'il est impossible qu'elle soit
découverte. Personne ne l'a vu, personne ne l'a entendu; le
pauvre vieillard, à peu près fou, s'est enfoncé le chapeau sur la
tête et s'est noyé lui-même.

Il essayera ainsi cent fois d'éloigner de ses yeux l'image du
pauvre vieillard. Il n'en sentira pas moins le poids redoutable,
jusqu'à ce qu'enfin, épuisé de la lutte intérieure, il se précipitera
de sa demeure au milieu de ses affaires, au milieu des hommes,
plein du désir de trouver quelque chose qui lui donne l'oubli du
passé. Tout homme qui dans la rue le regardera, lui causera
du tourment; s'il aperçoit un employé de la police, il se jettera
dans une maison pour cacher son effroi aux yeux qui l'épient.

Partout où il rencontrera des personnes de connaissance, il
se réfugiera dans le plus épais de la foule. Il tournera la tête de
tous côtés, il prendra part à tout, il parlera et il rira plus que
d'habitude; mais ses yeux erreront avec inquiétude, et son âme
sera dans une crainte constante d'entendre parler de sa victime
et d'apprendre ce que les gens pensent de la mort subite de
l'avocat.

Il donnera le change à ses connaissances; quelquefois on le
trouvera excessivement gai, et l'on dira : « Itzig est de bien
bonne humeur, il a fait quelque grande affaire. »

Il se pendra au bras de plus d'un homme dont il ne touchait
jamais la main autrefois; il racontera des histoires plaisantes
aux gens, et les reconduira chez eux, parce qu'il sait qu'il ne
peut plus rester seul. Il ira dans les cafés, dans les brasseries,
pour trouver à qui parler; il se mettra près de ses connaissances, il boira, il s'excitera comme les autres, tout cela parce
qu'il sait qu'il ne peut pas rester seul.

Et quand le soir il reviendra tard chez lui, épuisé et harassé
par cette lutte épouvantable, près de tomber de fatigue, il se
sentira plus léger; il sera parvenu à obscurcir ce qui est en lui,
il trouvera un triste plaisir dans la lassitude et dans l'apathie, et il attendra le sommeil comme le seul bonheur qui lui
reste sur la terre. Il s'endormira encore, et le lendemain, à
son réveil, le rideau qu'il aura tissu se trouvera déchiré, et le
terrible travail recommencera de nouveau. C'est ainsi que se
passera un jour, chaque jour, tant qu'il vivra. Il ne vivra
plus comme vivent les autres hommes; son existence sera un
combat terrible et continuel contre un cadavre, une lutte que
personne ne verra, mais qui absorbera toutes les facultés de son
intelligence. Tout ce qu'il fera dans son commerce et dans ses

rapports avec des êtres vivants, tout cela ne sera que feinte et mensonge. Quand il rira et qu'il secouera la main à quelqu'un, quand il prêtera à gages et qu'il prendra cinquante pour cent, tout cela ne sera que pour tromper les autres.

Il saura qu'il est séparé de la société des hommes, que tout ce qu'il touche et tout ce qu'il entreprend est vain et méprisable. Il n'y aura qu'une chose qui l'occupera, qu'il combattra sans cesse, qui le fera boire, causer et rechercher le monde; et cette chose, la pensée unique de sa vie, ce sera le cadavre du vieil avocat précipité dans la rivière.

V

Indépendamment du chat de plâtre qui trônait sur le bureau d'Antoine, il y eut encore d'autres êtres vivants de la maison qui jouirent d'un paisible triomphe. Celui qui connaissait aussi bien que la tante la maison Schrœter et les personnes qui l'habitaient, pénétrait sans peine les fausses idées que se faisaient certaines personnes et qu'elles voulaient faire accroire aux autres. Des étrangers auraient pu secouer la tête sur beaucoup de choses qui se passaient alors dans la famille; la tante le faisait aussi peu que les autres bons génies de la maison. Ce qui devait sans doute sembler singulier, c'était qu'Antoine se tenait au comptoir pâle et morne, et qu'en dehors du dîner il ne paraissait jamais dans la famille. Ce qui ne devait pas moins surprendre, c'est que Sabine montrait maintenant une disposition extraordinaire à rougir en présence de son frère, disposition qu'elle n'avait pas eue autrefois; elle restait souvent des heures entières sans dire un mot, occupée de son travail; puis tout à coup, avec une joie espiègle, elle courait de tous côtés comme une petite chatte qui joue avec un écheveau de fil. Enfin, ce qu'il y avait aussi de singulier dans le chef de la maison, c'est qu'il regardait toujours Antoine, que celui-ci parlât ou qu'il se tût, et que de jour en jour M. Schrœter devenait plus gai et ne cessait même plus de taquiner la tante. Tout cela ne laissait pas d'être fort étrange. Mais la personne qui savait parfaitement depuis bien des années ce que les membres de la famille mangeaient avec le plus de plaisir, et ce qu'on ne pouvait leur servir qu'une fois par mois; la personne qui avait tricoté leurs bas et qui empesait elle-même leurs cols, comme le faisait la tante pour

lusieurs d'entre eux, devait bien finir par connaître les petits
ıystères de la famille. La tante en avait naturellement appro-
ondi la tactique.

La bonne tante s'attribua à elle seule le mérite du retour
²Antoine. Elle avait voulu rendre au comptoir le commis qu'elle
imait elle-même entre tous ; elle n'avait songé à rien de plus ;
u moins elle l'aurait contesté à tout le monde dans les pre-
niers jours du retour d'Antoine. Car, malgré la doublure rose
¹es taies d'oreiller, elle savait cependant que la maison dont elle
aisait partie était une maison fière, qui avait sa volonté à elle,
²t qui demandait à être traitée avec beaucoup de ménagement et
le délicatesse. Et quand elle apprit qu'Antoine, qui était très-
riste, ne devait rester qu'à titre d'hôte, elle commença elle-
nême à douter pendant quelques semaines. Mais bientôt elle
²eprit sa supériorité sur M. Schrœter et sur sa nièce, car elle
ıe tarda pas à faire des découvertes.

Le second de l'avant-corps de logis de la maison était inhabité
lepuis plusieurs années. M. Schrœter y avait vécu avec sa
eune femme, du temps que ses parents existaient encore. Ayant
perdu successivement ses parents, sa femme et l'enfant qu'elle
lui avait donné, il était descendu, et depuis cette époque il n'a-
vait mis le pied au second qu'avec répugnance. Des jalousies
grises dérobaient toute l'année la vue des fenêtres ; les meubles
et les tableaux étaient couverts en toile grise. Tout cet étage
ressemblait au château d'une princesse enchantée ; sans qu'elles
s'en doutassent, les pas des femmes devenaient plus légers
quand elles avaient à traverser le vestibule de ce royaume en-
seveli dans le sommeil !

Un jour la tante descendait du grenier. A la suite de sa guerre
interminable avec Pix, elle n'avait sauvé qu'un tout petit coin
pour sécher le linge. Elle songeait justement comment la position sociale change l'homme ; car Baldus, le successeur de Pix,
sur les manières réservées duquel elle avait fondé de si grandes
espérances, se montrait, dans ses nouvelles fonctions, aussi
disposé aux empiétements que son prédécesseur. Elle trouva encore une quantité de caisses de cigares placées en dehors des
trois chambres cloisonnées que Pix avait établies de force dans
le grenier. Elle était sur le point de faire à ce sujet une déclaration de guerre à M. Baldus, quand tout à coup elle aperçut
avec effroi une porte de la chambre du second grande ouverte.
Elle pensa un instant à des voleurs et voulut crier au secours,
mais il lui vint la pensée raisonnable d'examiner d'abord ce
phénomène surprenant. Elle se glissa lentement dans les cham-

bres abandonnées, et faillit rester pétrifiée de surprise quand elle
vit son neveu tout seul dans ces pièces d'ordinaire désertes.
Lui, qui depuis la mort de sa femme n'était pas entré dans cet
appartement, se trouvait maintenant dans la chambre habitée
autrefois par la défunte. Les mains jointes, plongé dans de profondes réflexions, M. Schrœter était là à regarder un portrait
qui représentait sa femme en toilette de fiancée, avec une robe
de satin blanc et une couronne de myrtes dans les cheveux.
La tante ne put s'empêcher de soupirer par sympathie. Le négociant se retourna tout surpris.

« Je veux descendre ce portrait dans ma chambre, dit-il avec
attendrissement.

— Mais tu y as l'autre portrait de Marie, et celui-ci t'a toujours
affligé, s'écria la tante.

— L'âge donne plus de calme, répondit M. Schrœter; d'ailleurs, avec le temps, il y aura ici un autre portrait. »

Les yeux de la tante brillèrent comme des escarboucles en
demandant :

« Un autre?

— Ce n'était qu'une idée, » dit le marchand d'un ton évasif, et
il traversa l'enfilade de pièces en les examinant avec soin.

La tante marcha fièrement derrière lui en secouant les épaules.
Ces gens pouvaient feindre tant qu'ils voulaient, cela ne leur
servait plus de rien.

La prévoyante Sabine ne s'en tira pas mieux.

Antoine était demeuré silencieux à dîner auprès de la tante.
Quand il recula sa chaise pour se lever, la tante vit que les yeux
de Sabine se reposaient sur son pâle visage avec une sollicitude
passionnée et qu'ils se remplissaient de larmes. Lorsqu'il eut
quitté la chambre, Sabine se leva aussi et alla à la fenêtre qui
donnait sur la cour. La tante se mit près d'elle et épia derrière
le rideau. Sabine regardait avec une grande attention dans la
cour; tout à coup elle sourit et son visage s'illumina. La tante
se glissa plus près avec précaution et regarda aussi dans la
cour; mais il n'y avait absolument rien à voir, si ce n'est Antoine qui leur tournait le dos et caressait Pluton. Il donnait au
chien quelques bouchées de pain, et Pluton aboyait tout autour
de lui en sautant gaiement après son habit.

« Oh! pensa la tante, ce n'est pas Pluton qui la fait en un
instant rire et pleurer. »

Peu de temps après, lorsque son neveu ouvrit la porte de la
chambre des dames, la tante vit dans l'antichambre un homme
avec un gros paquet. Son regard perçant reconnut le garçon du

grand magasin de nouveautés. Le négociant appela sa sœur dans
la pièce à côté ; la tante écouta. M. Schrœter parla d'abord, puis
Sabine, mais à voix très-basse ; enfin la tante saisit un bruit qui
avait une grande ressemblance avec un sanglot étouffé : « Comme la
jeune fille a maintenant les larmes faciles ! » pensa-t-elle tout
étonnée. Elle était au moment d'entrer dans la chambre, lorsque
le frère et la sœur revinrent. Sabine était pendue au bras de son
frère, elle avait les joues et les yeux très-rouges ; cependant elle
paraissait heureuse et très-confuse. Quand la tante, après une
pause plus longue que les convenances ne l'exigeaient, passa
dans l'antichambre pour chercher quelque chose, elle trouva le
paquet posé sur une chaise. Elle y porta la main comme par accident, et, comme le papier n'était pas attaché, il s'ouvrit naturellement, et elle aperçut de magnifiques étoffes pour meubles,
et dessous encore une autre grande découverte qui agit si vivement sur ses nerfs, qu'elle dut s'asseoir sur-le-champ et verser
aussi quelques larmes. C'était la robe blanche que la femme ne
porte qu'une fois en sa vie, dans un jour plein de recueillement
et de joyeuse attente.

Depuis ce moment, la tante traita son entourage avec la sé-
curiét d'une ménagère qui pardonne aux autres de faire pendant
un moment des folies, parce qu'elle sait bien que la fin de tous
les mystères sera une grande activité dans son propre domaine, beaucoup de travail à la cuisine, un menu plus soigné,
un immense massacre de volailles et une redoutable attaque
contre les confitures et les fruits confits. Elle devint mystérieuse. Les pots, les petits barils, les bocaux furent tout à coup
soumis à une révision extraordinaire, et, au dîner, il paraissait
souvent sur la table des essais de plats plus recherchés. Ces
jours-là, la tante arrivait de la cuisine les joues rouges, et elle
se montrait très-sensible si chacun ne trouvait pas le nouveau
plat excellent, bien qu'elle ne manquât jamais d'ajouter : « Ce
n'est qu'un premier essai de la cuisinière. » Et en même temps
elle regardait son neveu et Sabine avec une expression de supériorité qui semblait dire : « J'ai tout deviné. » Si bien que le
marchand devait froncer les sourcils et adresser à la tante un
regard sévère.

Mais le négociant n'avait plus sa sévérité ordinaire. Sabine et
Antoine devenaient chaque jour plus silencieux et plus renfermés ;
mais lui devenait, au contraire, plus gai. Il était maintenant plus
causeur qu'il ne l'avait été depuis des années, et il ne se lassait
pas, à table, de provoquer Antoine à la conversation. Il le con-
traignait à raconter, et écoutait très-attentivement chaque parole

qui tombait des lèvres du narrateur. Pendant les premières semaines, il examina souvent le pupitre d'Antoine ; au bout de quelque temps, il traita aussi d'affaires avec lui comme si leurs rapports étaient encore ceux d'autrefois. Il allait d'un pas allègre
à travers les comptoirs. Il y avait encore beaucoup de négligence
dans le travail ; peu lui importait. Quand M. Braun, l'agent
d'affaires, soulageait son cœur trop chargé, il se mettait à rire et
faisait quelque plaisanterie.

Antoine ne remarquait pas ce changement. Quand il travaillait
au comptoir, assis vis-à-vis de M. Baumann, il s'appliquait à ne
penser à rien qu'à sa correspondance. Ses soirées, il les passait
souvent seul dans sa chambre, et, la tête enfoncée dans les livres
que lui avait légués Fink, il cherchait à échapper à ses tristes
réflexions.

Il ne retrouvait pas la maison comme il l'avait laissée. Pendant
plusieurs années, tout y avait été solidement établi ; maintenant
les affaires avaient perdu leur cours régulier et leur équilibre.
Plusieurs des anciennes relations de la maison étaient rompues ;
d'autres les avaient remplacées. Il fallait faire connaissance avec
de nouveaux agents, de nouvelles pratiques, de nouveaux articles
et de nouveaux ouvriers.

Dans l'arrière-corps de logis aussi, tout était devenu silencieux. En dehors des dignitaires du second comptoir, de
M. Liebold et de M. Purzel, qui n'avaient jamais été des boute-
en-train, Antoine ne retrouvait de ses connaissances plus intimes
que le fidèle Baumann et Specht, et encore ceux-ci pensaient à
se retirer.

Immédiatement après le retour d'Antoine, Baumann avait con-
fessé au patron qu'il devait partir au printemps prochain, et les
sérieuses représentations d'Antoine échouèrent cette fois contre
la résolution inébranlable du missionnaire.

« Je ne puis plus reculer, disait-il ; ma conscience se soulève
et proteste. Je partirai d'ici dans un an pour aller à Londres, à
l'établissement des missions, et de là où l'on m'enverra. J'avoue
que j'aurais une préférence pour l'Afrique. Il y a là quelques rois
(il nommait des noms impossibles à prononcer) que je ne tiens
pas pour tout à fait barbares. Il doit y avoir quelques conversions
à faire. Il existe encore chez eux un misérable trafic. Le commerce des esclaves est une coutume païenne dont j'espère les
déshabituer. Ils pourraient employer leurs hommes à l'établissement de plantations de cannes à sucre et de riz. Dans une couple
d'années, je vous enverrai par Londres les premiers échantillons
de notre culture. »

A son tour, M. Specht vint trouver Antoine.

« Vous m'avez toujours témoigné une bonne et franche amitié ohlfart. Je voudrais savoir votre avis. Je dois me marier. La une fille est distinguée ; elle s'appelle Fanny ; c'est une nièce Pix.

— Ah ! dit Antoine. Et aimez-vous cette jeune personne ?

— Oui, je l'aime ! s'écria Specht d'un ton inspiré. Mais si je pouse, il faudra aussi que j'entre dans la maison de Pix, et st là-dessus que je viens vous consulter. Ma future a quelque rtune, et Pix pense qu'elle serait parfaitement placée dans sa aison. Maintenant, vous le savez, Pix est au fond un bon gar- n ; mais j'aimerais mieux un autre associé.

— Je ne le pense pas, mon vieux Specht, dit Antoine. Vous êtes i peu vif, et il sera toujours utile pour vous d'avoir un bon as- cié. Pix vous forcera à faire sa volonté, et cela ne sera pas mal, r vous vous en trouverez bien.

— Oui, dit Specht ; mais que pensez-vous de la branche qu'il a oisie ? Personne n'aurait cru possible que notre Pix se décidât quelque chose de semblable.

— Que fait-il donc, en définitive ? demanda Antoine.

— Toutes sortes de choses, répondit Specht, dont il n'avait ja- ais eu aucune idée. Il vend des fourrures et des peaux de toutes rtes, depuis la taupe jusqu'à la zibeline, des feutres et tout ce i a crin ou poil. Il y a, dans le nombre, bien des articles com- uns, Wohlfart.

— Ne soyez pas enfant, repartit Antoine. Mariez-vous, mon n ami, et mettez-vous sous la tutelle du beau-frère ; vous ne us en trouverez pas mal. »

Le lendemain, Pix lui-même entra dans la chambre d'Antoine.

« J'ai trouvé votre carte, Wohlfart, et je viens vous inviter à endre le café dimanche, du cuba et un manille. Il faut que je us présente à ma femme.

— Et vous voulez vous associer avec Specht ? demanda An- ine en riant. Vous aviez toujours un grand éloignement pour ssociation.

— Aussi je ne m'associerais avec personne qu'avec Specht. it dit en confidence, je serai débiteur du pauvre garçon, et je urrai employer dans mes affaires les dix mille écus qu'il aura i mariage. Je me suis chargé d'un commerce de détail, de mau- tes pelleteries. Je le mettrai là. Ce sera pour lui un jeu. Il pourra ire toute la journée l'aimable avec les dames qui viendront dans boutique, et, tous les ans, porter une nouvelle fourrure. Il ra là plus utile qu'ici au comptoir.

— Comment se fait-il que vous ayez choisi de préférence ce commerce? demanda Antoine.

— Il le fallait, répondit Pix. Je trouvai un grand magasin laissé par mon prédécesseur dans un triste état, je vous l'assure, et je me vis tout de suite au milieu de gens qui regardaient les peaux de lapin et les soies de porc comme des objets de grand prix.

— Ce n'est pas cela seulement qui vous a décidé, repartit Antoine en riant.

— Peut-être y avait-il encore autre chose, dit Pix. Il fallait que je restasse ici à cause de ma femme, et vous comprenez qu'après avoir été gérant dans cette maison, je ne pouvais pas prendre sur la place la même branche de commerce. Je connais toutes les affaires du patron mieux qu'il ne les connaît lui-même, et toutes les pratiques me connaissent mieux que lui. Je lui aurais fait du tort, bien que mes moyens soient plus faibles que les siens. J'aurais pu faire facilement de bonnes affaires; mais cette maison en eût souffert du préjudice. Il me fallait donc me tourner d'un autre côté. J'allai trouver M. Schrœter dès que ma résolution fut prise, et je causai de cela avec lui. « Je ne vous ferai, lui dis-je, concurrence que pour une chose, et c'est pour le crin de cheval; mais pour cet article-là je vous coulerai. » J'ai dit cela au patron.

— La maison peut supporter cet échec, » dit Antoine en secouant la main du marchand de fourrures.

Ce n'était pas seulement dans le comptoir, mais aussi parmi les travailleurs du grand magasin, qu'il s'était fait un changement. Le père Sturm, le fidèle ami de la maison, menaçait de quitter pour jamais les affaires et ce monde.

Une des premières questions d'Antoine à son retour avait été pour Sturm, qui n'était pas bien depuis quelques jours et ne quittait pas la chambre. Plein d'inquiétude, Antoine courut, le second soir de son arrivée, à la demeure du colosse.

De la rue, il entendit un étrange bourdonnement, comme si un essaim d'abeilles gigantesques s'était établi dans la maison couleur de rose. Lorsqu'il approcha, le bourdonnement retentit comme le grondement lointain d'une famille de lions. Quand il eut ouvert la porte, il dut s'arrêter sur le seuil, car, dans le premier moment, il ne vit rien dans la chambre qu'une fumée impénétrable, dans laquelle vacillait, avec une lueur jaune et pâle, un point lumineux. Peu à peu, il découvrit quelques sombres globes

rangés comme des planètes autour de cette lumière. Parfois il se
remuait quelque chose qui pouvait être un bras d'homme, mais qu
ressemblait à une jambe d'éléphant. Enfin le courant d'air de la
porte mit la fumée en mouvement, et il put jeter à travers les
vapeurs quelques regards jusqu'au fond de la chambre. Jamais
habitation humaine n'avait ressemblé davantage à une tabagie
de cyclopes. Autour de la table étaient assis six géants, trois sur
le banc, trois sur des chaises en chêne ; tous avaient le cigare à
la bouche, et devant eux des pots de bière en bois. Le terrible
bourdonnement n'était autre chose que leur conversation, qui
résonnait ainsi parce qu'ils parlaient bas, comme il convient dans
la chambre d'un malade.

« Je sens quelque chose, cria enfin une voix puissante ; il faut
qu'il y ait quelqu'un ici. Il vient un air froid ; la porte est ouverte.
Qui est là ? qu'il s'annonce.

— Monsieur Sturm ! » cria Antoine du seuil.

Les globes s'agitèrent dans un mouvement circulaire et obscur-
cirent la lumière.

« Entendez-vous ? cria de nouveau la voix. Quelqu'un est entré.

— Oui, répondit Antoine, et un vieil ami encore.

— Je connais cette voix, » s'écria-t-on vivement autour de la
table.

Antoine s'approcha de la lumière, et les chargeurs se levèrent
en criant tout haut son nom. Le père Sturm se poussa jusqu'à
l'extrémité de son banc et tendit les deux mains à Antoine.

« Je savais déjà par mes camarades que vous étiez ici. Vous
voilà sorti sain et sauf de ce pays, et revenu de chez ces porteurs
de faux et de chez ces braillards ; ce m'est une bien grande joie. »

La main d'Antoine alla dans les mains du vieux Sturm, qui la
serra d'abord avec force et la caressa ensuite tendrement ; puis
elle passa dans les mains des cinq autres colosses et en sortit
rouge, gonflée et meurtrie, si bien qu'Antoine se hâta de la
fourrer dans sa poche. Pendant que les chargeurs échangeaient
l'un après l'autre leurs salutations avec Antoine, Sturm demanda
brusquement :

« Quand est-ce que vient mon Charles ?

— Lui avez-vous donc écrit de venir ? demanda Antoine.

— Écrit ? reprit Sturm en secouant la tête ; non, je ne l'ai pas
fait. A cause de sa position, je ne pouvais pas le faire. Car si je lui
écrivais : « Viens, » il viendrait, quand un million de porteurs de
faux se placerait entre lui et nous. Mais il pourrait être nécessaire
là-bas auprès de ses maîtres ; par conséquent, s'il ne vient pas de
lui-même, il ne doit pas venir.

— Il viendra au printemps, » dit Antoine en observant Sturm. Le vieux chargeur secoua de nouveau la tête.

« Il ne viendra pas me voir au printemps. Il est possible que mon petit nain vienne alors; mais ce ne sera plus pour son père. »

Il prit la cruche de bière, but une longue gorgée, referma le couvercle et toussa violemment, puis regarda Antoine avec un air résolu, et, appuyant le poing sur la table:

« Cinquante, dit-il; encore quinze jours, et ils seront venus. »

Antoine passa son bras sur l'épaule de Sturm et regarda les colosses, qui se tenaient, le cigare à la main, comme le chœur d'une tragédie grecque.

« Voyez-vous, monsieur Wohlfart, commença le coryphée, qui, considéré comme homme, était au-dessous de son chef par la taille, je veux vous expliquer cela. C'est l'idée de cet homme qu'il s'affaiblit, qu'il deviendra chaque jour plus faible, et que, dans quelques semaines, il arrivera un jour où il nous faudra prendre un citron dans notre main et mettre un crêpe à notre chapeau[1]. Mais telle n'est pas.... »

Tous secouèrent la tête et regardèrent leur chef d'un air improbateur.

« C'est une vieille querelle entre lui et nous, à cause des cinquante ans. Maintenant, il veut avoir raison; c'est là tout, et notre avis est qu'il n'a pas raison. Il est moins fort, c'est possible; mais on a tantôt plus de force, tantôt moins. Qu'a-t-il besoin de penser à quitter sa place? Je veux vous dire, monsieur Wohlfart, ce qui en est. Ce n'est qu'une extravagance à lui. »

Tous les géants confirmèrent d'un signe de tête les paroles de l'orateur.

« Est-il donc malade? demanda Antoine inquiet. Où est le mal, mon vieil ami?

— Il est ici et là, répondit Sturm; il flotte dans l'air et s'abat lentement; il ôte la force, puis la respiration; il commence par les jambes, puis il monte. »

Il montra ses jambes.

« Est-ce que vous avez de la peine à vous tenir debout? demanda Antoine.

— C'est justement cela, repartit le géant. Cela me devient pénible, et de plus en plus chaque jour. Et je te le dis, Wilhelm, continua-t-il en s'adressant à l'orateur, dans quinze jours, ce sera fini; et alors, il n'y aura plus rien de triste que vos citrons, et aussi vos visages, pendant une couple d'heures, jusqu'au soir.

---

1. Allusion au service funèbre et à l'enterrement d'un chargeur.

Alors vous reviendrez, et vous vous assoirez encore à cette place. Je prendrai soin que les canettes y soient comme aujourd'hui; vous pourrez parler du vieux Sturm comme d'un camarade qui a trouvé son repos et qui n'aura plus rien à démêler avec un fardeau : car j'espère que, là où nous allons, il n'y aura rien de lourd.

— L'entendez-vous? dit Wilhelm la voix troublée; le voilà encore qui extravague.

— Que dit le médecin de votre maladie? demanda vivement Antoine.

— Oui, le médecin, dit le vieux Sturm, si on voulait l'interroger, il parlerait assez; mais on ne le consulte pas. Entre nous soit dit, il n'y a pas à compter sur les médecins. Ils peuvent savoir ce qui se passe chez les autres, je ne le nie pas; mais d'où sauraient-ils ce qui se passe chez l'un de nous? Il n'y a pas un médecin qui puisse lever un tonneau.

— Si vous n'avez pas de médecin, mon cher monsieur Sturm, je commencerai par l'être, s'écria Antoine, et, courant à la fenêtre, il l'ouvrit toute grande. Si votre respiration devient pénible, cet air épais est un poison pour vous, et, si vous souffrez des jambes, il faut aussi ne plus boire. »

Et il porta les canettes sur l'autre table.

« Ah! ah! ah! dit Sturm en regardant l'air affairé d'Antoine; l'ordonnance est bonne, mais elle ne sert de rien. Un peu de fumée tient chaud, et, pour la bière, nous y sommes habitués. Quand je reste tout le jour sur ce banc sans rien faire, sans voir personne, je suis heureux, le soir, que mes camarades trouvent leurs aises chez moi. Alors ils me parlent; j'entends leurs voix, j'apprends quelque chose des affaires et ce qui se passe dans le monde.

— Mais au moins vous devez vous-même vous abstenir de boire et de fumer. Votre Charles vous dirait la même chose; puisqu'il n'est pas ici, permettez-moi de prendre sa place. »

Et, se tournant vers les chargeurs :

« Je veux lui prouver qu'il a tort; laissez-moi une demi-heure seul avec lui. »

Les géants se retirèrent; Antoine s'assit en face du malade, et lui parla de ce qui faisait le plus de plaisir au père, de son fils.

Sturm oublia ses sombres pressentiments et finit par se trouver dans la plus heureuse disposition. Enfin, il regarda Antoine en fermant à demi les yeux, et dit en se penchant vers lui d'un ton confidentiel :

« Dix-neuf cents écus; il est encore revenu une fois ici.

— Mais vous ne lui avez rien donné, je pense? demanda Antoine inquiet.

— Ce n'était que cent écus, dit le chargeur pour s'excuser. Il est mort maintenant, le pauvre jeune lieutenant. Il avait si bon air avec ses brandebourgs sur son uniforme! Tant qu'un homme est fils, il ne devrait pas mourir. C'est une trop grande douleur.

— J'ai parlé de votre argent à M. de Fink, dit Antoine; il s'entremettra pour que la dette vous soit payée.

— A Charles, reprit le vieillard en regardant sa chambre. Et vous, monsieur Wohlfart, vous vous chargerez de remettre dans les mains de mon Charles ce qu'il y a ici dans le coffre, si je ne dois plus revoir moi-même le petit.

— Si vous ne renoncez pas à cette pensée, Sturm, s'écria Antoine, je deviendrai votre ennemi et je ne vous traiterai plus désormais qu'avec une extrême dureté. Demain matin je reviendrai et je vous amènerai le médecin de M. Schrœter.

— Ce peut être un excellent homme, dit Sturm; ses chevaux ont de très-bon fourrage, ils sont gros et gras; mais que peut-il pour moi? »

Le lendemain matin, le médecin visita le malade.

« Je ne puis pas encore regarder son état comme dangereux, dit-il; ses pieds sont enflés, cela peut disparaître : mais une vie inactive et sédentaire est tellement contraire à un corps si puissant, et la diète lui est si mauvaise, que le développement d'une maladie dangereuse n'est, hélas! que trop à craindre. »

Antoine écrivit aussitôt ces paroles à Charles et ajouta : « Dans ces circonstances, l'idée de ton père qu'il ne vivra pas au delà de cinquante ans me cause une grande inquiétude. Le mieux serait que tu pusses venir toi-même pour cet anniversaire. »

Depuis cette lettre à Charles, il s'était passé un assez long intervalle, pendant lequel Antoine avait visité chaque jour le malade. Il n'y avait aucun changement marqué dans l'état de Sturm; mais il tenait obstinément à son idée de ne pas survivre à son cinquantième anniversaire. Un matin, le domestique entra dans la chambre d'Antoine et lui annonça que le chargeur Sturm désirait vivement lui parler.

« Est-il plus malade? demanda Antoine effrayé. Je me rends tout de suite chez lui.

— Il est lui-même en voiture devant la porte, » dit le domestique.

Antoine courut devant la maison. Il s'y trouvait une charrette ; sur la claie d'osier étaient fixés de grands cercles, et par-dessus était tendue une couverture blanche. Un coin du drap s'écarta, et la tête du père Sturm s'avança avec un énorme bonnet fourré. De la hauteur où il se trouvait, le géant regarda Antoine et les garçons qui se pressaient autour de la voiture, comme le grand moine bourru regarde les enfants effrayés ; mais son propre visage paraissait très-troublé, et il tendit un papier à Antoine :

« Lisez cela, monsieur Antoine. Voilà la lettre que j'ai reçue de mon pauvre Charles. Il faut que j'aille sur-le-champ auprès de lui. Au domaine derrière Rosmin, » dit-il au voiturier, petit homme trapu, qui se tenait près de la voiture.

Antoine examina la lettre. C'étaient les caractères mal formés du forestier. Étonné, il lut le contenu : « Mon cher père, je ne puis pas venir vers toi, car un faucheur vient de m'enlever ce qui me restait de la main droite. C'est pourquoi je te prie, aussitôt après la réception de cette lettre, de venir voir ton pauvre fils. Tu prendras une grande voiture et tu te feras conduire jusqu'à Rosmin. Là tu descendras au *Cerf rouge*. Au *Cerf*, il y aura une voiture et un garçon du domaine qui t'attendront. Le garçon ne comprend pas un mot d'allemand, mais c'est un bon enfant, et il saura te reconnaître. Pour le voyage achète-toi une fourrure, ainsi que des bottes fourrées, qui te montent jusque pardessus les genoux et qui soient garnies de cuir en dessous. Si tu ne trouves pas de bottes pour tes grosses jambes, le parrain Pelletier saura bien, même de nuit, te coudre une fourrure autour de tes pieds. Salue M. Wohlfart. Ton dévoué Charles. »

Antoine tenait la lettre dans sa main et ne savait qu'en faire.

« Que dites-vous de ce nouveau malheur ? demanda tristement le géant.

— De toute manière, il vous faut aller immédiatement vers votre fils, répondit Antoine.

—Sans doute, dit le chargeur. Le malheur m'éprouve rudement. Avec cela, c'est après-demain la cinquantaine. »

Antoine remarqua la coïncidence.

« Mais êtes-vous bien arrangé comme Charles le désire ?

— Oui, dit le géant, et il écarta sa couverture ; tout est en ordre, la fourrure, et aussi les bottes. »

Antoine regarda dans la voiture, et il eut de la peine à tenir son sérieux. Enveloppé dans une grande peau de loup, Sturm occupait toute la largeur du véhicule. Ses pieds aussi étaient cousus dans une peau de loup : si jamais il avait ressemblé à un monstre, c'était bien en ce moment. Il touchait en haut avec sa casquette au drap blanc, et les colonnes de ses jambes remplissaient tout l'intervalle entre le siége de devant et celui de derrière. Il était assis sur un oreiller et avait derrière le dos un sac de fourrage. Le peu d'espace resté vide dans la voiture avait été rempli par des ballots et des provisions de toutes sortes, que les chargeurs avaient artistement ficelés et empaquetés pour leur chef; de petits barils et des caisses étaient amoncelés autour de lui, et juste devant lui pendait d'un des cercles un saucisson fumé et une bouteille gigantesque. Il ressemblait ainsi à un ours du monde primitif dans son campement d'hiver ; un grand sabre reposait à son côté.

« C'est pour les faucheurs, dit-il en le brandissant avec colère. Maintenant j'ai encore une grande demande à vous adresser. Wilhelm garde la clef de ma maison. Je vous prie de vous charger de la caisse qui était sous mon lit; gardez-la pour mon Charles.

— Je confierai la caisse à M. Schrœter, répondit Antoine; il est allé au chemin de fer et doit revenir d'un instant à l'autre.

— Saluez-le de ma part, dit le géant, lui et Mlle Sabine, et dites-leur à tous que je les remercie de cœur de toutes les bontés qu'ils ont eues pendant toute ma vie pour moi et pour Charles. »

Il regarda le vestibule avec émotion :

« Combien d'années ai-je remué là dedans! Si les anneaux de vos quintaux sont aussi lisses que si on les avait polis, mes mains y ont singulièrement aidé. Aucune affaire, bonne ou mauvaise, depuis trente ans, ne s'est faite ici sans moi ; je puis bien le dire, monsieur Wohlfart, nous avions toujours du courage au travail. Je ne roulerai plus vos tonneaux, ajouta-t-il en se tournant vers les garçons. C'est un autre qui vous aidera à appliquer les échelles contre ma voiture. Pensez quelquefois au vieux Sturm quand vous roulerez une barrique de sucre. Il n'y a rien d'éternel ici-bas. On a beau être fort, on voit venir sa fin ; mais cette maison, monsieur Wohlfart, restera debout et florissante, tant qu'elle aura un chef comme celui qu'elle a, avec des hommes comme vous et des mains honnêtes à la balance. C'est le souhait le plus ardent de mon cœur. »

Il croisa ses mains sur les cercles d'osier, et des larmes roulèrent sur ses joues.

« Et maintenant adieu, monsieur Wohlfart, donnez-moi votre main, dit-il en retirant un gros gant fourré et tendant la main hors de la voiture. Et vous, Pierre, François, Gottfried et tous les garçons, adieu, et gardez-moi un bon souvenir. »

Le chien de Sabine vint en frétillant auprès de la voiture et sauta sur la claie.

« Voici aussi le vieux Pluton, s'écria Sturm en passant la main
sur la tête du chien. Adieu, mon bon Pluton. » Le chien lui lécha
la main. « Adieu tous, s'écria le voyageur. A Rosmin, cocher! »
et il s'enfonça dans la voiture. La charrette roula sur le pavé.
Au bout de quelque temps, la blanche couverture se souleva
encore une fois; la grosse tête de Sturm regarda en arrière et sa
main fit un dernier signe.

Antoine fut pendant plusieurs jours dans une vive inquiétude
sur le sort de Sturm. Enfin il vint une lettre écrite de la main
de Charles.

« Cher monsieur Wohlfart, disait-il, vous aurez bien compris
pourquoi j'ai écrit ainsi à mon Goliath. Il fallait lui faire quitter
sa chambre et l'arracher à l'idée fixe qu'il s'était faite sur son
anniversaire. Dans mon anxiété, j'ai imaginé un mensonge. Voici
comment la chose s'est passée :

« La veille de son anniversaire, le garçon l'attendait à Rosmin,
au *Cerf rouge*. Moi-même j'étais venu à cheval à l'auberge vis-
à-vis, pour voir comment mon père arrivait et quelle mine il
avait. Je me tins caché. Vers midi, la voiture arriva en roulant
lentement. Le voiturier aida mon père à descendre, car la des-
cente lui était très-pénible, au point que j'avais grand'peur pour
ses jambes; mais c'était la faute des fourrures et des cahots.
Une fois sur le pavé de la rue, mon père prit une lettre et lut
dedans, puis se plaça devant Jasch, qui était accouru vers la
voiture, et qui devait faire comme s'il ne comprenait pas un
mot d'allemand, et il lui fit différents signes et des mouvements
épouvantables avec ses mains. Il mit sa main à deux pieds de
terre, et, comme le garçon secouait la tête, mon Goliath se baissa
lui-même contre terre. Cela voulait sans doute dire : « Mon
nain; » mais Jasch ne pouvait pas le comprendre; puis mon père
saisit une de ses mains avec l'autre et la secoua vivement au nez
de Jasch, si bien que le garçon, déjà effrayé à la vue du colosse,
était près de s'enfuir.

« Cependant mon père fut installé avec toutes ses affaires dans
notre carriole, après qu'il en eut fait plusieurs fois le tour et qu'il
l'eut examinée avec défiance. Il partit ainsi.

« J'avais dit au garçon d'aller directement chez le forestier,
avec qui j'étais convenu de tout. Moi-même, avec mon cheval,
je pris les devants par un chemin détourné, et, quand la voiture
arriva vers le soir, je sautai dans le lit du forestier et me fis
attacher la main sous la couverture pour ne pas la sortir dans
l'élan de ma joie.

« Lorsque mon père arriva près de mon lit, il était si ému

qu'il pleurait, et cela me faisait de la peine d'être obligé de le tromper. Je lui racontai que ça allait déjà mieux et que le médecin m'avait permis de me lever le lendemain. Cela le rendit plus tranquille et il me dit, avec une figure très-grave, qu'il en était content, parce que le lendemain serait pour lui un grand jour, et qu'il me faudrait rester auprès de son lit. Sur quoi il revint à sa folie. Mais cela ne dura pas longtemps, et il redevint bientôt gai; le forestier étant arrivé, nous mangeâmes ce que mademoiselle m'avait envoyé du château. Je servis à mon père de la bière, qui se trouva très-mauvaise; sur quoi le forestier fit du punch et nous bûmes bravement tous les trois, le forestier, mon père avec ses pensées lugubres, et moi avec ma main coupée.

« Grâce à la fatigue du voyage, à la chaleur de la chambre et au punch, mon père fut bientôt endormi. J'avais fait préparer un grand lit qu'on dressa dans la chambre du forestier. Il me baisa encore sur la tête en me disant bonsoir, et frappant sur la couverture : « Allons, à demain, mon nain, » dit-il, et aussitôt il s'endormit. Et quel solide sommeil ! Je sortis du lit du forestier et je le veillai toute la nuit. Ce fut une nuit d'inquiétude. A chaque instant j'interrogeais sa respiration. Il s'éveilla tard le lendemain. Aussitôt qu'il se remua dans son lit, le forestier entra dans la chambre, et se frottant les mains l'une contre l'autre, il s'écria à plusieurs reprises :

« Eh bien! monsieur Sturm, à quoi donc avez-vous pensé?

« — Qu'ai-je donc fait? » demanda mon Goliath encore à moitié endormi, et en regardant d'un air étonné autour de lui dans la chambre. Il y avait un grand vacarme d'oiseaux et tout cet intérieur lui semblait si étrange, qu'il ne savait point s'il était encore sur terre.

« Où suis-je? s'écria-t-il; c'est un endroit qui n'est pas dans ma Bible. »

« Cependant le forestier criait toujours : « Non, on n'a jamais rien ouï de semblable; » jusqu'à ce que mon père, tout effrayé et tout inquiet, demanda :

« Eh bien! qu'est-ce donc?

« — Qu'avez-vous fait, monsieur Sturm? cria le forestier. Vous avez dormi une nuit, un jour et encore une nuit.

« — Pas du tout, dit mon vieux; c'est aujourd'hui le treize, mercredi.

« — Non, dit le forestier. C'est aujourd'hui le quatorze, jeudi. »

« Ils se débattirent ainsi tous les deux. Enfin le forestier alla chercher son calendrier, sur lequel il avait effacé tous les jours passés, et aussi le dernier mercredi avec une grosse barre, et où il avait écrit parmi ses remarques à mardi : « Aujourd'hui à sept heures est arrivé le père du régisseur Sturm, un grand homme fort; il peut supporter beaucoup de punch. » Et à mercredi : « Aujourd'hui notre voyageur a dormi toute la journée. »

« Mon père regarda tout cela, et dit enfin tout égaré :

« C'est juste, c'est écrit. Mardi à sept heures je suis arrivé; la taille et le punch tout s'accorde. Mercredi est acquitté; c'est aujourd'hui jeudi, le quatorze. »

« Il rendit l'agenda et demeura tout interdit sur son lit.

« Où est mon fils Charles? » s'écria-t-il enfin.

« J'entrai alors dans la chambre, le bras toujours en écharpe, et je m'exclamai tout comme le forestier jusqu'à ce qu'enfin le vieux s'écria :

« Je suis ensorcelé, je ne sais que penser.

« — Ne vois-tu donc pas, lui dis-je, que je suis levé? Hier, pendant que tu dormais, le médecin est venu et m'a permis de me lever. Maintenant je me sens déjà assez fort pour porter cette chaise à bras tendu.

« — Seulement, plus rien de lourd, dit le vieux Sturm.

« — Et j'ai aussi parlé de toi avec le docteur, continuai-je, c'est un habile homme et il nous a dit : « De deux choses l'une, ou il va passer, ou il continuera à dormir. S'il dort tout le jour il est sauvé. Ce sont des crises terribles et assez fréquentes. »

« — Chez nous, chez les chargeurs, » interrompit Sturm.

« Nous l'amenâmes ainsi à sortir du lit; et il était de très-bonne humeur. Mais je le veillai encore tout le jour et ne le perdis pas un moment de vue. Il ne pouvait pas sortir de la cour. Et cependant, dans l'après-midi, tout faillit être perdu, quand le métayer vint pour me parler. Heureusement le forestier tint la porte de la cour fermée et alla au-devant du métayer, auquel il fit la leçon. Quand celui-ci entra, mon père lui cria de loin :

« Quel jour est-ce aujourd'hui, camarade?

« — Jeudi, dit le métayer, le quatorze. »

« Père rit alors d'un gros rire et s'écria : « Maintenant c'est sûr, maintenant je le crois. »

« Il dormit encore une nuit chez le forestier, jusqu'à ce que l'anniversaire fût passé.

« Le lendemain matin, je menai mon père en voiture jusqu'à la cour, et je le conduisis dans la chambre en face de la mienne, où l'agronome avait demeuré. Je lui avais arrangé cette chambre à la hâte; M. de Fink, qui était informé de tout, avait fait porter du château les meubles les plus solides; j'avais accroché au mur

le vieux Blücher, laissé entrer les rouges-gorges, et posé un
établi avec quelques outils, afin qu'il eût toutes ses commodités.
Et alors je lui dis :

« Voici ton logement, mon père; il faut maintenant que tu
restes chez moi.

« — Oh! dit-il, ça ne se peut pas, mon nain.

« — Cela ne saurait être autrement, repris-je; je le veux,
M. Fink le veut, M. Wohlfart le veut, M. Schrœter le veut. Il faut
que tu te rendes. Nous ne nous séparerons plus maintenant, aussi
longtemps que nous serons sur cette terre. »

« Sur ce, je retirai mon bras de mon écharpe et je lui fis de
vives remontrances sur son ancienne manière de vivre, et sur
ses lubies de vouloir me quitter; et je ne me tus que lorsqu'il
s'attendrit tout à fait et me promit tout ce que je voulus. Sur ce,
arriva M. de Fink; il salua mon père avec son ton ordinaire de
plaisanterie.

« Dans l'après-midi vint mademoiselle, qui amenait le baron.
Le pauvre aveugle se réjouit excessivement de l'arrivée de mon
père. Sa voix lui plut beaucoup; il le tâta souvent pour s'assurer
de sa grosseur, et en le quittant il l'appela un homme selon son
cœur. Et il faut que cela soit vrai, car le baron vient depuis
toutes les après-midi dans la petite chambre de mon père, et
l'écoute cogner et raboter.

« Mon père est encore dans l'étonnement de tout ce qu'il voit
ici, et aussi du jour qu'il a dormi. Cela n'est pas encore tout à
fait clair pour lui, et je crois qu'il se doute de quelque chose;
car souvent au milieu de la conversation il me prend par la tête
et m'appelle coquin. Ce mot remplace dans ses discours l'ancien
titre de nain, quoique pour un régisseur il soit encore pire. Il va
se mettre au charronnage, il a taillé aujourd'hui des rayons de
roues; je crains seulement qu'il ne travaille trop. Je suis heureux
de l'avoir ici et que tout soit fini. Quand il aura seulement passé
l'hiver, la faiblesse de ses pieds aura disparu. Il veut vendre sa
petite maison, mais seulement à un chargeur. Il vous fait prier
de l'offrir à Wilhelm, qui loue un logement en ville; il l'aura à
meilleur marché qu'un étranger. »

VI

Huit jours après la disparition de l'avocat, Antoine était assis
dans sa chambre et écrivait à Fink. Il lui communiquait que le

corps de l'avocat avait été retiré de l'eau au bout de la ville, près de la digue; que la cause de sa mort n'était pas claire. Un enfant de la maison dans laquelle Hippus demeurait avait raconté que, le soir de la visite domiciliaire, il l'avait rencontré dans la rue, près de sa demeure; depuis Hippus n'avait été vu nulle part. Dans ces circosntances, un suicide n'était pas impossible. L'employé de la police soutenait pourtant avec force que le chapeau enfoncé sur la figure indiquait une main étrangère. En faisant une perquisition dans la maison, on n'avait pas trouvé les papiers. Les recherches ultérieures n'avaient eu jusqu'alors aucun résultat. Son opinion personnelle sur le terrible accident, c'est qu'Itzig devait y être pour quelque chose.

La porte d'Antoine s'ouvrit du temps que Wohlfart écrivait. Le Gallicien entra brusquement dans la chambre et posa, sans parler, sur la table d'Antoine, de vieilles lunettes avec une garniture en acier rouillé. Antoine regarda le visage bouleversé de cet homme et bondit.

« Les lunettes, murmura Tinkels d'une voix enrouée, je les ai trouvées près de la rivière. Bon Dieu, non, jamais je n'ai éprouvé un tel effroi!

— A qui ces lunettes? et où les avez-vous trouvées? » demanda Antoine. Il pressentait ce que le Gallicien n'avait pas la force de dire, et, regardant avec horreur les verres troubles : « Reméttez-vous, Tinkels, et parlez.

— Cela ne peut pas demeurer caché, cela crie vengeance au ciel, s'écria le Gallicien dans une violente agitation. Je vais vous dire comme cela s'est passé. Deux jours après que je vous avais parlé au sujet des cent écus, je suis allé, le soir, chez Lœbel Pinkus, pour me rendre dans la salle où l'on couche. Au moment où j'entrais dans la maison, un homme a passé près de moi en courant dans l'obscurité. Je me demandai : « Est-ce Itzig ou n'est-ce pas lui? » Puis je me dis : « C'est Itzig, c'est sa manière de courir; comme il court! comme il est pressé! » Quand je fus monté dans la grande chambre, tout était vide; je m'assis à la table et je visitai mon portefeuille. Comme j'étais assis, le vent souffle au dehors et frappe contre le balcon, et il frappe toujours comme s'il y avait quelqu'un dehors qui voulût entrer, mais qui ne pût ouvrir la porte. Effrayé, je serrai mes lettres et je criai : « Y a-t-il quelqu'un? qu'il dise qu'il est là. » Personne ne répondit; mais on frappait toujours à la porte sans discontinuer. Je rassemblai alors tout mon courage, je pris la lampe, j'allai au balcon et je me mis à regarder dans tous les coins. Je ne vis personne et j'entendis encore frapper devant moi, puis un grand craquement. Alors une porte s'ouvrit, qui n'était jamais ouverte, et me laissa voir un escalier qui conduisait à la rivière. En éclairant avec la lampe, je vis sur les marches les traces d'un pied humide et je suivis ces traces jusque dans la chambre. J'étais fort étonné et je me disais : « Schmeie, qui est-ce qui est monté de la rivière, comme un revenant, pendant la nuit, et qui a ainsi laissé la porte ouverte? Cela ne te regarde pas, ajoutai-je ; ce n'est pas ton affaire ; » et je me sentis saisi de peur.

« Mais avant de fermer la porte, je regardai encore avec la lampe sur l'escalier, et je vis alors en bas, près de l'eau, sur le dernier degré, quelque chose qui brillait à la lumière. Je me risquai à descendre chaque marche l'une après l'autre, et je puis vous le dire, monsieur Wohlfart, c'était une rude tâche. Le vent mugissait et soufflait autour de ma lampe, et je n'y voyais pas plus que dans un puits. Enfin ce que j'ai ramassé, le voilà, et il montra les lunettes ; ces sont les verres qu'il portait sur ses yeux.

— Et d'où savez-vous que ce sont les lunettes d'Hippus? demanda Antoine.

— Je les reconnais à la charnière, qui est attachée avec du fil noir. Je l'ai vu plus d'une fois avec ses lunettes dans la chambre avec Pinkus. Aussi j'ai pris les lunettes et j'ai pensé : « Je ne veux rien dire à Pinkus de cette histoire ; je les montrerai à Hippus lui-même, et verrai si cela peut nous servir pour notre affaire. » Et j'ai porté les lunettes sur moi jusqu'à ce jour et j'ai attendu Hippus, et comme il ne venait pas, j'ai interrogé Pinkus, et celui-ci m'a répondu : « Est-ce que je sais où il est fourré? » Et aujourd'hui à midi, lorsque je suis arrivé à l'auberge, Pinkus a couru à ma rencontre et m'a dit : « Schmeie, si vous voulez encore parler à Hippus, il faut aller dans la rivière, car on l'a trouvé au fond de l'eau. » Cela m'a été comme une balle dans le cœur quand il m'a dit. « Va le chercher dans la rivière. » Et j'ai dû me tenir à la muraille. »

Antoine courut à son pupitre, écrivit quelques lignes à l'employé de police qui venait de quitter la chambre, sonna et dit au domestique de porter aussitôt le billet à son adresse.

Cependant Tinkels, comme brisé, s'était affaissé sur une chaise ; il regardait fixement le dessus de la table et murmurait à part lui des sons inintelligibles.

Antoine, non moins saisi, marchait de long en large dans la chambre. Il régnait un triste silence qui ne fut interrompu qu'une fois, quand le Gallicien, cessant de marmotter, dit à haute voix :

« Croyez-vous que les lunettes vaillent les cent écus que vous avez pour moi dans votre pupitre?

— Je ne le sais pas encore, » répondit Antoine brièvement, et il se remit à marcher.

Schmeie retomba absorbé, puis soupira, frotta plusieurs fois ses mains tremblantes l'une contre l'autre. Enfin il releva les yeux et dit :

« Ou au moins cinquante.

— Taisez-vous maintenant avec votre trafic, reprit Antoine d'un ton sec.

— Comment! me taire? s'écria Tinkels irrité; il faut que je sorte d'une grande inquiétude et que je sache si j'ai travaillé pour rien. » Et il retomba dans son abattement.

L'entretien fut interrompu par l'arrivée de l'agent de police. Celui-ci fit répéter au marchand son rapport, commanda une voiture, emmena Tinkels, malgré ses résistances, et dit en prenant congé d'Antoine :

« Comptez sur un prompt dénoûment. Je doute encore si je pourrai faire ce que je veux. Mais pour vous il y a maintenant un moyen de trouver les pièces que vous cherchez.

— Mais à quel prix! » s'écria Antoine.

Les appartements d'Ehrenthal étaient splendidement éclairés. A travers les rideaux baissés, une pâle lueur tombait sur la pluie fine que d'épais brouillards versaient dans la rue. Quelques fenêtres étaient ouvertes. On voyait de lourds candélabres en argent, des théières brillantes, de riches porcelaines peintes. Tout était brossé, lavé et rangé. Le parquet était nouvellement ciré; la fille de cuisine elle-même portait un bonnet neuf. Toute la maison avait été nettoyée et avait pris un air de fête. La belle Rosalie se tenait au milieu de la compagnie avec une robe de soie jaune ornée de fleurs rouges, belle comme une houri du paradis et prête à recevoir son heureux fiancé. Sa mère redressait les plis de l'épaisse étoffe, et, regardant son ouvrage d'un air triomphant, disait avec un sentiment d'orgueil maternel :

« Que tu es belle aujourd'hui, Rosalie, mon unique enfant! »

Mais Rosalie était trop habituée à ces hommages de sa mère; elle fit peu d'attention à l'éloge et rattacha son bracelet qui ne voulait pas tenir sur son bras.

« Pourquoi Itzig m'a-t-il acheté des turquoises? Il a bien eu tort; il aurait dû pourtant savoir qu'elles ne sont plus de mode.

— Elles sont bien montées, dit sa mère pour la calmer; c est de l'or massif, et la façon est du goût le plus nouveau.

— Et où est Itzig? Aujourd'hui au moins il devrait être exact. Toute la famille va être réunie et le fiancé manquera, continua Rosalie avec dépit.

— Il arrivera à temps, répondit la patronne d'Itzig. Tu sais combien il se fatigue et travaille, pour que tu puisses tenir ta maison sur un grand pied. Tu es heureuse, poursuivit-elle en soupirant; tu entres dans la vie et tu es déjà une femme considérée. Après la noce vous irez passer quelques semaines à la résidence, où Itzig te présentera à ma famille et où vous pourrez jouir tranquillement de la lune de miel. Cependant je vous préparerai cet appartement et je monterai à l'étage au-dessus. Je soignerai le reste de ma vie Ehrenthal, et je demeurerai avec lui dans notre chambre solitaire.

— Papa viendra-t-il aujourd'hui à la soirée? demanda Rosalie.

— Il le faut, à cause de la famille. Comme père, il doit prononcer sur vous sa bénédiction.

— Il nous fera un affront et nous tiendra des discours insensés, dit l'enfant gâté.

— Je lui ai dit ce qu'il doit dire, répondit la mère, et il m'a fait signe de la tête qu'il avait compris. »

On sonna, la porte s'ouvrit, les parents des fiancés entrèrent. Bientôt les salons se remplirent de dames, et toutes ces dames, avec des bijoux, des boucles d'oreille et des chaînes, couvrirent le long canapé et les chaises à la ronde. Leur réunion formait comme un parterre de tulipes de toutes couleurs, parmi lesquelles le jardinier aurait évité d'en admettre aucune qui fût sombre. Puis les hommes se réunirent en groupe, avec des figures malignes, les mains dans les poches, l'air peu solennel et peu aimable; et tous les parents attendirent ainsi le fiancé, qui tardait toujours à venir.

Enfin il parut, cet homme marqué d'un signe ineffaçable. Il porta autour de lui des regards soupçonneux, adressa à sa fiancée un salut mal assuré, et se fit une extrême violence pour trouver quelques compliments à faire à la belle jeune fille, en riant presque de rage du vide qu'il sentait en lui-même. Il ne vit ni l'éclat de ses yeux, ni la blancheur de son cou, ni la richesse de sa taille. En s'avançant vers elle, il pensait à une chose qui ne pouvait plus sortir de son esprit. Il se détourna brusquement de Rosalie et se mêla aux groupes des hommes, qui, après son arrivée, devinrent plus bruyants. Parmi les jeunes gens, on entendait quelques propos indifférents:

« Mlle Rosalie est ravissante ; » et : « Ehrenthal viendra-t-il ? » et : « Ce brouillard dure bien longtemps. C'est extraordinaire et bien malsain, il faut porter des gilets de flanelle. » Enfin sortirent d'une bouche ces mots : « Quatre et demi pour cent. » Aussitôt les questions cessèrent, et la conversation s'engagea. Itzig était un des plus bruyants ; il gesticulait de tous côtés. On parlait des cours de la laine et de la déconfiture d'un commerçant qui avait émis trop de billets et qui avait fait faillite. Les dames étaient tout à fait oubliées. Habituées à cet isolement, elles tenaient solennellement leur tasse de thé à la main, arrangeaient les plis de leur robe ou agitaient agréablement le cou ou le bras, pour faire briller leurs chaînes ou leurs bracelets à la lumière des bougies. La conversation fut tout à coup interrompue par un bruit au dehors. Une porte s'ouvrit ; un silence général s'établit, et un lourd fauteuil fut roulé dans la chambre.

Sur ce fauteuil était assis un homme à cheveux blancs, le visage épais et bouffi, les yeux écarquillés et fixes, le corps voûté, les bras pendant inertes sur le fauteuil : c'était Hirsch Ehrenthal, un vieillard imbécile.

Lorsque le fauteuil eut été poussé au milieu de l'assemblée, il regarda lentement autour de lui en saluant de la tête et en répétant les mots :

« Bonsoir, bonsoir. »

Sa femme se pencha vers lui et lui cria d'une voix forte à l'oreille :

« Connais-tu les personnes qui sont ici ? C'est la famille.

— Je sais, dit Ehrenthal en tournant la tête, c'est une soirée. Ils sont allés tous à une grande soirée et je suis resté seul dans ma chambre. Et je me suis assis près de son lit. Où est Bernard ? pourquoi ne vient-il pas auprès de son vieux père ? »

Les assistants, qui avaient entouré le fauteuil, s'écartèrent avec embarras, et la maîtresse de la maison cria de nouveau à l'oreille de son mari :

« Bernard est parti, mais Rosalie est ici.

— Il est parti ? demanda tristement le père. Où peut-il donc être allé ? J'ai voulu lui acheter un cheval, pour qu'il pût le monter. J'ai voulu lui acheter une propriété, pour qu'il pût y vivre en homme honorable, comme il l'a toujours été. Je sais, s'écriat-il, lorsque je l'ai vu pour la dernière fois, il était couché. Il s'est dressé sur son lit et il a levé sa main, et il l'a agitée contre son père. »

Il retomba sur sa chaise et marmotta à voix basse.

« Viens Rosalie, cria la mère, rendue inquiète par les hallucinations du pauvre fou. Quand ton père te verra, il reviendra à d'autres idées. »

La jeune fille s'approcha et se mit à genoux en étendant son mouchoir devant le siége de son père.

« Me connais-tu, papa? cria-t-elle.

— Je te connais, dit Ehrenthal, tu es une femme. Qu'a besoin une femme de se coucher à terre? Donnez-moi mon manteau et dites les prières. Je veux m'agenouiller à ta place et prier, car une longue nuit est venue. Mais quand elle sera passée, nous allumerons les lumières et nous nous mettrons à table. Alors il sera temps de se vêtir de robes aux riches couleurs. Pourquoi portes-tu cette belle toilette, aujourd'hui que le Seigneur est irrité contre son peuple? »

Il commença à marmotter une prière et retomba absorbé en lui-même. Rosalie se releva avec dépit; la mère dit avec beaucoup d'embarras :

« Il est plus mal aujourd'hui qu'il n'a jamais été. J'aurais voulu que le père pût assister aux fiançailles de sa fille, mais je vois qu'il ne peut remplir son devoir de maître de maison. Aussi vais-je, en ma qualité de mère, faire moi-même l'heureuse communication à l'aimable société. » Elle prit solennellement la main de sa fille. « Approchez-vous, Itzig. »

Itzig était jusque-là resté immobile derrière les autres et les yeux fixés sur Ehrenthal. Il avait souvent haussé les épaules et secoué la tête en voyant la folie du malade, parce qu'il sentait que cela convenait à sa position dans la famille. Mais devant ses yeux flottait une autre figure; il savait mieux que les autres qui gémissait et se lamentait, il savait qui était mort et n'avait pas pardonné. Aussi s'avança-t-il machinalement devant la maîtresse de la maison, les regards toujours fixés sur Ehrenthal. Les invités faisaient cercle autour de lui et de Rosalie; la mère saisit sa main.

Alors Ehrenthal recommença à parler sur son fauteuil.

« Silence, dit-il d'une voix distincte. Le voici, l'invisible. Nous sortons du tombeau et il danse au milieu des femmes. Celui qu'il regarde, il lui brise les membres. Le voilà là, s'écria-t-il d'une voix forte en se levant de son fauteuil, là.... là.... Renversez vos vases d'eau et fuyez dans vos maisons. Car cet homme qui est là, il est maudit du Seigneur. Maudit! » cria-t-il avec rage en montrant le poing et en s'agitant du côté d'Itzig.

Le visage d'Itzig devint blême. Il essaya de rire, mais dans son angoisse ses traits s'y refusèrent. Tout à coup la porte s'ouvrit, le petit commis d'Itzig jeta un coup d'œil inquiet dans le salon. Itzig ne lança qu'un regard sur le nouveau venu, et il comprit ce que ce messager de malheur avait à lui dire. Il était découvert, il était en danger. D'un bond il s'élança vers la porte et disparut.

Quitte ta toilette de fiancée, belle Rosalie; jette ton bracelet d'or avec les turquoises dans un coin obscur de la maison, où les murs sont couverts de poussière et où jamais un rayon ne fait briller l'or et les pierreries. Ces pierres doivent pâlir et cet or se ternir dans le cours des années; les cloportes établiront leur demeure dans les anneaux du bracelet et se glisseront à travers la chaîne d'or. De grandes araignées doivent y ramper et y attacher leurs fils, pour prendre dans l'obscurité des mouches imprudentes. Jette loin de toi ton bracelet, car chaque grain d'or en a été payé par une coquinerie. Retire tes vêtements de fête et enveloppe ton beau corps d'habits de deuil; effeuille les fleurs de tes cheveux et jette-les dans la nuit noire pour y être le jouet du vent glacé. Regarde-les briller un instant à la lueur de la fenêtre et disparaître dans les ténèbres; elles tombent dans la boue de la rue, et le pied du passant les salit et les écrase. Plus de fiançailles, plus de noces pour toi avec ton fiancé prodigue de promesses. Tu ne tarderas pas à traverser les rues à la hâte et la tête baissée, et partout où tu passeras les gens se pousseront du coude en se disant : « C'est sa fiancée. »

Et quand viendra le temps où ta mère rêvait de te voir dans la résidence, pendant la lune de miel, tu seras dans une ville étrangère, où tu fuiras pour échapper aux sarcasmes des méchants. Tu ne succomberas point à la douleur, et ta joue ne pâlira point; tu as une beauté éclatante, et ton père a amassé beaucoup d'argent : tu en trouveras plus d'un prêt à être le successeur d'Itzig. Ton lot est de plaire à quelqu'un qui épousera ton capital, et qui, dans ce marché, recevra ta personne avec un rire de satisfaction; tu le mépriseras dès le premier jour de ton mariage, et tu le supporteras comme on supporte un mal dont le médecin ne peut nous délivrer. Tu auras de nouveau de belles robes de soie, un autre bracelet brillera à ton bras, et l'emploi de ta vie sera de te promener comme une poupée bien parée et de comparer avec ironie ton mari aux autres hommes. Mais l'argent que le vieil Ehrenthal a amassé avec mille soins, par l'usure et la ruse, pour ses enfants, il va rouler de nouveau d'une main dans une autre, il va servir aux bons et aux méchants et se réunir à ce large fleuve du capital, dont le cours entretient et embellit la vie humaine, élève les peuples et les États, et

rend les individus puissants ou misérables, suivant la conduite
de chacun.

Au dehors, la nuit était sombre, l'air chargé de brouillards,
et il tombait une pluie fine et froide qui faisait frissonner les
passants sous leurs vêtements d'hiver. Itzig se précipita en
bas de l'entrée. Il entendit encore sur les marches une voix
murmurer:

« La police est dans la maison; ils sont dans la cour, ils gar-
dent l'escalier, ils forcent la porte de la chambre. »

Puis il n'entendit plus rien; une angoisse épouvantable ébran-
lait tout son être. Les pensées se succédaient dans sa tête avec
une rapidité furieuse, et tout en lui criait:

« Malédiction! malédiction! »

Il tâta ses poches, où, depuis la dernière semaine, il portait
sur lui une partie de sa fortune. Il pensa au chemin de fer. Ce
n'était pas l'heure du départ d'un train qui pût le conduire à la
mer. Et à tous les embarcadères il trouverait des hommes en-
voyés à sa poursuite et qui le reconnaîtraient. Il courut donc
dans la nuit, par les rues les plus étroites, jusqu'au quartier
le plus éloigné. Partout où brûlait une lanterne, il reculait.
A chaque instant sa marche devenait plus précipitée, ses idées
plus confuses. Enfin la force l'abandonna; il s'accroupit dans
un coin et pressa sa tête dans ses mains pour comprimer ses
pensées. Tout à coup il entendit près de lui le son étouffé du cor
d'un garde de nuit. Le veilleur était à quelques pas de lui, et sa
hallebarde résonnait contre les clefs qu'il portait à sa ceinture.
Le fugitif se courba profondément contre terre. L'angoisse lui
serrait si fort la poitrine qu'il ne put retenir un gémissement,
bien qu'il y allât de sa vie. Là encore il était en danger. Il se
précipita de nouveau le long des maisons, vers le seul lieu qui
demeurât distinct à son esprit, dont il avait horreur comme de
la mort, et vers lequel cependant il se sentait entraîné comme
vers le dernier refuge qui lui restât sur la terre. Lorsqu'il arriva
près de l'auberge, il vit une ombre noire devant la porte. Le
petit homme y avait souvent attendu dans les ténèbres le retour
de Veitel. Il y était encore aujourd'hui et l'attendait. Le malheureux recula, puis avança de nouveau. La porte était libre. Il
poussa avec la main un ressort caché et se glissa dans l'intérieur.
Mais derrière lui se redressa l'ombre menaçante, sortie du fond
d'un caveau obscur, et elle se glissa contre la porte, et y demeura immobile. Le fugitif retira ses bottes et grimpa en haut

de l'escalier. Il tâta dans l'obscurité la porte de la salle, l'ouvrit d'une main tremblante et saisit un trousseau de clefs suspendu au mur. Il courut avec les clefs à travers la salle jusqu'à la galerie; il entendit comme dans le lointain la respiration d'hommes qui dormaient. Il s'arrêta devant la porte de l'escalier. Un violent tremblement agitait ses membres. Il descendit en frissonnant degré par degré. En posant le pied dans l'eau, il entendit un gémissement plaintif. Il se retint à la cloison de bois, comme l'autre avait fait, et regarda en bas. Il entendit un nouveau gémissement sortir du fond d'une poitrine; il s'aperçut que c'était lui-même qui soupirait ainsi. Il avança dans l'eau pour chercher le passage. L'eau avait monté depuis, elle lui venait au-dessus du genou; il avait touché le fond et se trouvait dans la rivière.

La nuit était noire, la pluie ruisselait toujours à travers le brouillard qui couvrait les maisons et les galeries le long de la rivière. Il n'y avait qu'un escalier, un pilier ou le pignon d'une maison, qui se détachât sur la masse sombre. L'eau se brisait contre les vieux pilotis, les escaliers et les saillies des maisons, et faisait entendre un murmure uniforme. C'était le seul bruit que l'on entendit dans cette triste nuit, et il retentissait comme le tonnerre à l'oreille du malheureux. Il se cramponnait au bois glissant des pieux pour ne pas tomber. Il était contre l'escalier de la maison voisine. Il tâta les clefs dans sa poche; encore un élan pour tourner le coin, et son pied se posait sur la première marche. Au moment de tourner, il recula sans force, le pied qu'il levait retomba dans l'eau; devant lui, sur les pilotis, au-dessus de la rivière, il voyait une forme noire qui se penchait. Il pouvait, malgré l'obscurité, reconnaître les lignes du vieux chapeau et les traits odieux d'un visage bien connu. L'apparition restait immobile. Il frotta ses yeux comme pour les essuyer. Ce n'était pas une illusion, le spectre était à quelques pas devant lui. Enfin l'affreux fantôme étendit une main contre la poitrine d'Itzig. Le coupable recula en poussant un grand cri, son pied glissa et il tomba dans l'eau jusqu'au cou. Il resta ainsi dans le torrent; le vent hurlait autour de lui, l'eau retentissait à son oreille avec un bruit toujours plus terrible, plus menaçant. Il levait les mains en l'air, son œil toujours fixé sur l'apparition. L'ombre se détacha lentement du balcon; un murmure se fit entendre du côté par lequel il était venu lui-même. Le spectre s'approcha et sa main s'étendit de nouveau sur lui. Tout épouvanté, il s'élança plus avant dans le courant. On entendit un grand cri, la dernière lutte d'un homme qui se noie, et puis plus rien. La rivière continua à couler, entraînant avec elle un corps sans vie.

Cependant le bord de la rivière s'anima tout à coup. Des torches brillèrent sur la rive, et des armes et des uniformes, cachés sous les manteaux, étincelèrent à la lueur des flambeaux. On entendit l'appel de soldats qui cherchaient, et, du pied de l'escalier, la voix d'un homme qui marchait dans l'eau répondit en criant :

« Il a été entraîné avant que j'aie pu le saisir; demain on le retrouvera contre la digue. »

VII

On visita partout l'auberge de Lœbel Pinkus; on découvrit le magasin secret de la maison voisine; et, comme on y trouva le produit de nombreux vols anciens et récents, l'aubergiste lui-même fut conduit en prison. Parmi les objets trouvés était aussi la cassette vide du baron. Dans une armoire fermée, dans l'enfoncement mystérieux, étaient attachés ensemble les reconnaissances du baron et les deux titres hypothécaires des premiers et des derniers vingt mille écus prêtés sur la propriété.

Dans la chambre d'Itzig, on saisit une pièce par laquelle Pinkus attestait que Veitel Itzig était propriétaire de la première hypothèque. La résolution de Pinkus faiblit à l'interrogatoire; il avoua ce qu'il n'avait plus grand intérêt à nier, que c'était seulement sur la demande du noyé qu'il avait fourni l'argent au baron, et que celui-ci n'avait réellement pas reçu en tout d'Itzig plus de dix mille écus. Le baron recouvra ainsi ses droits à la moitié de la première hypothèque.

Pinkus fut condamné à un long emprisonnement, son auberge fut abandonnée et fermée, et Tinkels qui, immédiatement après la mort d'Itzig, avait demandé à Antoine ses autres cent écus, porta ses paquets et son manteau dans un autre refuge. Ses sentiments pour la maison de commerce prirent par suite de ces derniers événements une chaleur qui engagea la maison à observer vis-à-vis de lui une réserve particulière et à repousser quelques grandes affaires qu'il voulait faire avec elle.

La conséquence naturelle de cette froideur fut que Tinkels n'en eut que plus de considération pour la prudence de la maison, et continua à honorer le comptoir de ses visites, sans que quelque nouvelle spéculation hardie interrompît ces bons rapports.

La maison de Pinkus fut vendue. Un honnête teinturier s'y établit, et la galerie où s'était appuyée un jour la maigre figure du jeune Veitel fut garnie d'étoffes teintes en bleu et en noir qui pendaient jusque dans l'eau trouble de la rivière.

Après de longues discussions avec l'avoué et la famille d'Ehrenthal, Antoine reçut enfin les reconnaissances et la dernière hypothèque de vingt mille francs.

Cependant le jour de la vente aux enchères du bien de famille approchait. Un acquéreur s'était déjà présenté à Antoine, et ce dernier, avec l'assistance de son conseil et l'autorisation du baron, était convenu que l'acheteur devrait au moins offrir un prix qui couvrît pour le baron la dernière hypothèque souscrite à Ehrenthal. Avec la dépréciation de la propriété, il n'y avait pas à espérer un chiffre plus élevé, et le jour de la vente, qu'Antoine avait attendu avec une grande impatience, le nouvel acquéreur obtint en effet le bien au prix convenu d'avance.

Le lendemain, Antoine écrivit à la baronne; il lui renvoya les billets du baron et son mandat. Il cacheta la lettre avec un sentiment de joie: il sauvait à Lenore un héritage d'environ trente mille écus.

La neige avait de nouveau recouvert le toit de l'ancienne habitation du staroste Zamins, et les corneilles y imprimaient la trace de leurs pieds. Le brillant manteau de l'hiver était étendu sur la plaine et sur la forêt, la terre était plongée dans un profond sommeil. Aucun chien de berger n'aboyait dans les champs, les instruments aratoires restaient inactifs sous un hangar de la cour. Et cependant on voyait dans la propriété une animation secrète, et des travailleurs empressés couraient dans la vaste cour avec des scies et des équerres. Le sol était partout inégal, car il avait été creusé pour de nouvelles constructions. A l'extérieur comme à l'intérieur du château, il y avait une foule d'ouvriers de la ville, de menuisiers, de charpentiers, d'ébénistes. De joyeuses chansons accompagnaient le travail, et des toiles jaunes flottaient au loin dans la cour. On voyait une nouvelle activité, une nouvelle énergie déployées dans le domaine; et, quand viendra le printemps, les travailleurs se répandront sur la terre de Pologne, et contraindront le sol remué de toutes parts à porter les fruits d'un travail obstiné.

Le père Sturm était assis dans sa chambre, bien chauffée, au milieu de cercles de tonneaux et de douves, poussant énergiquement sa doloire dans le bois de chêne. Vis-à-vis de lui, sur l'unique chaise rembourrée de la chambre, était appuyé le baron, aveugle, sa béquille à la main et son oreille tournée du côté du vieux Sturm.

« Vous devez être fatigué, Sturm, dit le baron.

— Ah! cria le géant, pour les bras, ça va encore comme autrefois. Je fais un petit tonneau pour recevoir l'eau de la pluie. C'est un travail d'enfant.

— Lui aussi s'était fourré une fois dans un petit tonneau, dit le baron à part lui. Il était tout petit. Sa nourrice l'y avait mis pour lui faire prendre un bain. Il avait courbé son dos et replié ses jambes en avant, et il ne pouvait plus sortir. Il me fallut faire arracher les cercles du tonneau pour délivrer l'enfant de sa prison. »

Le géant toussa.

« Étaient-ce des cercles de fer? demanda-t-il avec intérêt.

— C'était mon fils, dit le baron avec un mouvement convulsif.

— Oui, dit Sturm tout bas; il était superbe, il était bel homme, c'était un plaisir d'entendre résonner son sabre et de le voir relever ses moustaches. »

Hélas! il avait déjà souvent dit la même chose au père aveugle; il lui fallait le répéter tous les jours, quand le baron s'asseyait en face de lui.

« C'était la volonté du ciel, dit le baron en croisant les mains.

— Oui, répéta le vieux Sturm, Notre Seigneur a voulu le rappeler à lui au moment où il remplissait le plus noble devoir. C'est une gloire pour lui, et personne ne peut mieux quitter ce monde. Il combattait pour sa patrie et pour sa famille, il était victorieux et il repoussait les Polonais dans la plaine, quand Dieu a prononcé son nom et l'a fait entrer parmi ses propres gardes.

— Et il m'a fallu rester en arrière, dit le baron.

— Et je me réjouis d'avoir encore vu notre jeune maître, continua Sturm avec une grande éloquence; car, vous savez, il était alors notre jeune maître. Vous aviez confié toute votre maison à mon Charles. Aussi était-ce pour moi un honneur de montrer la même confiance à monsieur votre fils.

— Il a toujours eu tort de venir vous emprunter de l'argent, » dit le baron en secouant la tête.

M. de Rothsattel parlait ainsi parce qu'il avait déjà souvent entendu la consolante réponse de Sturm et qu'il voulait l'entendre encore.

Le géant mit de côté sa doloire, se passa la main dans les cheeux et s'efforça de paraître très-entreprenant, en commençant 'un ton dégagé :

« Vous savez qu'on doit avoir de l'indulgence pour les jeunes ens. Il faut que jeunesse se passe. On emprunte beaucoup d'arent quand on est jeune, et surtout quand on a un si bel habit vec des broderies. Nous n'étions pas non plus des avares, ionsieur le baron, continua-t-il d'un ton suppliant en frappant ur le genou de l'aveugle. Notre bel officier était fort aimable, t je crois qu'il était un peu gêné. En lui donnant l'argent, je is combien cela lui faisait peine d'en avoir besoin. Je ne le ui donnai qu'avec plus de plaisir. Lorsque je l'aidai à monter lans le droschka et qu'il se pencha hors de la voiture, je vous ssure qu'il était fort ému, et ses deux petites mains cherchèrent na grosse poigne pour la secouer encore une fois. Et alors la umière de la lanterne tomba sur son visage. C'était en ce monent un bon et charmant visage, un peu comme le vôtre et plus mcore comme celui de Mme la baronne, autant que j'ai pu en uger. »

L'aveugle étendit aussi les mains pour chercher la grosse main lu chargeur. Sturm repoussa l'établi, saisit de sa main droite les nains du baron et les caressa avec la gauche. Et les deux vieil-.ards restèrent ainsi en silence l'un près de l'autre.

Enfin le baron commença d'une voix brisée :

« Vous avez été la dernière personne qui ait montré de l'amitié à mon Eugène. Je vous remercie, je vous remercie du fond du cœur. C'est un malheureux père, un homme abattu par l'adversité, qui vous dit cela. Mais tant que je resterai sur cette terre, j'appellerai sur vous la bénédiction du Très-Haut. Le ciel n'a pas permis que mon fils me fût laissé pour soutenir dans ma vieillesse mes pas chancelants; mais il vous a conservé un bon fils. Ce que je pouvais souhaiter de joie et de bonheur pour mon Eugène, je demande à Dieu de le donner à votre Charles. »

Sturm passa la main sur ses yeux et serra de nouveau les mains du baron. Les deux pères restèrent encore en silence l'un auprès de l'autre ; enfin le baron se leva avec un soupir. Sturm prit avec précaution le bras de l'aveugle et le conduisit à travers la cour jusqu'au perron du château.

Maintenant le chemin va jusqu'à la tour, il y a un parapet en grosses pierres de taille, et on peut arriver à la porte de la tour à pied et en voiture.

Sturm tire le cordon d'une sonnette, le domestique du baron

accourt et conduit son maître en haut de l'escalier du château, car le père Sturm a toujours de la peine à monter un
escalier.

Cependant une voiture entrait dans la cour. Charles, en ayant
vu sauter Fink, vint respectueusement au-devant du nouveau
propriétaire.

« Bonjour, sergent, cria Fink; comment va-t-on au château et
dans la maison? Que font Mlle et Mme la baronne?

— Tout va bien, excepté Mme la baronne qui est très-faible.
Nous vous attendions déjà depuis quinze jours. Les personnes du
château ont demandé tous les jours s'il n'était pas venu de vos
nouvelles.

— J'ai été retenu, dit Fink, et j'aurais pu ne pas être encore
de retour; mais depuis les neiges il n'y a plus grand'chose à faire
à la campagne. J'ai acheté Debrowitz.

— Mille tonnerres! s'écria joyeusement Charles.

— Une terre superbe, continua Fink, cinq cents acres de
bois, où il y a près d'un pied de cendre. Dans ce trou qu'ils ap-
pellent un chef-lieu de cercle, les trafiquants se sont agités en
tous sens comme des fourmis, quand ils ont appris que désormais nos éperons retentiraient tous les jours sur leur marché.
Mais vous, mon cher régisseur, vous aurez du plaisir à voir le
nouveau domaine. J'ai envie de vous y envoyer au printemps
prochain.

— Qu'avez-vous à la main? Une lettre d'Antoine. Donnez. »
Il arracha brusquement la lettre.

« Mademoiselle est-elle au château?

— Oui, monsieur de Fink.

— Bon. Envoyez ce soir un messager au pasteur de Neudorf. »
Et il se dirigea à grands pas vers le château.

Lenore était assise dans sa chambre; autour d'elle étaient des
morceaux d'étoffe, elle cousait. Elle enfonçait avec application
son aiguille dans la rude étoffe, posait de temps en temps la cou-
ture sur son genou, la rabattait avec son dé, et regardait à
chaque point s'ils étaient assez petits et réguliers. Un pas rapide
retentit tout à coup dans le corridor. Elle tressaillit, et sa main
crispée serra fortement son ouvrage. Mais elle se remit avec une
ferme résolution et reprit son travail. On frappa à la porte. Une
forte rougeur lui monta lentement au cou et sur le visage, et
lorsqu'elle dit: « Entrez, » sa voix arriva à peine à l'oreille du
visiteur.

Fink entra en jetant un regard curieux sur la simplicité de
l'ameublement. Il n'y avait sur le mur que quelques dessins

e Lenore, d'ailleurs rien que le mobilier indispensable. Le petit ofa en peau de léopard n'y était plus.

Lorsque Fink s'inclina devant Lenore, celle-ci lui demanda d'un ton d'indifférence :

« Quelque désagrément vous a-t-il retenu? Nous étions tous nquiets.

— J'ai été retardé par l'achat d'un domaine. Maintenant je reviens en toute hâte me présenter devant ma dame; en même temps je vous apporte un paquet qu'Antoine a envoyé pour Mme la baronne. Quand l'état de la noble dame me permettra de la saluer, ie serai bien aise de lui offrir mes devoirs. »

Lenore prit la lettre.

« Je vais tout de suite auprès de ma mère. Vous permettez? » Et, s'inclinant, elle voulut se retirer.

Fink l'arrêta d'un geste et dit gaiement :

« Je vous vois les ciseaux et l'aiguille à la main en vraie femme de ménage. Quel est l'heureux mortel pour qui vous cousez ensemble tous ces petits morceaux? »

Lenore rougit de nouveau.

« C'est un travail de femme; un homme n'a rien à y voir.

— Je sais pourtant que le dé n'était pas autrefois en grande faveur auprès de vous, dit Fink en riant. Est-il donc nécessaire, chère demoiselle, que vous vous abîmiez la vue?

— Oui, monsieur de Fink, répondit Lenore d'une voix ferme; c'est nécessaire, et ce sera toujours nécessaire.

— Ah! ah! s'écria Fink en secouant la tête et en s'appuyant légèrement sur le dossier d'un fauteuil. Croyez-vous donc qu'il n'y ait pas longtemps que j'ai remarqué vos campagnes avec les ciseaux et l'aiguille? et aussi votre air sérieux, et l'attitude vraiment superbe avec laquelle vous me traitez d'enfant téméraire? Où est le sofa de léopard? Où est la franchise fraternelle que j'avais droit d'attendre d'après notre contrat? Vous avez mal tenu votre promesse. Je vois que mon beau camarade est disposé évidemment à m'abandonner et qu'il se retire avec une résolution arrêtée. Mais avouez-moi aussi que cela ne vous servira à rien; vous n'êtes pas délivrée de moi.

— Soyez généreux, monsieur de Fink, interrompit Lenore dans une vive agitation; ne me rendez pas encore plus difficile ce qu'il faut que je fasse. Oui, je me prépare à m'éloigner d'ici et aussi à me séparer de vous.

— Ainsi, vous refusez de rester ici chez moi! dit Fink, le front plissé. Eh bien! je reviendrai et je vous prierai jusqu'à ce que vous m'écoutiez. Si vous m'échappez, je courrai après vous, et, si vous coupez vos beaux cheveux et que vous entriez dans un cloître, je saute par-dessus le mur et je vous enlève. N'ai-je pas fait pour vous obtenir ce que fait dans les contes le vilain pour la fille du roi? Pour vous obtenir, belle Lenore, j'ai changé le sable en herbe, et je me suis transformé moi-même en un honorable maître de maison. Ces miracles, c'est à vous que je les dois. Soyez donc raisonnable, ma bien-aimée, et ne nous tourmentez pas par des caprices d'enfant.

— Oh! respectez ces caprices, s'écria Lenore en fondant en larmes. Pendant ces semaines d'isolement, j'ai lutté sans cesse avec ma douleur. Je suis une pauvre fille dont le devoir est maintenant de vivre pour ses malheureux parents. La dot que j'apporterais à votre avenir s'appelle maladie, tristesse et abandon.

— Vous vous trompez, interrompit Fink gravement. Notre ami a veillé pour vous. Il a poussé dans l'eau deux coquins et a payé les dettes de votre père. Il reste au baron une jolie petite fortune. Ces temps de misère sont passés. Et vous-même, tête obstinée, vous n'êtes pas un vilain parti, si c'est là ce que vous voulez. La lettre que vous tenez dans votre main ruine votre philosophie. »

Lenore regarda l'enveloppe et jeta la lettre loin d'elle.

« Non, s'écria-t-elle hors d'elle-même. Lorsque, déchirée par la douleur, je m'appuyais sur votre cœur, ne m'avez-vous pas dit vous-même que je devais avoir de la force, même contre vous? et chaque jour je sens que je n'ai auprès de vous ni force, ni résolution, ni volonté. Ce que vous me dites me paraît vrai, et j'oublie ce que j'ai pensé de contraire; ce que vous me demandez, il faut que je le fasse, sans résister et comme une esclave. La femme qui partagera votre vie doit être votre égale en esprit et en force, et il faut qu'elle soit bien sûre d'elle-même. Je suis une fille sans éducation et sans caractère : une folle passion vous a laissé voir que j'oserais pour vous plus qu'une femme ne doit oser. Vous ne trouveriez en moi rien que vous puissiez respecter. Vous ne sauriez que m'embrasser et me supporter. »

La main de Lenore était crispée et ses yeux en feu. Tout son être tremblait dans cette lutte de l'amour et de l'orgueil.

« Vous repentez-vous d'avoir envoyé pour moi une balle dans l'épaule du pillard? demanda Fink d'un air sombre. Ce que je vois ressemble moins à de l'amour qu'à de la haine.

— Moi, vous haïr! » s'écria la jeune fille en se couvrant le visage de ses mains.

Il écarta ses mains de ses yeux, l'attira à lui, et pressant ses lèvres sur celles de la jeune fille :

« Fie-toi à moi, Lenore.

— Laisse-moi, laisse-moi, » s'écria Lenore en se débattant ; mais sa bouche brûlante resta collée contre celle de Fink ; elle le serrait fortement, et, en le regardant avec une expression passionnée, mêlée d'amour et de crainte, elle glissa à ses pieds.

Vivement ému, Fink se pencha et la releva.

« Tu es à moi et je ne te lâcherai point, s'écria-t-il ; je t'ai gagnée les armes à la main, cœur exalté ! Quelles douces et pures paroles tu me dis à la fois ! Tonnerres ! Suis-je donc un gardien d'esclaves, qu'une femme craigne de se mettre sous mon joug ? Je veux te posséder telle que tu es, Lenore, avec ta résolution, ta hardiesse, tes passions de petit démon, et non autrement. Nous avons été des frères d'armes et nous le resterons dans ce pays. Il peut revenir un jour où nous appuierons encore contre notre joue la crosse du fusil, et où le peuple réclamera de nous un caractère plus disposé à donner un coup qu'à le recevoir. Quand tu n'aurais pas été l'idéal de mon cœur et que tu aurais été un homme, je chercherais encore à faire de toi le compagnon de ma vie ; car, Lenore, tu ne seras pas seulement pour moi une femme aimée, tu seras encore un ami généreux, le confident de mes actions et mon plus fidèle camarade. »

Lenore secoua la tête, mais elle tint toujours Fink fortement embrassé.

« Il faut donc que je devienne ta femme ? » dit-elle d'un ton languissant.

Fink passa la main sur ses cheveux et baisa son front brûlant.

« Rends-toi, mon cœur, dit-il tendrement ; nous avons été ensemble à un feu qui était assez chaud pour porter à sa maturité un sentiment plein de force, et nous nous connaissons l'un l'autre. Entre nous soit dit, il y aura plus d'une tempête dans notre maison. Je ne suis pas un compagnon commode, surtout pour une femme, et tu recouvreras bientôt cette volonté dont tu déplores d'avance la perte. Sois tranquille, petite chérie, tu redeviendras mauvaise tête comme tu l'as été. Tu n'as pas besoin de te désoler pour cela. Apprête-toi donc à quelques bourrasques, mais aussi à un sincère amour et à une vie joyeuse. Tu riras encore, ma Lenore. Tu n'auras pas besoin de coudre mes chemises. Si tu ne veux pas tenir le livre de comptes, tu n'as qu'à le laisser ; et si, par vivacité, tu donnes parfois une claque à nos garçons, cela ne fera pas mentir notre sang. Ainsi, je pense, tu te rends. »

Lenore gardait le silence, mais elle se serra contre sa poitrine. Fink l'entraîna brusquement.

« Viens près de ta mère, » cria-t-il.

Fink et Lenore se penchèrent sur le lit de la malade. Le pâle visage de la mère s'éclaira quand elle éleva ses mains sur la tête du jeune homme et lui donna sa bénédiction.

« Elle est faible et toujours enfant, dit-elle au jeune homme. Il dépend de vous, mon fils, d'en faire une bonne femme. Allez trouver votre père, dit-elle en renvoyant les enfants de la chambre; vous l'amènerez auprès de moi et vous nous laisserez seuls. »

Lorsque le baron fut auprès de sa femme, elle mit la main sur ses lèvres et dit tout bas :

« Aujourd'hui, je veux te payer, Oscar, de ton amour et des longues années de bonheur que tu m'as données.

— Pauvre femme ! murmura l'aveugle.

— Tout ce que tu as éprouvé et souffert, poursuivit la baronne, c'est pour moi et pour mon fils que tu l'as éprouvé et souffert, et nous te laissons tous deux seul, dans un monde sans joies. Tu ne devais pas avoir le bonheur de transmettre ton nom à un héritier de ton sang. Tu es le dernier de ta maison qui porte le nom de Rothsattel. »

Le baron soupira.

« Mais la renommée que nous laisserons sera sans tache, comme l'a été toute ta vie, jusqu'aux heures de désespoir. »

Elle posa la main de son mari sur le paquet de billets, les déchira en morceaux l'un après l'autre, puis sonna le domestique et fit jeter les papiers dans le poêle. La flamme brilla, jeta une pâle lueur dans la chambre, et en quelques instants tout fut consumé.

L'obscurité du soir remplissait la chambre. Le baron était penché sur le lit de la malade, la tête dans les couvertures; elle tenait ses mains pliées au-dessus de lui, et ses lèvres remuaient dans une prière à voix basse.

Aux premières lueurs du matin, les corneilles et les choucas voltigeaient sur la neige du toit du château. Les noirs oiseaux planaient au-dessus des créneaux de la tour et se précipitaient du côté de la forêt pour annoncer au peuple qu'il y avait dans la maison une fiancée et une morte. La pâle dame étrangère est morte dans la nuit, et l'aveugle, maintenant abîmé dans les bras de sa fille, n'a qu'une consolation à sa douleur, c'est qu'il va bientôt suivre celle qui a enfin trouvé le repos. Et les oiseaux de malheur annoncent partout dans les airs que les colons étrangers ont aussi succombé à la malédiction qui pèse sur le château et sur cette terre slave.

Mais l'homme qui commande maintenant dans le château s'inquiète peu si c'est le cri du corbeau qu'il entend ou le chant de l'alouette; et, s'il y a une malédiction sur sa terre, il souffle en l'air et l'écarte. Sa vie sera un combat continuel et triomphant contre les esprits du domaine et du château slave, et il sortira de cette lutte une famille d'enfants beaux et forts et une nouvelle race allemande, vigoureuse d'âme et de corps, une race de colons et de conquérants.

En quelques mots affectueux, Fink annonça à son ami ses fiançailles et la mort de la baronne. Une lettre cachetée pour Sabine était jointe à sa missive.

Le soir était venu, lorsque le facteur apporta la lettre dans la chambre d'Antoine. Celui-ci resta longtemps la tête sur sa main après avoir lu la missive; enfin il prit la lettre destinée à Sabine et courut à l'avant-corps de logis.

Il trouva le négociant dans son cabinet et lui remit la lettre. Le marchand appela aussitôt Sabine :

« Fink est fiancé, voici le billet qui te l'annonce. »

Sabine frappa joyeusement ses mains l'une contre l'autre et courut vers Antoine; mais elle s'arrêta en chemin toute rougissante, approcha la lettre de la lampe et l'ouvrit. Elle ne devait pas être très-longue, car en un instant elle eut tout lu; elle s'efforça de paraître sérieuse; mais sa bouche ne lui obéit pas et elle ne put réprimer un sourire. En d'autres temps, Antoine aurait remarqué cette disposition avec un intérêt passionné; aujourd'hui il y fit à peine attention.

« Vous passez cette soirée avec nous, cher Wohlfart? » demanda le négociant.

Antoine répondit :

« Je voulais moi-même vous prier de m'accorder quelques minutes. J'ai quelque chose à vous communiquer. »

Et il regarda Sabine avec inquiétude.

« Parlez! Reste, Sabine, cria le marchand à sa sœur, qui, sur les paroles d'Antoine, voulait s'échapper. Vous êtes de bons amis. M. Wohlfart ne sera gêné en rien par ta présence. Parlez, mon ami : en quoi puis-je vous servir? »

Antoine serra les lèvres et regarda de nouveau sa bien-aimée, qui, appuyée sur le panneau de la porte, tenait les yeux baissés.

« Puis-je vous demander, monsieur Schrœter, commença-t-il enfin avec effort, si vous avez trouvé la position que votre bonté voulait me faire obtenir ? »

Sabine s'agita avec inquiétude ; le négociant aussi leva la tête avec étonnement.

« Je crois pouvoir vous offrir quelque chose : mais cela est-il si pressé, cher Wohlfart ?

— Oui, reprit solennellement Antoine. Je n'ai pas un jour à perdre. Mes engagements avec la famille Rothsattel sont maintenant entièrement rompus ; les terribles événements qui ont été encore conjurés par mes soins pendant ces dernières semaines ont altéré ma santé. J'aspire au repos. Un travail régulier dans une ville étrangère, où rien ne me rappelle plus le passé, est aujourd'hui pour moi un besoin. »

Sabine fit encore un mouvement. Un regard sévère de son frère la retint.

« Et le repos que je souhaite aussi pour vous, ne pouvez-vous pas le trouver près de nous ? demanda le négociant.

— Non, reprit Antoine d'une voix étouffée. Je vous prie de ne pas m'en vouloir, si je prends congé de vous aujourd'hui même.

— Aujourd'hui ! s'écria M. Schrœter avec surprise. Je ne comprends pas pourquoi cela est si pressé. Il faut vous remettre de vos fatigues dans notre maison. Les femmes auront pour vous plus de soin qu'elles n'en ont eu jusqu'ici. Wohlfart se plaint de toi, Sabine. Il paraît pâle et souffrant. C'est à toi et à ta tante à y mettre bon ordre. »

Sabine ne répondit rien.

« Il faut que je vous quitte, dit Antoine d'une voix ferme ; je partirai demain.

— Et vous ne voulez pas dire à vos amis les causes d'un départ si brusque ? demanda le négociant.

— Vous les savez. J'ai rompu avec mon passé. J'ai fait peu de chose jusqu'ici pour mon avenir ; car j'en suis à chercher du service à l'étranger et à travailler encore pour gagner la confiance et l'affection. Je suis aussi devenu très-pauvre en amis. Il faut que je demeure bien des années loin de toutes les personnes qui me sont chères. J'ai quelques raisons de me sentir seul, et, puisqu'il me faut recommencer ma carrière, mieux vaut que ce soit le plus tôt possible ; car chaque jour que je passe ici est perdu, diminue ma force et rend plus pénible une séparation nécessaire. »

Antoine prononça ces mots avec une violente émotion. Sa parole tremblait, mais il ne perdit point son attitude calme. Il s'approcha de Sabine et lui prit la main.

« A cette dernière heure, en présence de votre frère, je vous dirai ce qui ne pourra pas vous blesser, parce que vous le savez déjà depuis longtemps : cette séparation me coûte plus que je ne puis dire. Adieu ! »

L'émotion triompha alors de tous ses efforts ; il se détourna rapidement, et alla vers la fenêtre.

Après quelques instants de silence, le négociant prit la parole :

« Votre brusque départ, cher Wohlfart, afflige aussi ma sœur. Sabine avait justement le désir de vous demander un service de galant chevalier, tel que peut en réclamer la sœur d'un négociant. Moi aussi je souhaite vivement que vous ne rejetiez pas sa demande. Sabine vous prie de parcourir quelques papiers et de témoigner ainsi de votre intérêt pour moi. Ce n'est pas un grand travail. »

Antoine se tourna avec effort et fit un signe de consentement.

« Il faut auparavant que vous appreniez une circonstance qui ne vous est peut-être pas encore connue, continua M. Schrœter. Sabine est, depuis la mort de mon père, mon associé secret. Son conseil et sa décision ont régné plus souvent dans mon comptoir que vous ne le pensez. Elle a aussi été votre chef, cher Wohlfart. »

Il fit un signe à sa sœur et quitta la chambre.

Antoine regarda avec étonnement son patron en toilette de femme et en tresses noires. Ainsi il lui avait obéi pendant de longues années sans le savoir, et il avait travaillé à son service. De même que dans l'ancien temps le puissant vassal s'inclinait devant sa jeune suzeraine, il s'inclina aussi devant la jeune fille qui s'avançait vers lui les joues toutes rouges.

« Oui, Wohlfart, dit Sabine timidement, j'ai exercé aussi un petit empire sur votre vie. Et combien j'en étais fière ! Lorsque votre excellent père vint nous voir et nous demanda une place pour vous, c'est moi qui décidai mon frère à vous recevoir : car Traugott me consulta à votre sujet. Il avait des objections ; il vous croyait trop âgé pour faire chez nous votre apprentissage. Mais je vous gagnai à notre maison. Depuis ce moment, mon frère vous appelait en plaisantant mon pupille. C'est moi qui promis à votre père de m'occuper de vous. J'étais encore moi-même un enfant sans expérience, et la confiance de ce monsieur étranger me rendit heureuse. Votre père, le digne vieillard, ne voulait pas mettre chez nous son bonnet de velours qui sortait de sa poche, jusqu'à ce que je l'en tirai et le posai moi-même sur ses boucles de cheveux blancs, et alors je me demandai : « Mon pupille aura-t-il d'aussi belles boucles? » Et quand vous vîntes chez nous, quand je vis que vous plaisiez à tous, et que mon frère vous désignait comme le plus capable de vos jeunes camarades, j'étais alors aussi fière de vous que votre bon père aurait pu l'être. »

Antoine s'appuya sur le pupitre et cacha son visage dans ses mains.

« Et comme je sentais toujours que vous m'apparteniez un peu, je priai mon frère de vous emmener dans son périlleux voyage ; je le savais avec vous, et je ne me sentais pas tout à fait séparée de lui. C'est aussi pour moi que vous avez travaillé à l'étranger, Wohlfart, et quand vous avez passé cette nuit affreuse au milieu de l'incendie et du bruit des armes, sur les voitures de marchandises, c'était mon bien que vous sauviez. Ainsi donc je viens encore maintenant à vous en marchand, et je vous demande une dernière fois de vous charger d'un travail pour moi. Je désire que vous examiniez un important règlement.

— Je le ferai, mademoiselle, répondit Antoine sans se retourner, mais dans un autre moment. »

Sabine prit dans l'armoire deux livres dorés sur tranche et reliés en chagrin vert, et elle les plaça sur le pupitre; puis, saisissant Antoine par la main, elle lui dit d'une voix tremblante :

« Venez donc; regardez mon doit et avoir. »

Elle ouvrit le premier livre. Au milieu de magnifiques parafes se trouvaient les mots :

« Avec la grâce de Dieu. Livre secret de T. O. Schrœter. »

Antoine recula avec surprise.

« C'est le livre secret de la maison, s'écria-t-il. Vous faites une erreur.

— Ce n'est pas une erreur, dit Sabine; je désire que vous le parcouriez.

— C'est impossible, s'écria Antoine. Ni M. votre frère ni vous ne pouvez le vouloir sérieusement. Dieu garde qui que ce soit autre que les maîtres de la maison de toucher à ce livre. Tant qu'une maison subsiste, ces feuilles n'existent que pour les yeux du chef, et après sa mort pour les plus proches héritiers. Celui qui regarderait dans ce livre saurait ce que jamais un étranger ne doit savoir. En présence de ce livre, l'ami le plus fidèle est aussi un étranger. Comme marchand et comme honnête homme, je ne peux pas satisfaire votre désir. »

Sabine tenait fortement sa main.

« Voyez donc à l'intérieur, Wohlfart, pria-t-elle. Voyez du moins le titre. » Elle rouvrit la couverture. » Dans ce livre il y a : T. O. Schrœter. » Elle le feuilleta. « Il n'y a que quelques pages blanches. Ce livre finit à l'année dernière. » Elle ouvrit la couverture du second volume et dit : Celui-ci est vide, mais il y a une autre raison sociale. Que lisez-vous ici? »

Antoine lut :

« Avec la grâce de Dieu. Livre secret de T. O. Schrœter et compagnie. »

Sabine lui serra la main et lui dit tout bas d'un ton suppliant :

« Et le nouvel associé, c'est vous qui devez l'être, mon ami. »

Antoine demeura immobile ; mais son cœur battait violemment, et une vive rougeur monta à ses joues. Il vit le regard de la jeune fille près du sien, et il sentit comme un parfum son doux baiser sur ses lèvres. Alors il serra dans ses bras sa bien-aimée, et les bienheureux se tinrent sans parler étroitement unis.

La porte s'ouvrit, le négociant s'arrêta sur le seuil.

« Tiens-le bien fort, le fugitif, s'écria-t-il. Oui, Antoine, il y a des années que j'ai souhaité ce moment. Depuis le jour où tu t'es agenouillé auprès de mon lit sur la terre étrangère pour bander ma blessure, j'ai nourri dans mon cœur le désir d'unir pour jamais ta vie à la nôtre. Lorsque tu nous a quittés, j'ai vu avec colère ma plus chère espérance détruite. Maintenant nous te tenons, beau rêveur, dans notre livre secret et dans nos bras. »

Il attira les deux amants contre lui.

« Tu t'es choisi un pauvre associé, s'écria Antoine sur le cœur de son nouveau frère.

— Non, mon frère. Sabine a agi en sage marchand. Fortune et prospérité n'ont aucun prix ni pour l'individu ni pour l'État, sans la force magique qui entretient le métal mort dans le courant d'une circulation féconde. Tu nous apportes la force de ton expérience et de ta jeunesse et un caractère éprouvé. Sois le bienvenu dans cette maison et dans nos cœurs. »

Rayonnante de joie, Sabine tenait fortement serrées les deux mains de son fiancé.

« Je ne pouvais plus supporter de te voir ainsi silencieux et triste. Chaque jour à dîner, quand tu te levais de table, je me sentais prête à courir après toi et à te dire que tu nous appartenais pour toujours. Tu n'as pas vu, aveugle, ce qui se passait en moi, et le fiancé de Lenore a pourtant tout su.

— Lui? demanda Antoine. Je ne lui ai jamais parlé de toi.

Vois donc, » s'écria Sabine, et elle tira de sa poche le billet de Fink.

Il n'y avait rien d'écrit que ces mots :

« Bonne amitié, ma chère belle-sœur. »

Et l'heureux Antoine serra de nouveau sa bien-aimée dans ses bras.

Pare-toi, vieille maison patricienne ; réjouis-toi, bonne tante ménagère ; dansez, joyeux esprits de la maison, dans le sombre vestibule ; fais des culbutes sur ton pupitre, malin chat de plâtre. Les rêves poétiques qu'Antoine enfant avait formés sous les souhaits bénis de ses parents, ont été de bons et heureux rêves. Aujourd'hui ils sont accomplis. Toutes les séductions, tous les troubles de la vie, il en a triomphé avec un courage viril. Le vieux journal de sa vie est fini, et c'est dans votre livre secret, bons esprits de la maison, que sera désormais inscrit, avec la grâce de Dieu, son nouveau Doit et Avoir.

FIN DU TROISIÈME ET DERNIER VOLUME.

COULOMMIERS. — TYPOGRAPHIE A. MOUSSIN.

...A 1 FRANC 25 C. LE VOL...

FORMAT IN-18 JÉSUS

...OMANS ÉTRANG...

...: OEuvres. 8 vol. —
— Marie Barton. 1 vol. —
— Margderite Hâle (...
...uth. 1 vol. — Les An...
...ol. — Cousine Phillis...
...Les deux Convicts. 1 vol. —
...Mississipi. 1 vol. — A...
...émigrants en Amérique...
...1 vol.
...mes mortes. 2 vol.
...ousquetaires écossais...
...tique et Comptoir. 1 ...
...bonheur. 1 vol. — La ...
...4 séries.
...éparément.
...1 vol. — Lichtenstein...
...: La Lettre rouge. 1 vol...
...t pignons. 1 vol.
...ouvelles danoises. 1 vol...
...lave blanc. 1 vol.
...Les Paysans de Wes...

...ra d'Orco. 1 vol.
...: Tuteur et Pupille. 1 ...
...deux ans. 2 vol.
...: La Rose de Dskama...
...ventures de Ferdinand Hay...
...Ch.... — Harry Lorrequer.
...jour. 1 vol.
...Entre ciel et terre. 1 vol...
...Mémoires d'un gentilhomme...

...Le Rêve de la vie. 1 vol...
...endes indiennes. 1 vol...
...La Piste de guerre. 1 vol...
...1 vol.
...: Afraja. 2 vol...
...La Fille du capitaine. 1 vol...
...: La Femme et son ...
...ge (Dick Tarleton).
...nts). Nouvelles ...
...A.-S.) : Op...
...OEuvres. 8 vol. —
...Histoire de Pick...
...urbès. 1 vol.
...vol. — Mémoires de ...

...: Scènes de ...
...d'un seig...
...La Pupille...
...: Oberan, po...
...: La Sœur. 1 vol.
...rich des M...
...Asral. 1 vol.

...MOUSSIN.

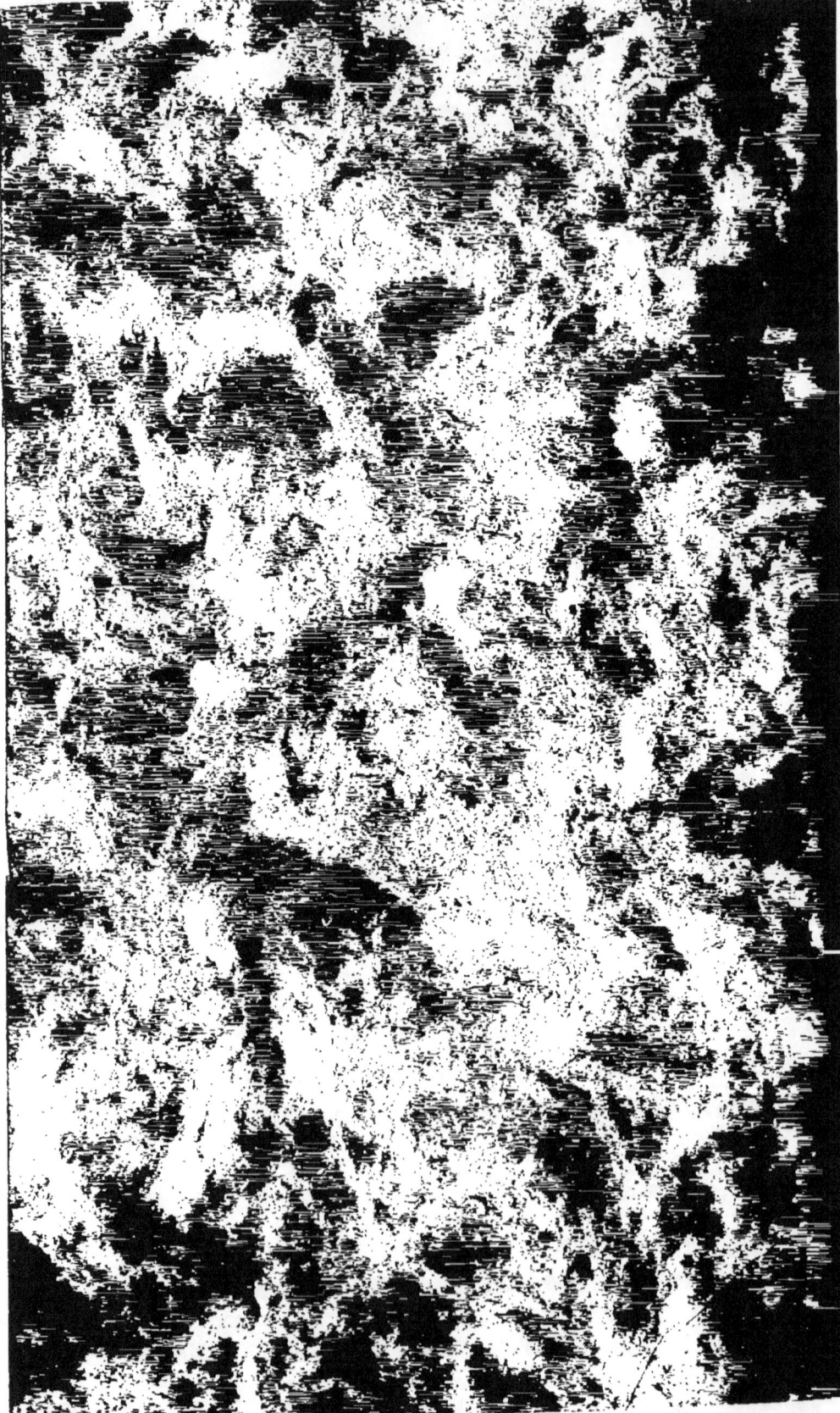

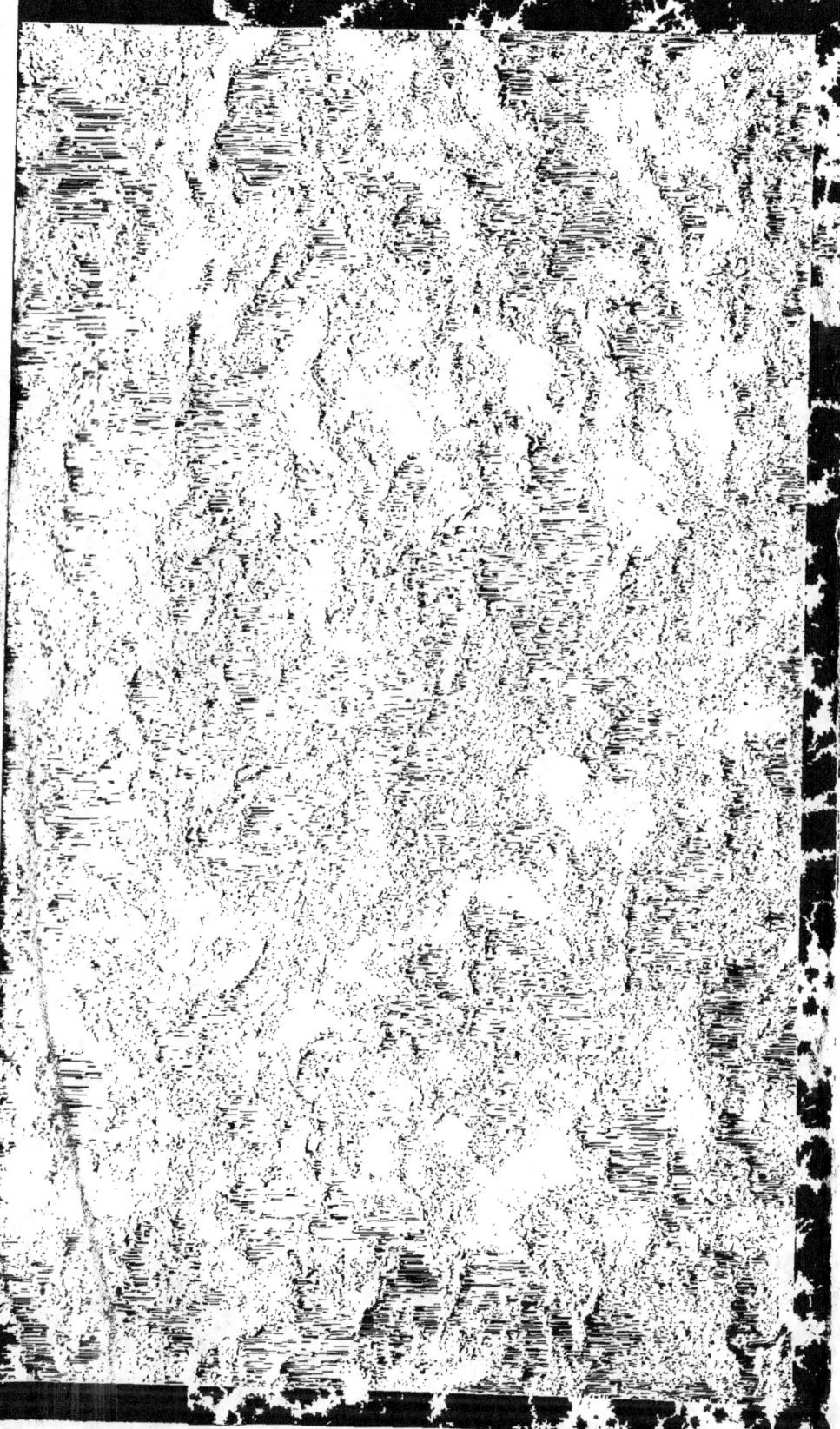

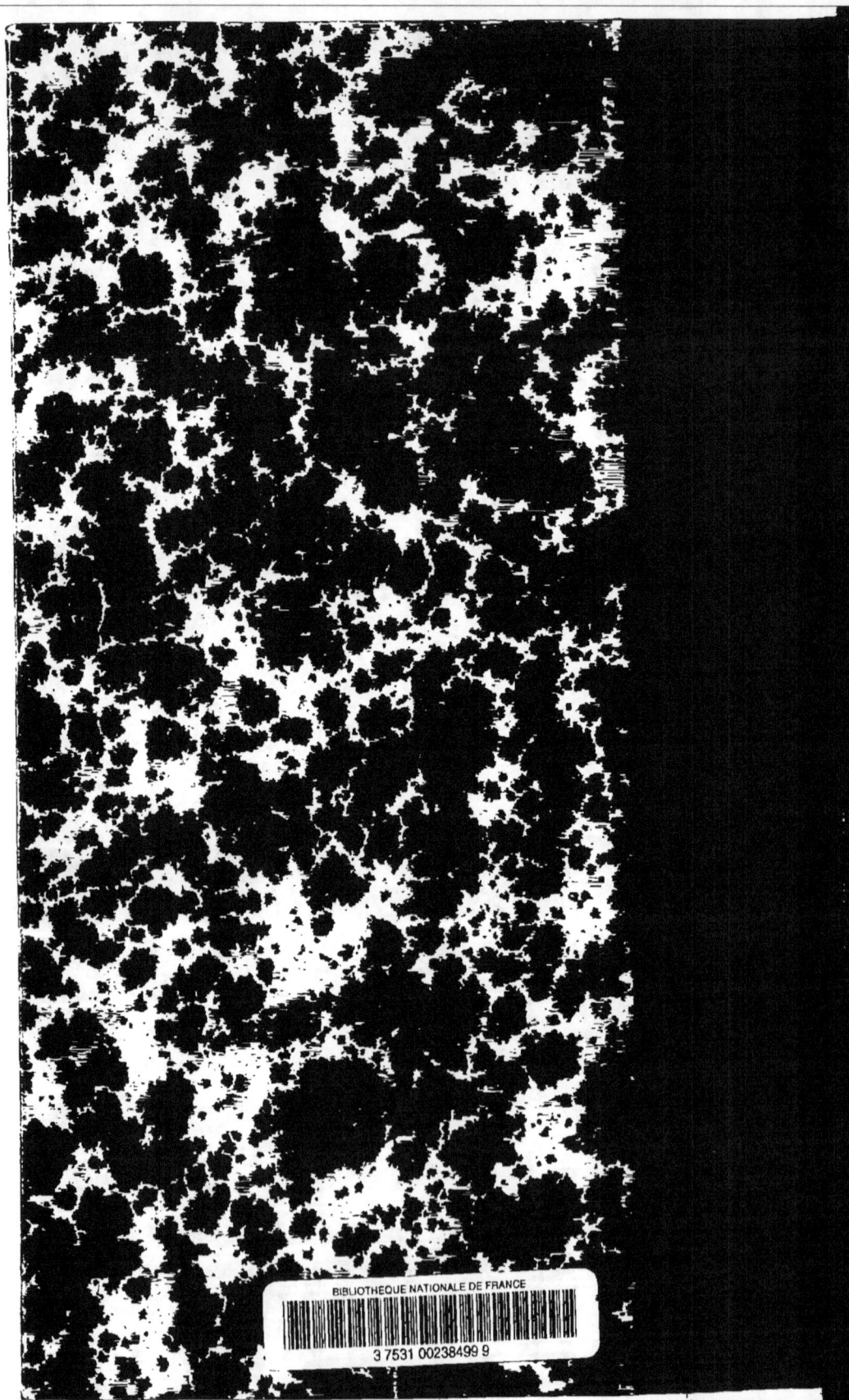